路翎全集

第十卷

诗歌 1938—1990

早年诗作辑存
晚年诗歌

复旦大学出版社

本集获复旦大学"985工程"三期整体推进人文社会科学研究项目和上海文化发展基金会资助出版,为国家社科基金项目(22BZW134)中期成果

书桌前的路翎,1982年于团结湖寓所

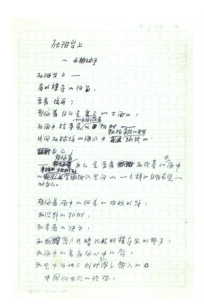

诗作《在阳台上》手稿

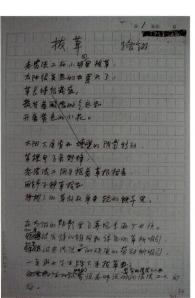

诗作《拔草》手稿

发表《新建区域》的《诗刊》
1989年7月号

《路翎晚年作品集》初版书影

目　录

早年诗作辑存(1938—1942) ·························· 001
　　血底象征 ·························· 003
　　哨兵 ·························· 004
　　我们底春天 ·························· 005
　　致中国 ·························· 008

晚年诗歌(1981—1990) ·························· 019
　　诗三首 ·························· 021
　　　　果树林中 ·························· 021
　　　　城市和乡村边缘的律动 ·························· 022
　　　　刚考取小学一年级的女学生 ·························· 024
　　春来临 ·························· 027
　　晴空 ·························· 028
　　歌声 ·························· 029
　　暴雨 ·························· 032
　　快乐的心 ·························· 034
　　春雨还晴 ·························· 036
　　春雨 ·························· 037
　　工作 ·························· 038
　　鹦鹉 ·························· 039
　　秋雨 ·························· 040

春风	041
烽火燃烧	042
百灵鸟	043
社会主义的一日	044
沿着正在铺设的路	045
诗二首	047
阳光灿烂	047
鹏程万里	048
蝴蝶	050
月芽·白昼	051
月芽	051
白昼	053
黎明篇	055
星	055
黎明	056
岁末	058
黄昏	059
远方	061
河边上	063
踯躅	066
春	068
记忆	070
老扫地工	071
溪流	074
桥	076
街角	078
春雨（同题之一）	080

少年人	081
钟	083
鸭子	085
风	087
航船	089
下午	091
小城	093
夏季的中午	095
市集	097
棉花的收获	099
春雨(同题之二)	101
灯光	103
老太婆	105
风(同题)	107
鸽子	109
家乡	111
排队	113
花朵	115
黎明(同题)	117
种蒜	119
一日的工作	121
种麦	123
渔船归航	125
颂建筑工地	131
白云	133
河滩	135
上午十时	137

枣树	140
杏枝歇鸟	142
槐树落花	144
红梅	147
拔草	149
野鸭湖	152
春雨（同题之三）	165
青年情谊	169
市镇	173
河流	177
梨树	179
暗夜到白昼（之二）	181
种麦者	188
女徒工	189
巡逻兵	193
野草	195
少年友谊	197
新的一年的展望	200
城与年（之一）	202
城与年（之二）	206
日历又翻过了一页	213
正义	215
团部的会议——52、53朝鲜之行片段	217
跳荡的心——52、53年朝鲜之行断片	221
行进的女兵师——52、53年朝鲜之行片段	224
洪庠姑娘——1952、53年去朝鲜片段	227
行军——忆52、53年朝鲜之行	231

解冻(外一首) …………………………… 236
  解冻 …………………………………… 236
  村镇 …………………………………… 237
桥(同题) ………………………………… 238
诗二首 …………………………………… 241
  早晨 …………………………………… 241
  姊妹 …………………………………… 242
琴声和鼓声 ……………………………… 244
马蹄声 …………………………………… 246
梅树林中 ………………………………… 248
池塘边上 ………………………………… 250
平原 ……………………………………… 252
像是要飞翔起来 ………………………… 254
街边的谈话 ……………………………… 256
月亮 ……………………………………… 264
井底蛙 …………………………………… 265
乌鸦巢 …………………………………… 267
山乡邮递员 ……………………………… 268
雨前 ……………………………………… 272
蝙蝠——旧时代的记事 ………………… 274
卖花女——旧时候的记事 ……………… 276
结网 ……………………………………… 278
龟兔赛跑 ………………………………… 281
蝉 ………………………………………… 283
鲤鱼 ……………………………………… 285
卖猪肉的姑娘 …………………………… 287
就业 ……………………………………… 290

果木农妇	292
昼与夜	295
烟囱	297
护士	300
火焰	302
石头城——旧时代的记事	304
樱桃树	307
亭子	309
老兵	310
航轮	313
油菜花	314
萝卜出窖	316
刘巧儿	318
拉车行	320
葡萄种植者	324
小马	327
湖	329
幽静的夜	331
哀挽胡风同志	333
老枣树（外二首）	334
老枣树	334
葡萄	335
风在吹着	336
蒸汽锤机	338
糖厂	340
劳动大队	342
书包	344

苹果花和鹅 …… 346
稻田(二首) …… 348
 稻田之一 …… 348
 稻田之二 …… 349
大铜喇叭(二首) …… 350
 大铜喇叭 …… 350
 大铜喇叭之二 …… 351
柳树发绿了 …… 352
春风(同题) …… 354
相恋 …… 356
相恋(同题) …… 358
斜胡同 …… 360
中午的噩梦 …… 362
残余的夜 …… 364
红果树(外二首) …… 366
 红果树 …… 366
 听一曲歌唱起来 …… 368
 风吹过屋脊时想到 …… 369
葡萄园 …… 372
奋斗的时代 …… 374
汽车站(外一首) …… 377
 汽车站 …… 377
 秋 …… 378
白杨树在屋子后面露出一半 …… 380
看一座房屋盖起来(外一首) …… 381
 看一座房屋盖起来 …… 381
 高层楼房 …… 382

王小兰 …………………………………………… 384

月亮停留在屋脊上 ………………………………… 387

秋天 …………………………………………… 390

榆树 …………………………………………… 391

蚌壳 …………………………………………… 392

田野（组诗） ……………………………………… 393

  ① 稻田 ………………………………… 393

  ② 高粱 ………………………………… 394

  ③ 玉蜀黍 ……………………………… 395

车工和修鞋工 …………………………………… 397

母亲和幼小的姑娘 ………………………………… 400

小鸽子 ………………………………………… 402

太阳照耀在屋脊上 ………………………………… 404

鸽子 …………………………………………… 408

饱满的阳光下 …………………………………… 410

地面上的云（外二首） …………………………… 412

  城市边缘 ……………………………… 412

  从湖边望过去 ………………………… 413

  地面上的云 …………………………… 414

沿着熟悉的路 …………………………………… 416

往旷野里遥望 …………………………………… 419

冬季白菜 ……………………………………… 421

不认识的路 …………………………………… 423

渡口（外一首） …………………………………… 425

  渡口 …………………………………… 425

  苹果树 ………………………………… 427

旅行者（长诗） …………………………………… 429

白昼·夜 ·················· 451
　　白昼 ·················· 451
　　夜 ···················· 452
新建区域 ·················· 454
新的木屋 ·················· 456
盼望 ····················· 458
新建区域(同题) ············· 460
在阳台上(组诗) ············· 463
　　一、女排球手 ··········· 463
　　二、女歌唱家 ··········· 464
　　三、京剧女演员 ········· 465
　　四、中学老教师 ········· 466
　　五、图书馆女馆员 ······· 467
　　六、成功的医生 ········· 468
　　七、青年工程师 ········· 470
　　八、陆军军官 ··········· 471
　　九、空军军官 ··········· 472
　　十、海军军官 ··········· 473
　　十一、女记者 ··········· 475
　　十二、经过了患难 ······· 476
　　十三、工厂的统计师 ····· 478
　　十四、农业技师 ········· 479
　　十五、通俗女歌唱家 ····· 480
　　十六、电视台的时代——电视工作人员 ·········· 482
　　十七、年轻的女干部 ····· 483
　　十八、女诗人 ··········· 484
　　十九、(原缺) ··········· 485

二十、丧失者 ………………………………… 485
诗二首 ……………………………………………… 488
　　背负 ……………………………………………… 488
　　发牛奶的姑娘与牛奶用户 ……………… 488
诗七首 ……………………………………………… 491
　　落雪 ……………………………………………… 491
　　雨中的街市 …………………………………… 493
　　雨中的青蛙 …………………………………… 493
　　马 …………………………………………………… 494
　　蜻蜓 ……………………………………………… 495
　　盗窃者 …………………………………………… 496
　　失败者 …………………………………………… 498
筑巢 ………………………………………………………… 502
都市的精灵 …………………………………………… 504
麻雀 ………………………………………………………… 505
蜜蜂 ………………………………………………………… 507
高的楼房 ………………………………………………… 508
狐狸 ………………………………………………………… 509
刺猬 ………………………………………………………… 511
葵花 ………………………………………………………… 513
炊烟 ………………………………………………………… 514
雾中车队 ………………………………………………… 516
宇宙 ………………………………………………………… 518
泥土 ………………………………………………………… 525

早年诗作辑存(1938—1942)

本辑作品据原刊收入。

血底象征

那,秋山的枫叶,
印着,班班[斑斑]的,
血与耻辱底证忆!

那,年轻底战士,
你像一朵小红花呵!
伴着斗争底烽火,
红遍了天涯……

那,新的女性,
行走在,东亚细亚的,
血泊里的呵!
血红浸满了遍身,
在时代的保护色里——
去!
走向民族解放的斗争!……

(原载合川《大声日报》1938年11月17日《哨兵》副刊,署名莎虹)

哨兵

寒风在叫——
　　子弹在啸，
我们是——
　　前哨！

魍魉在笑，
　　我们
　　　会赐给
舆论的刀！
　　因为
我们是——
　　前哨！

今日，
　　在后方，
我们是前哨。
　　明日，
在战场，
　　我们是前哨！

　　　　　　　一九三八，十一月

（原载合川《大声日报》1938年11月17日《哨兵》副刊，署名丁当）

我们底春天

在快乐底
银色底早晨。
我们底春天
来了!

从那寒冷的
　　黑暗的
　　苦痛的
　　我们那些日子的漫夜里
吹起喜悦底风
闪起银色底光亮……
像青年人底笑呵。
我们底春天
来了!

昨天
　我们被拘禁在那古老底城垣里
　我们低声唱:
　"太阳出来又落啦!
　监狱永远是黑暗……"
昨天
　我们蹓跶在那无根底沙原里
　我们在颤抖着!

在用可怜底期望
喂养我们底日子!
可是今天呀!
我们底春天来了!

伙伴!
想念你的家乡吗?——
家乡底春天是温暖的,
但也是奴隶底呀!
——现在我们在战斗。

每晚每晚
　我们歇下来了。
　对着昏黄的灯光
　我在想念你
　——我们底春天,
　回答我吧!
　告诉我生命在战斗力!

我们在山里行走
三月底春风
抚摩着,
祖国底脉搏……
伙伴们,
你们底腰里是弹药吧?
你们那青年的红色胸膛里
是铁底意志吧?
在今天呀!
它作证着。
我们底春天!

中国的呵春天!

（原载合川《大声日报》1939年3月26日《哨兵》副刊，署名莎虹）

致中国

不知怎样我很疲劳
但想起我所生活的中国来我又很惊恐，
好像那刻板、胆怯、而规矩的
生活已到中年的男子突然决心表白爱情
他是笨拙　过时
脸红　讷讷地说话　有些恼怒　觉得自己不洁
但又觉得这个世界没有说他不洁的权利

我听见琴声
常常的　在我所住的地方
歌声不绝
我想到唱歌的人们是纯洁而自爱
好像兵士们是纯洁而自爱
那么我也要纯洁而自爱
走完我的途程……

这是一篇"知识分子"的诗歌
如果可能
当献给人民
我愿望如此
——我在所住的地方　荒凉的山丛
　　常常有庄稼汉的尖利的歌声从阴暗的树林中发生
　　而妇女们跪在溪边替我们洗涤肮脏的衣裳

☆ ☆ ☆
我们很难回忆我们是怎样才认识了生活
我们经历过好几个光明而喜悦的时代
——在这种时候　我们竭诚地把父母们置在深渊中
　　让他们哀愁而痛哭
但现在我们又竭诚地深深忧郁
假若没有远方的兄弟和沉默的,穷苦的邻人
我们便不能再明白自己
亲爱的兄弟们啊
不幸的邻人们啊
我们的马是在打瞌睡
但不还仍旧在奔驰吗?
(一定没有好结果　是的)
它一面做着好梦和恶梦
一面就驰过狭窄的山路
它的膝上是泥泞
它的鼻子在流血
挨了无情的夹脸一鞭啊——但不还仍在奔驰吗?

我们在年轻的时日尝尽了忧愁
夹脸一鞭又夹脸一鞭
但我们仍然相信着呀
从未彻底地诅咒!
☆ ☆ ☆
你　中国
西洋史上说你是野蛮的、黄金的、纵欲的国度　东方的帝王
　奴役麻木的人民
基督徒们说你崇拜偶像
——和你的关在监牢里的兄弟印度一样
马哥孛罗先生的游记是非常的庄严

就连生而自由的卢骚先生
也神往于我们的专制　神秘　黄金　宫殿　美女和我们的
　　奇奇怪怪的情调
于是就有英吉利和西班牙来发财
娶了东方的美女
赞美了五千年文明
教训我们爱上帝
啊啊　从此我们是背负了十字架
而另一些人　就爱了东方珠宝的收藏家孔夫子呀

于是我们的历史就非常的辉煌！
黄帝尧舜禹汤文武周公孔夫子
以至于曾国藩袁世凯段祺瑞……
在我们父母的头颅上　和在我们的头颅上
这样的一辆铁甲列车轰滚过去！
当我们年幼时
人民在富庶的平原上默默地饥饿而死
我们的父母哀号　呻吟
被鞭打得死白而战栗
我们无声地站在旁边　并且有时奉命向暴君下跪
怎样能说出我们的幼稚的心情？
　　　　　☆　☆　☆
请你注视罢　中国！
我们在小学校里是读了怎样的教科书？
你是怎样教育了我们啊，中国！
我并不是责怪你　我是要和你辩解！

请你听：黄河流入黄海（先生　错了）
　　　　元朝武功煊赫（先生　我怎么能够知道！）
　　　　爸爸拳头不准大　力气不准粗

　　　　小猫小狗不许说人话
　　　　因为穿制服的　说人话的　力气小的先生们全体
　　　　　都怒发冲冠了呀！

请你想想吧
你给了我们怎样的生活　中国！
明白了你给了我们怎样的衣服和面孔　怎样的信仰怎样的
　爱情
以及怎样的仇恨
你会喜悦呢还是会惊慌？
老头子啊　你是在打瞌睡　什么都不知道
但终于你醒来——我看着你！——打呵欠　流鼻涕
　　　刮光了半边脸
　　　　另一半却留着发臭的胡须
你的亲吻是多么可怕呀

你是在发抖了　你这个老精灵！
他们侮辱你　欺凌你
加深你的疾病
乐于看见你的死亡
你是流着鼻涕眼泪　破破烂烂地
在大街上蒙脸而啼哭呀

你是经营了你的艰难的买卖了
（你原本是非常的懒惰　中国！）
但他们窃去了你的货物和本钱
使你在重庆的大街上团团打转
哭泣而哀求
多么羞耻呀！

你是哺育了你的儿女了　精灵！
但他们都缺乏营养,苍白而瘦弱
他们怀着恶劣的激情　不能被安慰
他们各各都找到了祭坛
真的祭坛和假的祭坛
一律都燃烧着可怖的火焰！
那么你弄几个钱来给他们　无论如何
让他们去领受光荣或牺牲罢
然而你怕烧焦你的臭胡须　你执拗地抓紧他们
东方的执拗！
哦　你真忍心呀！

☆　☆　☆

我是坐在这里
我是在燃烧着想象
并且在我的记忆里,在我的心灵的隐秘处
痛切地搜索
我是突然地迷茫！……

多么诡谲的,执拗的,遍体伤痕的老精灵啊
多么离奇　又多么平凡　多么正直的青春痛苦啊
你是始终在变化着——我发现！——可笑地欺诈而又恐吓
　　我们
黄帝打蚩尤先生时候的你的血液
老是在作怪——
这是一片边界模糊的　黑暗的旷野呀
这里是有无穷的山、无穷的河流
无穷的我们祖先留下来的比冬夜还要荒凉的场镇
于是在这里——我不能称呼　怎样的一片大地！——
粉红　腥红　浅蓝　深黑　淡黄　灰白　你是在幻化着
你是因为失望而苟且偷生　你是抽着鸦片

你是无限度地荒淫　擦起脂粉来

你是把地狱粉刷成宫殿　把干瘪的躯体令人作呕地装饰得
　　像妓女

你是在牺牲了一切之后　有这样幻化的能力

你是在饱受欺凌之后怀着最恶毒的意念

你是哲学家呀　彻底的唯物论者　你是谄媚　妖冶

站在门前等待各位华贵的先生们的车辆

用剩下来的一切一切　连我们祖先的尸骨和我们的年轻的
　　生命也在内

布置了可怕的　堕落的　黑暗的夜

你是无神论者呀　因为神明遗弃了你

你是轻视正直的经营呀　因为你曾经被窃

你是无知无识的呀　因为你的口袋里只有大学中庸

你是没有人性的呀　因为你从来是奴隶　现在妄想嫁给主人

于是当你在黑暗中抱着你的顾客的时候

——我们知道你在干什么！

我们切齿　以这片广漠的大地的名字　以祖先的名字以人
　　之子的名字

诅咒你！

　　　　　☆　☆　☆

请看那山丛和田野啊　现在麦子又在播种

请看那活泼的店家姑娘啊　她的青春就要糟蹋　失去

请看那伏在石头上打瞌睡的白发的农人啊　他用头颅耕
　　种　但将得不到收获

请看那羞怯的新娘啊　她将在鞭笞下消磨一生

请看那些破破烂烂的乡下学生啊　他们被穷苦的无知的教
　　师糟蹋

请看那前线归来的疲乏的士兵啊　他们病死在到重庆去的
　　路上

请看我们啊

又请看那一匹昏沉的老马
她的道路多么艰难

你的肉体淫贱　在黑夜中幻化
但你的灵魂还在旷野中飞翔罢？
——我们确信　并为此而生活
于是中国啊
我希望你做一个最恶最恶的梦！

你将梦见无底的深渊
你将梦见尖刀在胸膛
你将梦见你的衰老　被所有的顾客遗弃
你将梦见你的孩子们要杀死你
你将梦见你的孩子们互相奸淫
你将梦见你沉在海底　不能呼吸　而且没有地狱可去
你将梦见已经在这片土地上发生了的一切！

你将梦见　你将身受　你的肉体和灵魂将战栗
于是你的心灵将受惊而飞翔
像鸟雀受惊而飞翔
我希望　为你的飞翔　上帝安排一个最寒冷的日子
或安排一个炎热的日子　天空里灼烧着火焰
假若你的翅膀不因寒冷而冻结　不因火焰而焦烂
那么你飞翔
为你的罪恶和羞耻　为你的绝望和希望
我们要编制一首惊天动地的合唱！

☆　☆　☆

啊　中国
假若能够　你飞翔
你将飞过荒凉的农村和它的田野沼泽

看看两(那)个瘦弱的母亲怎样纺线　怎样喂她的奶儿
你将飞过城市和它的公路码头
看看那个老工人怎样照护他的溶(熔)炉　看看血红的火光
你将飞过破烂的军营
看年轻的兵士怎样守卫土地
你将飞过
风沙的北方
看山丛中飘着怎样的旗帜
然后你将飞到一个井旁
在老桑树下　看一个青年怎样被青春感动而默默地微笑
　　　　　　看一个女孩子　她是怎样喜悦而羞怯
这些都是最好的！你将感激　你将健壮
假若你的心灵还经得起试练
你将获得知识！

但假如你的孤独的青年在梦中还哭泣
　假若你的青年有刀枪在手　并未毁灭于苦难
　假若他们还在恋爱、工作、团结、寻求真理
你怎么会经不起试练？

我并不劝谏你
我并不向你预言
我宁愿抱着失望凝视你
因为　中国啊
我是抱着爱情
这地面上最深的爱情
我宁是狡猾地凝视你
因为我是这样忠诚　常常被骗
假如你将进地狱
那么我要尽先快跑

015

我要在地狱的阴惨的火焰旁唱歌
——假如我还能够唱歌
因为失望的爱情　我将与你共灭亡
我将大声唱歌　使你痛苦！

但假若你将飞奔
——你为什么不会飞奔呢
我将唱歌　给你娱乐

☆　☆　☆

那么中国啊
跳上你的驾驶台吧
在沉重的震动下　老马就要醒来
我们就很快地驰去了啊

管他到哪里去！
只要奔驰奔驰
你是沉默的
你吹着口哨　却没有声音
但我们就要竖起耳朵

看哪
你弓着脊背　用帽子遮着眼睛　中国啊
——我们都年轻　很懂得什么叫犯罪呀
看哪　你抬起头来　翘起你的胡须
那边是你的村庄的灯火
　　你的沼泽　你的园林

看哪
云在旋转　星星在打抖
你看了　那么你明白

先要遗弃　然后才获得

那么你呵!
为了我们的穷苦和不幸
为了被侮辱的青春和老年
为了祖先的坟墓
为了将来的孩子们的快乐的嬉戏——
只有雷霆的奔驰
才能从地狱中拯救世界!

1942.11.7

(原载《泥土》第 5 辑,1948 年 3 月 15 日北京出版)

晚年诗歌(1981—1990)

本辑作品原已收入《路翎晚年作品集》（张业松、徐朗编，东方出版中心1998年）者，据以排印，并据原刊或原稿校订；新增者据原刊或原稿收入。

诗三首

果树林中

啊,夏季的深绿色的果树林里,
　　沉重下压的各色果实将各种果树的枝条压弯;
　　老年夫妇一对在捡着掉落下来的,
　　他们现在进到桃树林中。
　　这是公社农民他们的工作;
　　周围寂静无声。

啊,夏季浓郁芳香的果树林中,
　　果木的香气连着泥土的芳香,
　　壮年夫妇一对在每棵树上做些记号:
　　　　　多少重要的枝干串串,多少甲种质量
　　计算
　　今年的产量
　　要录入国家的总帐。

啊,夏季的深邃、幽暗
　　溪水唱歌般流着的果树林里
　　　走着年轻的夫妇;
　　他们在议论明年他们的小队还可以栽种增加,
　　还议论结婚以来他们作为公社的农民声誉不错;
　　然后便坐在溪边洗脚。

啊,夏季的欢快的,快要生育的,
　　有些忧郁的幸福的果树林里,
　　驻防军操演后静悄悄列队开出,
　　放学的小学生狂奔着叫啸着跑过,
　　有一个姑娘突然站下看一个特大的苹果;
　　有几个少年站下说:"张奶奶,
　　今年我们没有偷果子。"
　　白发的捡果子的张奶奶从一棵大桃树后面转了出来,
　　　说,"靠不住,
　　你们这些小鬼!"

啊,夏季的,芳香的,快要收获的中国农村,公社的树林,果
　　木林里。……

1981.7

城市和乡村边缘的律动

阴雨。
　　潮湿的、开始收获的稻田和麦田和黄色的有陷坑和裂痕
　　　的土坡和黑色的泥土和在上面蹦跳的蚱蜢;
阴雨。
　　潮湿的、灰色和灰白色的云和透明朦胧和阴暗的夏季的
　　　雨的帷幕和泥泞的田坎,和在上面蹦跳的青蛙,和田地
　　　里的公社农民在他们的位置上;
阴雨。
　　潮湿的、沉默的大树和静默的村庄和低沉的村庄炊烟,和
　　　飞过炊烟的鸣叫着的黄雀。
行人往都市走去往乡村走来,走向他们的位置;
　　城市和城市的边缘,城市新建的高楼和城市边缘工厂,和
　　　工厂的高耸的烟囱及其浓烟,和高压电线,和开出车站

美妙地鸣叫着的旅客列车,和工业车辆;

行人往乡村走去和往城市走来,走向他们的位置。

晴朗。
　快乐的。
　树叶上停着蜻蜓和闪动着翅膀的蝴蝶和半展翅的蜜蜂,
　　和嘶叫的知了和晶莹的露珠,和树枝叶里突出着躲藏
　　着成熟的黄色和红色的果实;
晴朗。
　快乐的。
　白色的河流和绿色的长草从顶端摇曳着蒲公英,和红色
　　黄色的村庄和村庄里快乐的叫声,男孩和女孩们的尖
　　叫声,和奔驰的骡马车,和喷着浓烟的砖瓦厂的大烟囱。
晴朗。
　快乐的。
　黄色的麦田、稻田和农业机器的嘶叫声,和它们喷出的蓝
　　色黑色烟,和穿着汗背心,穿着花衬衣的男女拖拉机手;
晴朗。
　快乐的。
　都市高楼高耸于白云下,闪着千万个玻璃窗的闪光,和从
　　乡间的道路开进吼叫着的载运菜蔬、水果的车辆;

晴朗和阴雨,人们,老人和儿童,城里人和乡下人,壮年和青
　年,体力劳动者和智力劳动者,获得荣誉的人们,
　和
　初恋的热恋的男女,
　在城市和乡村间往来;

晴朗和阴雨,中国共产党推进的生活沸腾着,

城市和乡村的边缘生活沸腾着,欢乐和希望颤动着。

阴雨,晴朗。
晴朗,阴雨。
中国的向往新的前程的人们。

1981.7.12

刚考取小学一年级的女学生

刚考取小学一年级的女孩忙碌着,
 先把幼儿园的画册,习字本,和有一次撕破了的,有错误题的算术本放在一边;
 习字本里墨团涂得多的还放在最底下。……是和过去做告别。

玩旧了的积木放在中间;
还有一串橡皮筋,共计最高成绩能跳十五下;是往后还有用,
还有一个皮球,和一个洋囡囡。

刚考取一年级的小学女学生在忙碌着,
 将红色的花衣裙很快地脱下,
 将另一件,新的,红色的花衣裙很快地穿上
 又将这一件脱下脱下,折好,放在枕头底下,便在床上翻了个快乐的筋斗;
 又穿上花朵大的,白色的,红色的蔷薇花,跑到镜子面前拉开裙子说:"她考的是总分98分,考取一年级!"

刚考取一年级的小学女学生忙碌着,
 将丝围巾围在脖子上又解下;
 有种老师是这样。

便喊"立正！"
恭敬地笔直站着，
双目注视前方，
便又坐下来……
注视着有一种是顶严格的老师，
那就要两腿并拢些
两手摆在膝盖上。
一种是温和的老师，
那就两手放在膝盖上，
但是两腿有时可以轻松拉开些；

还做两种笑容，
一种是谨慎的，
一种是心满意足的；
但总之是有点害怕，
因为有生字，
和算术有点困难。

刚考取一年级的小学生在忙碌着
　做操操的踏步动作，唱着：
　"我们告别幼儿园，
　向诸位阿姨告别……"

"我们走向建设祖国的战场。"
她又唱而且同时她说："这是大学生唱的。"

"我们今天是桃李芬芳
明天是社会的栋梁……"
她的句子不曾唱完，
她说，这是小学，中学毕业唱的；

后来她高声唱,还鞠躬,
"我们已经春天里长大
我们是新中国的新的一年级小学生"
她拉开裙子,高声,尖锐的高声唱。

1981.7.10

(原载《诗刊》1981年第10期,收入《路翎晚年作品集》)

春来临

白云静
风温柔,
昨日含苞
桃花艳,
今日怒放
春来临。
虹彩蔽空复盈野
荡漾春水满江河。

1981.9

(原载《光明日报》1981年11月29日,收入《路翎晚年作品集》)

晴空

晴空万里
雕鹏飞。
浓云蔽空
雷霆急；
浓云展翅
暴雨临。
雕鹏飞
偏翅穿雷霆；
高峰崛起入云
闪电霹雳。
雕鹏剪翅复高飞
飞抵巴颜喀拉山顶。
雷霆暴雨息
晴空万里。

1981.9

（据作者手稿抄印。"15×16＝240　人民文学"稿纸，顶边右侧有"第　页"栏。不按行书写，1页）

歌声

高中将毕业
女中学生快乐地唱歌
歌声随着琴声嘹亮甜美
歌声
从两层楼校舍的开着的窗户传出
早晨的太阳照着窗户玻璃
闪闪发亮
歌声和亮光造成早晨兴奋的印象
和
青春
和
正义的印象

歌声飘过积着灰尘的树顶
飘过街道
飘过
狭小的胡同
歌声飘过
平房的屋顶
喜鹊似乎在静听,飞翔又停在屋瓦上

青春饱满正义也饱满
喜鹊的胸腔也饱满

行人
和附近建筑物的
男女工人的胸腔饱满
驶过的货运汽车的
机器的胸腔也
饱满
积着灰尘的树叶
摇晃

唱过聂耳的歌又唱其他的
校舍墙外站下了一个行人
先前的小学教员
听出他的几年毕业的小学生在歌唱,喉咙还基本是当年那般
还唱雄鹰飞翔

听不清的歌词被以前的小学教员臆测成这样:

玫瑰开花在绿草丛里
蝴蝶花也开放……

早晨欢快的太阳照耀
去年栽种的果树苗成长

她是一个姿态美丽的姑娘
她最爱她的母校和她的故乡

她将奔驰往工作的前程
尽一切应尽的责任,因为她已经被培养成长

先前的小学教员想到这一个九十分毕业的漂亮姑娘

而且也忆及她的姓名
歌声甜美而充满正义
先前的教员便离去又回头
他的胸腔正义饱满

(据手稿抄印)

暴雨

暴雨落着
屋顶上浇灌下来
炉子冒着闷室的烟熄灭了

暴雨落着
树枝折断
雷霆和闪电
和
黑雾覆盖

暴雨落着
女孩从屋子里头奔出来
抢救晾着的衣服
潮湿的衣服紧贴在她身上
从头发和脸上
淋下水来

暴雨落着
女孩再跑出来
追逐从窝里跑出来的兔子以及小鸡

女孩这才回去
继续吃她未吃完的棒子核

和用小刀切白菜皮
小鸡爱吃小兔吃；
女孩没有换衣服
挨了母亲一巴掌
因为热衷于小鸡爱吃小兔吃

因为热衷　落着的
暴雨——
她自己也不觉得
因为热烈热衷将来
将来有青春和
坚强
——她自己也不觉得
女孩似乎是使用了将来的
坚强
她似乎又是锻炼将来坚强
——她自己这点朦胧地觉得
……

暴雨落着

（据手稿抄印）

快乐的心

徘徊着走进幽静的胡同，
彷徨着走上繁华的大街，
趑趄着立在闹市场上，
踟蹰于街头，
青年人思维和选择自己的道路；
最（后）他便坐在桥栏杆上。

高中毕业的男学生青春年华，
他是成绩赢满地毕业，
高中毕业的男学生雄心壮志，
他徘徊是考虑往大学去选择，
高中毕业的男学生想学习艺术文学，
因为他热爱诗歌音乐，
热爱白云，大海和幻想；
描写冲突中的奋斗，
充满正义的腔膛；

高中毕业的男学生想学习科学物理，
因为他爱好深刻地钻研物质原理，
还热爱去建设工厂，
还热爱去平原旷野种植林木，
充满豪杰的腔膛；

高中毕业的男学生还年青英俊,
他还想念一个年轻的姑娘、
他还想去
　　驾飞机
　　当军人
　　开汽车……
以及从事平凡的工作。
也许这样或那样便适合那年轻的姑娘,

首先是服从祖国需要和社会主义
高中毕业的男学生心中有火焰燃烧。

高中毕业的男学生便坐在桥栏杆上吹口哨又轻声歌唱
他唱的这种一句那种半句
也有
山间的小路上
也有
晴空万里长空万里
也有
海洋里的巨浪,
和自己杜撰的什么句子
和祖国地底深埋藏
和雄鹰飞翔。

他的徘徊、彷徨、踟蹰其实是快乐的心
青春的饱满;

快乐的心
和青春饱满

(据手稿抄印)

春雨还晴

春雨还情花更美
牡丹怒放轻颤栗
玫瑰舒展雨滴垂
蔷薇膨胀含水摇
月季喧哗风轻悄
芍药静穆午阳里
旧时故事花和影
春风送暖新恋情

白云飞回春风巢
蓝天崇高雄鹰飞
黄鹂啼唱轻车上
空中红楼静穆立
车辇飞翔凤凰驱
乘风而来新时代
赤胆忠心新列兵
春雨还晴永衷情

（据手稿抄印）

春雨

雨淅沥　风轻微
春暖之中花含苞
雨云飘翔
春来到　风轻拂
春雨斜飘
行人急
旧时代已被击败
新时代车辇到站
春雨斜飘
春雨歌唱

（据手稿抄印）

工作

忧愁的心而且同时是愉快、战斗、热情、忠实于理想的心；
烦恼的眼睛而同时是快乐的、盼望的、幽暗同时明亮的眼睛；
紧锁着的眉毛而同时是坚决的意志刚强的眉毛；
阻塞着的鼻子而且同时是嗅到战斗的烽烟的鼻子；
不经心的耳朵而且同时是敏感的耳朵；
迟钝的牙齿而且同时是锋利的牙齿；
嘶哑的喉咙而且同时是声音美妙的喉咙；
凌乱的头发而且同时是豪杰的青春的头发；
疲劳的手而且同时是继续就要再工作的手；
而且
  热情的心灵，
而且
  青春的爱情，少壮的恋情
而且
  宁静的深刻的思想
而且
工作的大街上，排除困难，
工作的海洋沸腾，游泳者排除各级波浪。

（据手稿抄印）

鹦鹉

鹦鹉慢飞降屋檐
烈阳照耀再飞高
绿色翅膀迎白云
明日归来远行人
后日出行商业男
鹦鹉彷言再降落
黄昏红楼屋檐下①

（据手稿抄印）

① 本篇似为未完成残稿。

秋雨

秋雨淅沥
阴云蔽空和树木滴水
怀念
和沉思
行人行
深夜喧哗雨声
和倾诉轻声说话之晨
大地深沉
静默雨云
都城和乡镇寂静
雨声静静复又喧哗
中国大地深沉

（据手稿抄印）

春风

所以思念是由于春风吹拂。

所以春风吹来大地喧哗
所以树木绿叶摇曳
所以鸽子飞在白云之旁
所以男孩和女孩快乐叫嚣
所以池水泉水清晰透明
所以街车疾驰和心灵健旺
所以昼和夜轻装行进
所以这些是由于中国大地深沉
所以引起深沉的思想

(据手稿抄印)

烽火燃烧[①]

烽火燃烧
烈火高升
喜鹊飞翔
报道凯旋
岳飞征战
温都尔汗

前车左翼
后车兵行
征战凯旋
右翼车行
回车再战
前车之鉴
车辙深刻

温都尔汗
烽火高升
将军凯旋
岳飞车辇

（据作者手稿抄印。"15×16＝240 人民文学"稿纸,顶边右侧有"第 页"栏。竖行紧密书写,1页）

---

① 本篇原稿无标题,姑借首行为标题。

百灵鸟

百灵鸟啼叫于北京高屋檐上
飞翔云端啼唱中国大街辽阔
河边百灵鸟歌颂劳动者劳动
黎明前百灵鸟林中也歌唱
歌声充满悲怆和欢喜的希望
中国人民前进击破层层障碍
百灵鸟高歌于北京高屋檐上
飞翔屋檐上和屋檐下和窗旁
中国大街行走着少年列兵们
百灵鸟歌颂新世纪成长
中国人民击破重重障碍阻拦
百灵鸟歌颂新世纪已经成长
中国大街行走着少年列兵们
社会主义和红旗和百灵鸟啼唱

（据手稿抄印）

社会主义的一日

紫丁香花开在墙壁旁屋檐下
小学操场进行课间操和歌唱。
煤场上运煤车卸车儿童啸叫
推掘机震响产出男女工奋斗。
中国是一日社会主义的一日
男女小学生高歌亲爱的祖国。
起重机吊起一千公斤往楼顶
载运车运来新鲜瓜果和蔬菜。
中国是一日社会主义的一日,
工厂淡烟升起于都市内和市郊。
愉快的人和疾行工作的人们,
出品的工厂生产品重重叠叠。
紫丁香花开在墙壁旁屋檐下
小学操场进行课间操和歌唱。

1981 年 10 月 16 日

（据手稿抄印）

沿着正在铺设的路

沿着正在铺设的路
有一所唱歌、早操、钟声
带着新鲜的力的中学校
那边是田野
这边是中学教员和喜欢迷恋的学生
再这边是通往都市中央的正在铺设的路

沿着原来的小路拓宽了路基
建立了一座有骄傲的光芒的整齐的工具棚
工具碰击的声音带着激昂性
因为正在铺的路是美丽受欢迎的路,有事业心的路
因为正在铺的热烈的路使田野和都市之间增加迷恋
因为田野和都市和奋斗的中学之间存在着心灵的渴望
因为因此正在铺设的路便有美丽灵魂
心脏殷实的农民已经在路边搭着菜棚子了

沿着正在铺设的有事业心的路
开始了有想象力的新的副食店
和新油漆好的孤高的医疗所
巨大的愚笨的掘土机和严厉的载重、工具车通过了
巨大的春雨过去有增加的绿色

有市民、中学生迷恋、想象的颜色在树枝上和路基两旁出现了

1981.10.23

（据手稿抄印）

诗二首

阳光灿烂

因为剧场里
孙毓琴、赵燕侠唱着《玉堂春》——
中国旧时代的凄凉故事的原故,
因为这对比,
中国现时代的灿烂便特别雄伟;
因为这社会主义灿烂光明也有着它的
浮沉、动荡、奋斗,
因为这便继续着烽火高举;江流澎湃
都市绵延和田亩亿万亩绵延、工厂林立,
中国共产党牵引着生活前进。
因为街头行走着邓小平和陈云……
走于亮光中又行走于阴影中,
黄鹂鸟在空际高声歌唱。
因为从春到夏和凛冽秋冬都有伴侣。
同志同行,
中国共产党牵引着生活前进。
因为旧时种植的林木已经茁壮,
少年成长;
新的时间是新的工作时间。
而且因为
天空的白云宁静
窗前坐着

进修电力工程学的大学男女青年,
白云宁静,
阳光灿烂。

鹏程万里

鹏程万里,
青年一代成长,
壮年一代稳重,
年老一代威严。
以及
幼年高声歌唱,
预约未来
鹏程万里。

万里鹏程
大路灿烂通向远方;
小路幽静通过树林,
通向远方;
同行,
鹏程万里。

鹏程万里,
从北京飞上淡蓝色的高空;
从巴颜喀拉山
到珠穆朗玛峰顶。
鹏程万里。
追逐理想飞翔,
显示威力飞翔;
中国的
山河,

中国的
大地，
中国的
浓烟烈火的工人阶级的战斗的过去
和现在的社会主义灿烂的彩虹；
以迄未来……
中国的愤怒
忧郁、激荡以及
工人阶级成就的快乐。

鹏程万里，
雄鹰飞翔。

1981.10,北京

（原载香港《新晚报》"星海"副刊1982年1月12日，收入《路翎晚年作品集》）

蝴蝶

蝴蝶绕着起重机飞翔了过去,
蝴蝶绕载重车和木工场飞开;
蝴蝶飞高又飞到了掘土机旁,
蝴蝶飞近杨树和水泥搅拌机。
蝴蝶想象将盖成的楼房样式,
蝴蝶想象将增植树木和花圃。
蝴蝶飞过筛土机的迷漫灰尘,
蝴蝶在阳光下怀着想象飞翔;
在工程架顶蝴蝶飞高和瞭望,
在钢筋工泥瓦工头上飞过去;
满意将来的楼房蝴蝶展着翅,
满意未来花圃它停在野草上……
蝴蝶在夜间的照明灯中惊起,
迅速飞过夜班女工和推土车。

（据手稿抄印）

月芽·白昼

月芽

月芽明亮,
　　照耀在天空和旷野、都城,照耀在海航轮舶击破的波浪上;
　　照耀着夜行列车和农村汽车和笨拙的骡马车辆,
　　照耀着将收获的稻麦和刚出厂的花布。

月芽明亮,
　　照耀在居民房屋和国家机关办公室的玻璃窗外
　　照耀在同行着亲密的朋友和同志的大街上
　　照耀在梨树花开槐树花开的公园里;
　　初恋和热恋的男女,
　　沉思的少年。
　　照耀着夜巡的警卫,
　　照耀着愉快疲劳的夜归。……

月芽明亮,
　　照耀着今日获得科学、文学,劳动的成功或其萌芽。深夜
　　　的戏剧散场,
　　大街和
　　车灯灿烂。

月芽明亮,
　　照耀着白发的祖父母看着孙儿女辈开始学说话和

识别物件的最初的萌芽，
　　和将来性格的萌芽。

月芽明亮，
　　照耀着医师护士注意着的病人好转的萌芽；
月芽明亮。

月芽明亮，
　　照耀着建设蓝图设想的萌芽
　　老年的工程师和
　　年轻的技术工人；
和新考取的男女司机学会开车
　　机器颤动。
　　和飞行员驾驶飞机夜航；
　　徒工第一次独立司管十分钟车床。
　　以及
　　泥土里作物和瓜果的萌芽。
　　和高尔基,马雅柯夫斯基旧时思念中国,
　　中国的土地上今日有几处思念的萌芽。

月芽明亮，
　　现时代的中国劳动者思念，
　　列宁在十月，
　　和芝加哥示威的五一。
　　产业工人中国过去的奋斗
　　和今天的
　　过滤昨天的沉淀的
　　工作的萌芽。

月芽明亮，

中国男高音和女高音,
唱出世界的新的音律,
萌芽萌发。

白昼

白昼歌唱着。
　　愉快地
　　奋斗的生活在进行;
　　工厂、商店、办公室,农村。
从蓝色的天和白云里阳光灿烂。
　　白昼歌唱
　　人类的,人民的奋斗的生活行进。
白昼啸吼着。
　　炼钢厂和纺织厂,
　　煤火和纱锭啸吼着;
　　强有力的劳动,聪明的,劳动着的劳动,
　　白昼啸吼着。
　　白昼在啸吼中呻吟了一下,
　　什么地点发生的损失和伤痛。
　　它便又啸吼着。

白昼灿烂。
　　蓝天怒吼着,
　　劳动者的劳动于汗水中展望未来和计算今日的总帐;
　　白昼计算、展望而且怒吼着。
　　白昼突然似乎静悄悄,
　　劳动者的劳动似乎突然静悄悄,
　　每一个都似乎突然感觉到,
　　来自矿藏深藏的地底和劳动者自身的心灵、肌肉和灿烂
　　　的太阳的歌唱。

一瞬间也有歌唱的意思是，
　　这一国土和人民，
　　已经摆脱往日的痛苦和忧伤；
　　和成功的克服了回头的痉挛。
　　也有歌唱的意思是，
　　有时有擦破了肤皮，
　　但增强了聪明和
　　　劳动者的成长。
　中国的白昼
　　　有
　　　强有力的肌肉、坚强的手臂和
　　　半个世纪以来结构的强力的头脑。

（原载《青海湖》1982年第1期，收入《路翎晚年作品集》）

黎明篇

星

闪灼着,夜空里灿烂的,幽暗的,寂静的,热闹的,闪灼着。
闪灼着,夜空里怀念地,热望地,严肃地,愉快地,转动地,恒
　　固地,闪灼着。
闪灼着,房屋的瓦片和烟囱上面闪灼着,
闪灼着,阴雨阴云之后闪灼着,雷雨轰鸣前片刹有几颗闪
　　灼着,
黎明之前闪灼着。

闪灼着。闪耀着。
各时代的人有希望的星辰,
现时代有中国无产者远航的星辰。
布满天顶天际的明亮的星斗星辰闪耀着和转动着。
它关注过和记忆各时代的生活
　　　侵略者进攻正义者出兵抵抗,
　　　剥削者啃啮和被压迫者血渍斑斑。
　　　生死爱情,和感情……
　　　建业的奋斗,过失,散去的和散失的理想。

星照耀着和闪耀着,
　　　它对劳动者,正义者,旧时代的凄苦哭泣和旧时代的反
　　　　抗崛起,
　　　和夜行的游侠怀有感情的怀念。

星闪耀着,
　　愉快地闪耀着,
　　它对劳动者,正义者,现代人民群众的中国怀着强烈的
　　　感情。
　　它闪耀于天顶天际,
　　中国的新时代航轮稳稳地前行。

黎明

星逐渐隐去,
亮的和淡色的。
黎明便来到。

楼房和平房的疏落灯光熄灭。
房屋和烟囱工厂,
树木的轮廓。
黎明便来到。

最初的机动车的声音,
是轻悄的声音。
惺忪的人声的说话,
也有
嘹亮的。
轻快的脚步,
也有
下夜班的笨重的。
黎明便来到。

风吹拂着树叶和院子里晒台上挂着的昨日洗的衣服,被单
和
小孩的围兜。

轻微摇动也有一阵激荡的抖动。
扫地工开始扫地后便很规则有节拍；
黎明来到。
一日的早晨来到，
霞光照耀，太阳升起，
平常的一日开始了。

黎明，白昼，
星夜又黎明，日日夜夜。
每一日的黎明静悄悄来到，
它似乎深刻地说着：
在这大地上，
有老一代的中国人奋斗，
有壮年的中国人的抱负，
有新一代的中国人，新的人民的世纪的成长。

（原载兰州《雪莲》文艺季刊1982年第1期，收入《路翎晚年作品集》）

岁末

岁末风霜　风雪豪强
严冬蹒跚
春风春雨蛰伏
新年□,英雄形象
雪上脚印美妙
心灵希望充溢
欢腾旧年岁凯旋
春风栖息于楼台

岁末严寒　新年□蹒跚
也有叹过去年岁
雨雪,炎暑
脚印车辙侧歪

岁末风寒
春风眠于象牙塔
春雨栖于高山岩
严寒蹒跚
旧年岁逝
新年□高音嘹亮

82.1.8

（据手稿抄印）

黄昏

苍茫的黄昏已经逝去
晚间灯亮了
从前的时候
骡马车疲乏地返村镇
黄昏的最后的蚌壳云消逝了

现在这时候
卡车哈返来的拖拉机沿着道路行走
柏油路，碎石公路和田野里矗立着电杆，电灯亮了
黄昏的最后的蚌壳云消逝了

从前有内心剧痛的乡下少年
站立在村口呆望着
最后的蚌壳云消逝了
渴望在心里战栗，流血
痛苦而且同时愤恨
舔着伤痕而且同时向前街去
溪里的流水奔腾飞溅着浪花
黄昏的最后的蚌壳云消逝了

也有都城的少年呆望着
眼前过去淡漠的车辆和行人
渴望在心里颤抖，悸痛

悸痛而且同时怜惜自身的孤独
悸痛,负创而且同时向前街去
黄昏的最后的蚌壳云消逝了

现在这时候
村口站立着幸运的少年
他快乐地想着统统一切
怎样可以更好些
也有少年站在城市的道边
渴望在心里颤抖,但不再流血
渴望颤抖着,也有悸动
怎样现在的不会失踪
怎样会更好些
灿烂的灯的山
巨型工厂亮了
浓烟升空
黄昏的蚌壳云消逝了

82.1.8

(据手稿抄印)

远方

彻夜的雨声直到天明
旅行者驶向光明的行程
夜晚飞起来的喜鹊绕屋飞翔和在雨中盘旋
旅行者睡去再醒来天色薄明

旅行者在高粱地里穿行
在野草□□上行走
□□和杂草绊住了旅行者的潮湿的脚
那边是乱砖瓦堆然后是□□秋雨后的寒冷的□流
度过独木桥
是杨树和松柏之间的小路
然后是村舍
然后是大路
这□□道的路□□使腿和手臂出血
倘若绕大路走便路程□远
白天微雨中飞翔的乌鸦绕着树木飞翔

旅行者在困难和困惑中
各事物已付出的代价是决定付出的代价
各事物的性质是经过困难到达灿烂的前景
旅行者便不再困惑
小路弯和笔直通到各处，草丛、泥沼、水塘、村镇和桥梁
大路弯曲或笔直通到山那边那边

通到远方

1982.1.19

（录自徐朗抄件。21行红色虚线信笺，底边右侧有预印的"　年　月　日"栏，1页。□标记抄件上的空格，疑为抄录者因辨识困难而留）

河边上

河边上杂草繁殖
桑树和槐树发散着香气
槐树上的刺使夜间的喜鹊未能歇稳又飞去
上弦月照耀着
青蛙跳到河水里去了

河面寂静飘着荷叶和
荷叶长出水面
荷花开放着
对岸的远处有村镇的灯火

安静的,澄碧的河
深的清澈的池塘
和河岸静坐着穿黑衣的姑娘
青蛙在水里急游和蝌蚪在月光下的水面上游动
夜晚有蜻蜓
飞翔和
喜鹊落到巢里了

黑衣的姑娘沉思的是
国家的里程碑
和她自己的行程

河边上杂草繁殖
槐树发着浓厚的芳香
桑树在月光下颤栗着
因为又有喜鹊飞来
落到巢里了

黑衣的姑娘托着腮
她的眼睛闪灼着
她想的是：
旅人行路者望见了城市、乡野、故土、和异乡亦乡土的灯火
渔船的帆，看见海口渔村的灯火
出海航轮
凝望见灯塔的灯光
和火车进站又出站，绿色灯光

她最初是想到很多灯火
再后来她想到波浪
江流里的激浪
被轮船击破翻滚着喷着多量泡沫的激浪
和海洋的巨浪澎湃
和静静的河流的涟漪

再以后她想到
钟声，汽笛声，快乐的喊叫声
钟敲击着，汽笛喷着蒸汽……
机器的履带和巨大的圆轮转动着

后来便想到杂草繁荣繁殖着，荷叶和藕繁殖着
树木、飞鸟……人类——正义的人类
他们的事业繁殖着

再以后她想到
田野里是黄金和麦田和田地里豌豆花开
和山坡上苹果树花开

再以后黑衣的姑娘想到的是喇叭吹奏着
和
行进的弹力丰富的
坚决的鼓声。

82.1.31（82.5.16 抄出）

（据作者手稿抄印。"15×16＝240　人民文学"稿纸，顶边右侧有"第　页"栏。横倒竖行，上下两栏，不按格行紧密书写，1页）

蹀躞

街灯下看信的青年蹀躞着,
各时候都有这种青年人的闪电;
这蹀躞是因为英雄的心愿,
这蹀躞是因为对这城市和这乡野的感情,
这蹀躞是由于克服障碍和困难的决心,行走于激流和光明,
和宽敞的人生道路,
这蹀躞是由于被人理解,
这蹀躞不是因为缺陷、过失和错误
这蹀躞是由于对自身的正义和才能、优点的激动,
总之,是这种激动,
青年的、青春的激动
和
时代的激动。

附近的灯光下走过少年的快乐的夫妇的
灯光下疾行着出诊医生,脚步很响;
灯光下走过上夜班的工人
灯光下走过老年夫妇,提着鸡蛋粉条这一类,
和
灯光下跑过年节的放鞭炮的小孩。

年轻的霓虹般的幻想和为自己祝贺的热烈的逻辑和幸福的心理和——这时代总应该做些什么——奋斗的心愿和对前人的

敬礼和对未来的展望。

　　因为每一个生命都是有价值的；
　　因为青春是黄金时代而生活的道路有其慷慨；
　　因为前时代人建立的功业很强年轻人有其轻易；
　　因为中国的土地有其笨重而年轻人也有其艰难；
　　因为漫长的中华黑夜中国暗夜早已经过去可是又有了一回复辟的痉挛和这已被驱逐；
　　因为甜美的春风和光荣的黎明便心灵沉醉；
　　因为也有凛冽的风雪需要人们奋斗；
　　因为少年时代既过去便要立下志愿；
　　因为黑夜茫茫时中国人肉搏而白昼灿烂时中国人稳重前行，在电杆下，踱踱着一个青年。

1982.1.

（据手稿抄印）

春

车迟草被踏倒在田坎上，
齿轮草啃咬着雨后的黏土；
螳螂，
用前脚抵着松树的突出的根，
又摩擦着它的刀刃。
黄雀和麻雀在树上鸣叫，
还有一对燕子飞翔
种蚕豆地的老农民开始锄土。

旧时候的事也值得过几年再记一记，
那时候种这豆子地就差不多这春雨之后，
青年的农民——老头子的侄儿——叫地霸一棍子打倒在田地里。
"四人帮"差不多重复着这一套，
各人的仇恨都是具体的；
但也不只是这样，
各人的爱情与仇恨都相联。

车迟草和齿轮草每年都长出来，
田地散发着泥土的芳香
螳螂也这时爬出——这里有个螳螂窝；
燕子啼叫着飞翔，
学校里小学生在唱"春归来"。

春归来。
小学女教师讲的故事说,
春天是一个仙子,
每年到季节便出翅膀飞来还慢慢走着又飞翔,
播散着种子和花朵,
从翅膀里吹出春风。
——老头子农民想。

春又是惊蛰以后春分、清明,
每年都继往开来;
每年的纲目蓝图。
——公社的老头子想。
他还想到:
孙儿这时候是在课室里唱歌
或者他那一班是算算术。

1982.1.

(据手稿抄印)

记忆

因为记忆起少年时代焦急地刨铅笔去应升高小小学考
因为记忆起青年时代曾和坏人打架双方鼻子淌血
因为记忆起要不当亡国奴便有斗争,"五月的鲜花开遍了原野,鲜花上染盖志士的鲜血"
因为记忆其盗窃犯盘踞社会而劳动者创造者被践踏暗影笼罩,
因为记忆起过去时代的痛苦,
因为也记忆起
  青春少壮的斗争意志顽强
因为记忆起青年时代有远远的曼妙的声音呼唤
因为记忆起祖国呼唤,战场流血,和仇敌残毒
因为记忆起这些便珍惜斗争的成功
因为年龄已过壮年白发渐多便珍惜,回顾,
  记忆旧时的恋情
  和记忆,现在的成就
  以及往前新世纪的恋情。

(据手稿抄印)

老扫地工

白发的老扫地工靠着街灯站着
戴着眼镜看着他的收钱清单
街灯静静地照耀
老扫地工画去了几个户口
数好收到的一户一角放在提包里
灯泡不大的、昏暗的、垃圾堆边的街灯

垃圾堆堆得很整齐
早晨扫干净的垃圾堆周围和街上又有了不少的肮脏
墙边的乱石头和荒草曾经整理过
楼房晒台滴水滴成的坑洼
和
楼房的台阶
也早晨扫过
现在又飘落了风吹来的破纸
老头子垃圾工靠在电杆上
用脚画了画他白天铲子铲的痕迹
街灯静悄悄地关注地照耀着

街灯忽然似乎明亮了起来
它安静地、温暖地照耀于春夜
白发的老扫地工踱踱着
——明天早晨的笨重的劳动

每日的岁月年华啊；
这条胡同扫往这条次等街
再扫往大街口……
那里有亮的电炬街灯
夜晚现在有寂寞的汽车的震颤声……

白发的老扫地工踝踱着
感慨着岁月年华
他有感伤然而同时又快乐、温暖

一切和旧时代的黑的深泥泞的河不一样
老扫地工与人们同行于旧日时的泥河
那时候有流氓痞的敲门杆，社会有冷漠笼罩
各户欺迫老扫地工
这些年来人们开始了和增多了欢笑，
胡同、街道和楼房口
地面扫得清洁、清楚而且同时干净——
街灯似乎突然变得明亮
它温暖地、静静地照耀着春夜

老扫地工在街灯下背后交叉着手
在垃圾堆边徘徊着踝踱着
他和这一片街道、胡同、大院、小院、早晨时排牛奶的队伍
白天买菜的人群早晚上下班往来的人们同行于新时代的温水暖流

老扫地工在街灯下踝踱着
他和这里的人们共同度过多少的岁月年华；
他熟知各家的事情
有的已逝去和哪家结婚谁家出生男孩和女孩

小孩早晨朝他快乐地喊叫
老人们和他招呼
人们的儿歌里有唱着：
——几更几点，
老扫地工出车啦
月亮出落
老扫地工扫到中学街啦
岁月、年华
人们和同行者的老扫地工同行

同行于泥泞的河
也同行于温暖的水流

82.2.1

（据作者手稿抄印。"15×16＝240　人民文学"稿纸，顶边右侧有"第　页"栏。横倒竖行，上下两栏，不按格行紧密书写，1页）

溪流

溪流弯曲地流着,
喧哗的浪和水流;
泡沫和灰色褐色的石块,
它急流着使山羊吼叫起来。

溪流汹涌地流着,
溪边直立着弯曲的、巨大的野枣树;
风在枣树上吹过而野枣落在溪流里,
它急流着使野鸡飞跳起来。

溪流热情地流着,
溪边的小草被冲击而终年弯曲,根须中热烈的生命裸露着;
溪流边开着红色的野花,
它,溪流急流着使野兔跳跃落在水里又跳跃起来。

溪流荷着生命的渴望流着,
水流进沟渠灌溉着丰满的田地;
溪流流到长着芦苇的快乐的小河,
它急流着使小马奔跑起来。

　它急流着使田地、土坡、树丛、人家都静静地意识到自身所处的位置似乎是最确当的和沉思着自身的欲望,
　它急流着使牛啸鸣起来,

它急流着使小学生快乐地跳跃起来,
它急流着使拖拉机轰响起来。

1982.2.14

(据手稿抄印)

桥

从桥上可以看见远处的山
深绿的树木和丛林；

河的两岸是荒草
桥下是日夜不停地流着的水流。

桥下面是水上飘浮着的芦席蓬的船，
桥上面经过着旅人、行人和骡马车辆。

桥上面踱蹀着等候朋友的少年——
桥上面欢笑着遵守约言相会的青年朋友。

从桥上可以看见远处的山
从桥上展望对遥远的未来的响往。

深绿的树木和丛林一般
屈折的、洁碧的、清澈的日日夜夜流着的水流一般；

白昼里在天空中庄严地照耀着的太阳一般，
青年人对于美丽的未来的响往。

遵守约言的相会使心灵激动

热爱自己的人生的青年人欢笑着在桥上。

1982.2.16

（据作者手稿抄印。24行红色虚线信笺，底边左侧有"北京市电车公司印刷厂出品　81.3(1310)"字样。横倒竖行，不按行紧密书写，1页）

街角

街角走出来匆匆的少年，
街角走出来莽撞的男子；

街角走出来快乐的男女，
街角走出来美貌的姑娘；

街角走出来苍老的男子，
街角走出来白发的、勤勉的老妇；

街角跑出来啸叫的儿童，
街角驰出来邮务员的脚踏车——响着铃声；

街角驶出了骡马车辆，
街角，街道的转弯走出了买菜的家庭主妇；

街角驶出来喷油烟的汽车，
街道转弯，街角走出来清洁工挥动着扫帚；

街角走出了巡逻兵，
街角走出来列队的学生歌唱着，拿着扫帚，前面走着女教员——建立红领巾街；

街角走出了熟悉的朋友，

街角,街道的转弯碰见了故人。

1982、2、18

(据手稿抄印)

春雨(同题之一)

春雨落在小街上,
从墙头伸出来的桃花飞落着,
春雨在小街上发出清晰的声音。

温暖的、温柔的、快乐的春雨,
潮湿的、温情的、活泼的春雨,
儿童在雨中奔跑着,
春雨落在屋顶上,落在屋檐前,
撑着雨伞的人们疾速地行走着,
没有雨伞的少年男子在雨里慢慢地走着。
少年男子憧憬着巨大的理想,
少年男子钟情于春雨,
少年男子梦幻中孳生着渴望。

春雨淋湿了街边的桃树和桐树,
春雨淋湿了匆忙行驶的车辆,
春雨淋湿了小街。
春雨落在欢乐的小街上,
没有雨伞的少年姑娘站在屋檐下,
少年姑娘灵感中发生着渴望。

1982.2.18,1984.10.24 整理

(原载《文汇月刊》1985年第5期,收入《路翎晚年作品集》)

少年人

坐在公园椅子的一角
坐在公园的石栏杆上
坐在喷泉旁边和沿着林荫道散步

少年人沉思着、烦恼着
黄昏的夏日的太阳照耀
苹果树上有蝉热烈地鸣叫

公园的椅子上和石栏杆上
花圃附近和喷泉旁
散步着或坐着在人生里各有着位置的人们

少年人沉思,寻觅他的位置
他的在人生的道路上搏击前进的位置
他的心激烈地跳动着

他想选择这样那样的行业
他想为伟大的事业献身
他想读巨大的书

黄昏的夏季的太阳炎热地照耀
苹果树上蝉停止了,黄雀热烈地啼叫
在公园的椅子和林荫道上少年人坐着和散着步,他经历着

人生的严肃地瞬间

1982、2、18,1982、3、5抄出,人民日报①

(据手稿抄印)

---

① 这里的"人民日报"可能是指投稿去向。

钟

麻雀飞上钟楼歇在楼顶上,而建设者在前进
钟报出时间是上午十时

十时有家庭主妇开始煮饭
十时有鼎盛的劳动工作在各个房间和广场盈满
十时有灿烂的太阳,有青年和国家的负责者瞭望前程

黎明到夜间零时,钟响着
有报纸和公文信件发出和到达,有电报呼号和红绿灯,有浓
　　烟升起于国家版图的各处,有欢喜的生命的律动,有种
　　子播下,书刊出版,有炉火亮着
有快乐和间或失败的忧郁的叹息

各时刻钟摆响着
白昼或者深夜
归来的劳动者中午和晚上放下帽子
钟响着

劳动者背着背包黎明出行
钟响着
中国的劳动者蒸腾着□□的热气
劳动者工作到深夜
在升起的成绩面前自豪地工作

钟响着

劳动者沉思着行进于上午十时而走过一扇扇灿烂的玻璃窗
钟响着在钟楼上仰向天空
行进者、拓荒者、开劈者、守成者、创业者、劳动者前行着
钟响着报告行程报告忧郁的时间和快乐的时间幸运的时间
  和不幸运的时间耕耘的时间和收获

1982.2.19 抄出

（据作者手稿抄印。24 行红色虚线信笺,底边左侧有"北京市电车公司印刷厂出品 81.3(1310)"字样。横倒竖行,不按行紧密书写,1 页）

鸭子

沿着曲曲折折的河岸一群鸭子跑着
养鸭的姑娘拿着竹竿走在后面

沿着曲曲折折的河岸鸭子嘶叫着
蹒跚地摇摆着行走

穿过稠密的杏树林又穿过李树林沿着河岸鸭子奔走着
鸭子又在蒿草里蹒跚着

养鸭的姑娘大声和嘹亮的声音
鸭子纷乱地出了蒿草又排成整齐的集群

鸭子整齐的集群像活动的水流一般移动着
养鸭子的姑娘沿着河岸喊叫

鸭子沿着蒿草坡下到河里
领首的几只很快地游动又突然停止

鸭子像水流般倾泻到河里
横着翅膀和发出叫声

养鸭的姑娘坐下来看着美丽的七孔桥
养鸭的姑娘记着果木的数目和数着鸭子的数目,她计算着

今年的收获

1982、2、19,1982、3、6 抄出

(据手稿抄印)

风

风吹着瓦楞
女孩在奔跑着
风吹着煤炉的烟

风吹着枣树
风吹着未关上的门
女孩在枣树下坐着

风吹着跑出窝来的兔子
使兔子的耳朵歪斜
风吹着在风中啼叫的鸡

风吹着飞翔的鸽子
鸽子在风中慢慢降落
女孩在风中在台阶旁小凳子上坐着

女孩沉思着她的刚强的理想
她将和困难格斗而致胜
她将走很远的行程到达美丽的地方

风吹着屋檐上的瓦
瓦在风里轻微发响

风吹着沉思的女孩

1982、2、19

(据手稿抄印)

航船

澄碧的水流
看得见河底的光滑的或有菱[棱]角的石头

风吹着河面起着波浪

风吹着航船出发
水流拍着船头
风在芦席蓬上吹着

风吹着冬季的晴朗的旷野
枯黄的蒿草和枝条枯萎的林木
旷野发出轻微的叹息

航船沉静地前航
船夫们的吆喝声和水流声响着
波浪翻滚

风向前进的方向吹
太阳温暖但是寂寞地照着河面
河面美丽的波浪翻滚

都城的朦胧的影子渐渐远去
航船向都城作着告别

风向遥远的方向吹

1982.2.20

　　（据作者手稿抄印。24行红色虚线信笺,底边左侧有"北京市电车公司印刷厂出品　81.3(1310)"字样。横倒竖行,不按行紧密书写,1页）

下午

儿童们在街边游玩着三步跳很远
三步跳过一个大的水泥块

嘈杂的叫声在风里传很远
戴红绒线帽子的姑娘的三大步跨过一个小泥块

太阳照耀着寂静的下午
儿童们在街边游玩着打三角

将对方打翻的得胜者邀请对方
比赛拉手再比赛三步跨很远

风在烟囱里吹着的寂静的下午
都市里的丛林里冬季过去枝条开始发绿

光裸的枝条上出现绿色的烟雾
风在都市的丛林里和大街上吹着

儿童们比赛三步跨很远和手臂的拉力
戴红绒线帽子的男孩前倾又跳跃

风在烟囱里和都市里的绿色烟雾的丛林里吹着

儿童们在街边比赛着三步跳很远

1982.2.20

（据作者手稿抄印。24 行红色虚线信笺，底边左侧有"北京市电车公司印刷厂出品　81.3(1310)"字样。横倒竖行，不按行紧密书写，1页）

小城

灯火闪耀的小城
蒸笼里蒸气冒出小饭馆的屋檐

灯火明亮的小城
小酒馆里的嘈杂声和快乐的工业基地的建设者们

骡马鼻息的声音
车上的疲劳的赶车者的笨重的鼾声和建设者们唱着休息之歌

白色亮光的硝石灯,也有都市的建设者们的外省的声音
售卖土产的售货车的姑娘的土腔的好听的声音

在大城里放过的电影的广告
扩音机里喧闹的歌声

灯火明亮的小城
静静的林荫道、办公楼房和大路通向旷野工业机[基]地高压电线在建筑

灯火闪耀的小城
火车汽笛鸣响经过小城又驶入旷野

小城矗立在旷野里

从风雨的年代到电塔直立起来的新的时代

　　　　1982.2.20（1984.11.19 抄出　今晚报）

（据作者手稿抄印。24 行红色虚线信笺,底边左侧有"北京市电车公司印刷厂出品　81.3(1310)"字样。横倒竖行,不按行紧密书写,1 页）

夏季的中午

山上有清澈的泉
从泉里流出溪流,从溪流悬挂下瀑布

沿着山路松林和杨树生长
梨树和苹果树结果散发着芳香

炎热的夏季中午建设者和伐木者在山中行走
蜜蜂和蝴蝶绕着梨树和苹果树飞翔

夏季的太阳照耀在高山上,伐木者的有经验的眼睛凝望着树木
山上乔木丛林在阳光里发亮

夏季的阳光照耀着清澈的泉
伐木者往山里去,溪流和瀑布沿着山坡汹涌地流下

蜜蜂和蝴蝶沿着溪流飞翔
停在溪流边的黄色的野花和车迟草上

夏季的中午炎热草叶收缩伐木者来到稠密的森林里
夏季的中午寂静瀑布激烈地流淌

夏季的酷热中午伐木者在山巅上吹着哨哨开始工作

夏季的炎热的中午建设者在砍伐林木——电锯震响着

1982.2.21（84.11.抄出　今晚报）

（据作者手稿抄印。17行双线信笺，顶边右侧有"第　页"栏，左边有装订线位和"北京市电车公司印刷厂出品　八一·五"字样，底边左侧有"（1440）"字样。横倒竖行，不按行紧密书写，1页）

市集

市集里喧闹的人声
拥挤的人群里浮着汽[气]球

老头子和戴折耳帽的青年卖着各色肉
排骨和羊蹄子挂在架子上,购买的人们拥挤着

抽着烟的壮年和老头子卖着谷物和豆类
摊开的、装在袋子里的,黄色的,和白色的

喊叫着的人们卖着鸡鸭鹅和野鸡
笼子里公鸡向着购买者和闲游者啼叫着

戴护耳帽的老头和热闹的青年卖着烟草和酒
腾起烟雾和嘈杂的人声

年青的穿肥肿的大衣的姑娘和青年卖着包子和烤白薯
腾起快活的热气

呼喊着的人们卖着鸡鸭蛋和菜蔬
茄子、辣椒、白菜、菠菜……家庭主妇提着网兜和篮子

人们卖着鱼和虾
谈着"怎样捉到这条大鱼"的青年大笑着

老头子卖着玩具、哨哨、气球

嘈杂中儿童奔跑……

1982.2.23（1984.11.抄出　今晚报）

（据作者手稿抄印。17行双线信笺，顶边右侧有"第　页"栏，左边有装订线位和"北京市电车公司印刷厂出品　八一·五"字样，底边左侧有"（1440）"字样。横倒竖行，不按行紧密书写，1页）

棉花的收获

棉田边,田坎上
棉花种植者在忙碌

绿的狗尾草和艾草在田坎边散发着香气
野花和蒲公英摇晃着

棉实已经茁壮
棉花种植者计算着今年的收获

因为年轻人不小心揉烂了带出来的纸张,老头子便走进田地里去又走转来,用几根狗尾草在田坎上摆着单位数目字
年轻人从排□间张望棉田,用手数着数目字,又排上一根草

从春季的播种到秋季的收获
现在有的棉实已经炸开,露出白色的棉花

春季的时候春雨浇灌着饥渴的土地,种植者从事耕耘
还有夏季的暴雨

老头子在田地里扒土而且大声叫喊
年轻的人们雨中掘开田坎

辛勤的劳动,洒下汗水

棉花茁壮成长

棉田边的田坎上和绿的杂草地上
种棉花的农民计算着他的收获

1982、2、23，1982、3、6 抄出

（据手稿抄印）

春雨（同题之二）

渴望着春雨的田地，
渴望着春耕的田地里的黑色的泥土，
春雨降落着；

蜗牛在田坎上爬行，
蚯蚓在泥土里扭动，
春雨飘落着；

艾草蒿草苦蓬草都发绿
田野里冬麦发绿，
春雨浇灌着。

野鸭子和鹧鸪在田地边鸣叫，
池塘里青蛙跳到莲荷上
春雨飘洒着；

果木开花，红色白色如烟雾，
小河灌满，闪动着绿色的波浪，
春雨，从低垂的、美丽的云里，降落着；

绿色的田野一直到远远的山边，
红色的村镇的街道上有快活的人声；

春雨,从灰白的、温暖的云里,飞落着。

1982、2、23

（据手稿抄印）

灯光

开抵车站和开出车站的火车的车窗灯光
快乐的迎接和忧郁的告别

进抵港埠或开出港埠的航轮的灯光
远涉海洋而来和驶入海洋而去

大的都城的豪华的灿烂的灯光
灯的山和海洋，沸腾的生命

小城和村镇闪耀着的灯火的眼睛
朦胧的夜，惺忪的勤劳的骡马车辆

楼房的温暖的灯光
劳动者夜晚的不顾疲劳的工作

低矮的平房的朦胧灯光
老年妇女眯着眼睛在缝着儿童的棉被

工厂的明亮的灯光
黑暗中的冒浓烟的烟囱、亢奋的机器震响

市集的热闹的灯火
快乐的沸腾人声和购买者的明亮的眼睛

疾驰的汽车的闪亮的灯光
女售票员的嘹亮的声音报告到站

脚踏车闪耀的灯光
寂静中的车轮声和链条声，劳动者深夜归来

       1982、2、23

      （据手稿抄印）

老太婆

风吹着地上的纸片,纸片颤抖着流动着
风吹着老太婆的衣服角和她的拐在手臂上的篮子
冷风里含着有弹力的春气的风

太阳照耀着
太阳照耀着老太婆的满是皱纹的脸
太阳渐温暖空气里风出来柳树的发芽的气息

老太婆蹒跚地行走着
她欢喜地满足她的老年的渴望
她的篮子里携带着一条鱼

她的儿子结了婚并且是先进的工作者
他在机器车床上工作得到前辈和同辈的赞美
他对她很孝顺和经常来看她

他在工厂里出品钢管
他的机器间很热闹
母亲曾经[到]那里去看过儿子

机器旋转不停发出粗重的、以及细而尖锐的、吹笛子一般的声音
母亲的心也快乐地跳跃里面也响吹笛子的声音

老太婆带着一条鱼在风里走着去看她的儿子

1982.2.24

（据作者手稿抄印。17行双线信笺，顶边右侧有"第　页"栏，左边有装订线位和"北京市电车公司印刷厂出品　八一·五"字样，底边左侧有"(1440)"字样。横倒竖行，不按行紧密书写，1页）

风(同题)

风强劲有力地吹着城市的房屋瓦片
机器厂的窗户在响声里震荡着
风吹着机器厂的窗户

充满弹力的风吹着疾驰车辆的车篷
车轮在光滑的地面上滚动着
风吹着汽车的窗户缝

风吹着无轨电台[车]的电线和电杆
风吹在电线上呜咽
无线电车的嘶叫声和风声连成一片

风温暖地吹着楼房的窗户
风吹着楼户晒台上晒着的衣服
和晒台上的人们的头发和他们的沉思

风将收音机的声音吹得很远
风吹来十点钟中学校课间操广播的乐曲
风吹着服务员的嘹亮的喊声

风吹着林荫道
风吹着道路两旁的树木,树木呼啸着

风吹着,都市在风里有力地呼吸着

1982.2.24

(据作者手稿抄印。17行双线信笺,顶边右侧有"第　页"栏,左边有装订线位和"北京市电车公司印刷厂出品　八一·五"字样,底边左侧有"(1440)"字样。横倒竖行,不按行紧密书写,1页)

鸽子

狂风吹着鸽子的羽毛
鸽子飞落在窗台上
伸着英俊的颈子凝望着；

它凝望它飞过的云层
和凝望它飞过的狂风
低空里弥漫着灰沙；

它才曾猛力地飞翔穿过云层
它曾在狂风里猛烈冲击
它的翅膀燃烧着,发着热

它在晴朗的天气飞出去好些里
它遇见了狂风
和狂风继续喷出的云层

它和伙伴散失高飞到云层上
由于它的战斗的、英雄的性格
它高飞和狂风搏击

它看见了楼房的踪影
它看见了它的窝

它展翅飞翔降落回来思索着它的高飞的历程、热烈的心、狂飙的想象、豪杰的眼睛、脚爪和翅膀

         1982、2、25

       （据手稿抄印）

家乡

　　树叶和花的阴影在地上摇摆
　　月光照耀着树林
　　夏季的、炎热的夜

　　少年人在树中月光下穿梭着
　　看着爬在松树上的牵牛花
　　和摇曳的山楂

　　都市边缘的丛林和不高的山
　　高的、明亮的楼房附近有秀丽的桥
　　少年人在月光下走到桥上

　　少年人逡巡着,他的目的是告别
　　便是他将告别故乡到北京去学习
　　将来的前程远大他便于快乐中有点依恋故乡

　　他将怀念乡土,在这里他生育成长
　　他和同乡的同学少年在这里热烈地用家乡的土腔辩论生活的意义
　　和在这里从树林跑上山岗

　　他将怀念朋友,他们共同地求知
　　在新的时代成长

他逡巡着奔走着跺躞着看着他的熟悉的地方,他的人生憧憬在这里开始和蓬勃成长——他的家乡

1982、2、26，1983①、3、5 抄

（据手稿抄印）

---

① 从原稿用纸、墨色、笔迹看,疑应为1982。

排队

豆腐厂运来了豆腐
排队购买豆腐的队伍很长

小姑娘排在第一
舌头舔着嘴唇,大的菜盆贴在胸上

她歪着头,注意地看着豆腐
看着售货员的动作

小姑娘回头看见后面的老头子,衰老,力弱
便让出了位置,退到了第二个

她又看见后面是怀孕的妇女,便退到了第三个
她抱着菜盆,舌头舔着嘴唇

工人排在中间,让给了带着菜篮的顶小的姑娘
青年学生排在后面,让给了抱着小孩的妇女

售货员开始发卖豆腐
阳光照耀着商店门前的场地

小姑娘买完豆腐跑出来

舌头舐着嘴唇,转身看着在阳光下排得很长的队伍

1982、2、6①,1982、3、5 抄出

(据手稿抄印)

---

① 从手稿页码连续性和笔迹判断,疑应为 26 日。

花朵

花朵开放着
花朵在深夜里开着
花朵是美丽的

公园里的灯盏彻夜地照耀着
喷泉地水溅到花朵上
大的芍药花朵

公园里的灯盏从灯柱上照耀着和喷泉盘撒着
夜间的寂静中舒展着的
大的蔷薇花朵

公园里的灯盏快乐地、安祥地照耀着和喷泉喷洒着
夜间的安静中摇曳着、在喷泉水中颤动着的
大的玫瑰花朵

公园里的灯盏静静地、辉煌地照耀着和喷泉在寂静中飞溅着
夜间的喷泉水和黎明前的露水中蓬勃着的
大的牡丹花朵

夜间,花朵静静地在公园花圃中和在喷泉旁开放着
灯光辉煌地照耀着

喷泉溅到花朵上和花朵的香气飘到灌木丛中

1982.2.26

（据作者手稿抄印。17 行双线信笺，顶边右侧有"第　页"栏，左边有装订线位和"北京市电车公司印刷厂出品　八一·五"字样，底边左侧有"(1440)"字样。横倒竖行，不按行紧密书写，1 页）

黎明(同题)

太阳从地平线出来以前
夜的黑暗逐渐散去,黎明前静悄悄
都市的房屋在暗影和微光里

绿色的、白色的黎明
地平线上闪着红光
屋脊上闪着光

天空有稀薄的云层
都市的鸽子开始翻飞
房屋在暗影和微光里

地平线上,都市边缘的山峦和屋脊上,闪着红光
红光逐渐更明亮
黎明和早晨开始到来

一日的最初工作的声音响起来
木匠刨着木头
和机动车的声音响着

太阳升起来照着楼房的晒台
雄鸡嘹亮地、热烈地啼叫着
太阳照在高楼顶上,照在钟楼顶上,照在林荫道的杨树和槐

树顶上,照在院落的屋瓦上,照在院落里的枣树上,照在工厂的烟囱上,照在电线杆和电线上,照在出站的火车和汽车顶上,和照耀在劳动者的肩膀上

1982.2.26

(据作者手稿抄印。17行双线信笺,顶边右侧有"第　页"栏,左边有装订线位和"北京市电车公司印刷厂出品　八一·五"字样,底边左侧有"(1440)"字样。横倒竖行,不按行紧密书写,1页)

种蒜

轻快的雨降落着
田地里农民踩着潮湿的泥土
将泥土掘出坑来

将蒜放在坑里再掩上土
轻盈的雨降落着
劳动者农民的脚在田地的泥里都踩着——陷到小腿

喊着拿工具拿蒜种的互相联络的噪闹的声音
和突然的静默
锄头在地里响着

又响起喊叫的声音
雨大起来了
种蒜的农民在雨中湿滑的田地里蹒跚地走着和他们盼望蒜很快地生长

潮湿的野草的和泥土的香气
劳动者农民戴着草帽和挥动着锄头和他们盼望蒜很快地生长
远远传来市镇的声音

蒜的颗粒静静得躺在坑里
劳动者农民,热烈的男女在雨中劳动着和他们盼望蒜很快

在太阳下长出绿色的苗
　田地边上的绿草在雨水中颤栗着

　　　　　1982、2、27，1982、3 抄出，北京日报

　　　　　　　　（据手稿抄印）

一日的工作

早点铺子里人声沸腾,
女售货员忙碌着,
她的手舞蹈着,像闪电般敏捷地,数着粮票找补零钱和取着货物;

火炉旺盛地燃烧着,
油烟和煤烟在厨房间里弥漫,
不断得传来擀面棒的声音和吆喝声;

女售货员在柜台里转动
在厨房间和柜台之间穿梭,
早点铺子里人声沸腾——女售货员憧憬着她的工作。

早点铺子的女售货员下午在医院里干护士的工作,
在医院里托着医药盘穿梭着,
在病床面前轻捷的声音喊着:吃药;

医院里安静和院子里开着梅花,
药方到病房浓厚的药味和酒精气味,
病人的呻吟声和医生、护士的安慰的声音;

护士的白衣服在走廊、药房、病室之间轻捷地闪动,
护士紧张地,流着汗奔波,在医生、病人和药房之间闪电般

忙碌着，

女售货员护士忙碌着一日的工作——她憧憬着人生和憧憬着她的工作。

1982、2、27

（据手稿抄印）

种麦

劳动者农民们扒着泥土，
在干燥的泥土里浇进水去
他们敲碎着泥土的硬颗粒；

田坎扒开放进水来，
和用橡皮管浇着水
从河里汲水的扬水机啸吼着；

水活活响着灌进饥渴的泥土里，
人声喧嚷着，喊叫着，
和传来用铲子敲碎泥块的沉重的声音。

汗水从男女农民的脸上流下来，
汗水浸湿了他们的衣服，
他们辛勤地劳动着为了今年的收获，为了今年谷仓的盈满，
为了今年国库的收入和为了满足他们的总是渴望着劳动和胜利
的果实的炽热的心；

劳动者农民扒整齐田地，洒下麦种去，
麦种静静地躺在土里它将要发出芽来，
河流边上扬水机的声音啸吼不停；

劳动者公社农民洒下麦种去，

麦种躺在潮湿的土壤里和在泥土里发着香气,

它将要发出芽来麦田将在微风里荡漾着绿色的麦子的波浪和仓库里今年的麦子将要堆到屋脊。

1982、2

(据手稿抄印。此诗另有一个路翎手抄版本,文字遗漏、颠倒较多,落款署"1982、2、27,1982、3、5抄出,光明日报",可能显示曾打算投寄《光明日报》)

渔船归航

天晴朗,
秋天的海;
风平静,
波浪荡漾,
渔船返航。

水平线上渔船的黑点,
扩大;
黄昏的太阳在海波上,
也在岸边的礁石上静静地
闪耀。
在渔夫们的家人的衣服上闪耀,
在女孩的头发和扎头发的红绒线上闪亮,
人们静静地等待,
黄昏的太阳和希望在他们眼里闪耀。

渔船出海三天,
二十余艘傍晚返航;
大海澎湃着,
波浪在礁石上撞出白色的浪花。
灰色的和白色的帆渐可以看得清楚了,
海鸥和海燕飞翔和啼叫着;
海鸥和海燕盘旋着飞翔,

在海浪里轻微喧闹着和海浪击打着沙滩。

波浪里稻草、香烟头、掰断的筷子、破纸、绳子头、水果皮……
二十分钟前有一个万余吨的航轮经过——
它有水果皮和
漂亮的糖果纸。
大海波涛澎湃,
渔夫的家人们,老人们,妇女和儿童们屏息地等待着,
他们的眼睛里闪耀着海和黄昏的太阳和希望;
老年渔妇婆婆和老头子还特别安祥。

秋天天空清澈,
苍穹高远,
空气晴朗和
黄昏的太阳照耀着伸入水里的山岩,
和山岩上野藤、野枣、巨大的松柏;
和岸上的远山,黛色的和秋天黄绿色的荒莽的树林——那里面有时候有豺狼出没;
和靠近岸的村庄、房屋。
包着头巾的新娘子渔妇回头又一次遥望,
太阳在她家的玻璃窗上闪着光。
海鸥海燕啼叫着绕着归航的渔船船帆
盘旋
大海澎湃。

领头的渔船船帆落下,
后面的陆续落下;
海鸥海燕旋飞,
叫声欢快而且同时激昂、嘹亮。
渔夫的家人们屏风一般地在岸上等待着,

领头的船上挥着顺利,幸运,胜利的红色旗,
小姑娘名叫小鸭子的和新娘子名字也叫小鸭子的开始叫喊,
还有渔妇诨名叫做鲨鱼,
还有——也有新娘的名字叫美娘。
秋天的黄昏的太阳沉静地照耀,
照耀在船上的渔夫们的披着的衣服上,
和
袒露的胸膛上;
希望和微笑在渔夫的家人们眼睛继续辉耀,
太阳在海波上辉耀,
渔船队分散靠岸。

海岸上扬起叫喊,
而大海多情无情澎湃如往日一样,
渔夫的家人们呼喊着姓名,
渔船上也扬起喊声。
这只船上的二十余人中少了一个,
岸上的他的妻子和他的男孩已经几次叫喊。
女孩小鸭子帮忙叫喊,
船上的人们也往舱里叫喊。
海鸥海燕偏翅飞翔发出激昂、尖锐的声音,
有一片人群寂静,
船上的人们也寂静。

大家看见这一个突然从后舱口出来了,
惊诧地将两手捧着的一只很大的鱼扔在船上。
他回答喊叫,
窘迫地但是同时快乐地笑了,眼睛闪耀。

便到来了寂静,

他的女人突破了寂静。
"你个死鬼呀,把我们骇死啦!"他的女人生气地喊,而且哭了。
他的儿子喊叫:
"爹呀,你呀!"而且欢喜地哭了。
岸边上这一片又一瞬间寂静,
而且寂静扩张了些
海鸥海燕啼叫飞翔,
大海澎湃。

这瞬间的寂静渔夫渔妇们忆及多少航程,
往日旧时代的航程渔船归航,
少了一个两个或者整艘船,
由于险恶的波浪,
由于渔船过于旧,
由于渔船上的劳累失足,
是很多的事;
这些少了的渔夫是岸上谁家的;
黄昏的太阳在哪几家的寒苦的窗户上或屋顶的玻璃顶窗上,
做凄凉的照耀。
过去也有或一幸运的归航,包括鱼满船舱,
可是有渔税,渔租,流氓地痞特务,
现在是这时候了,社会变革了,
虽然还不能完全没有人事的错误,
和还不能完全制服这多情亦无情的海洋。
而且渴望复辟黑暗社会的"四人帮"的惊悸也刚过去不久——
这青年渔夫的妻子拖着她的儿子哭了。
他跳了两下脚哭着,
扎着红绳子的,欢喜做"鼓鼓腮"和"打哇哇"的,顽皮的小鸭子姑娘做个怪脸便笑了,
青年渔夫的妻子便也笑了,

她快乐地笑起来,
她的男孩也笑了。
从舱里后出来的,袒露着胸膛的青年渔民窘迫地笑着,
海鸥海燕沉默地飞翔……

笑声也停止了,
人们检阅了过去的死亡
和今天的心的时代,
海浪啊,静静地冲击着礁石和沙滩。

"算了吧,各家的老娘们!"
领班的洪亮的声音响了起来,
于是便扬起了一片欢腾的叫喊,
背着书包的男女小学生们扬起了很长的声音喊叫,
补偿刚才的阴暗
于是便拖绳缆
于是便涌上船去
于是便发出吆喝声。

黄昏的太阳暗澹下去了
海洋沉静地波动这和呼吸着和沉思而着——凶狠而且同时温和着和安祥地、温柔地、欢畅地澎湃着、波荡着。

渔夫渔妇们奋力地、迅速地、欢喜而且同时奋激地、喧闹而且同时心灵激荡地往岸上运送着鱼;
小孩迅速地蹦跳,
抢着
蹦跳的鱼。

因为远处的海洋鲸鱼浮水

喷起水柱的缘故，
因为"小鸭子"小姑娘抢着很大的鱼快乐地尖锐声叫喊的缘故；
因为新娘子回头再把岸上她的暗了的玻璃窗张望的缘故；
因为领班再又洪亮地而且快乐地喊叫着的缘故；
因为蹦跳的鱼愈堆积愈高的缘故，
因为海鸥和海燕继续盘旋愉快地啼叫的缘故；
因为海浪澎湃海洋摇晃的似乎是唱着歌的缘故；
因为太阳落下去了
到来了秋天的寂静的愉快的晚上，月亮升起来了的缘故，
人们快乐着。

海滩上的欢闹、勇敢、兴奋、精力充沛、豪强、示威，同时幸福而且温柔的渔夫渔妇的声音和他们的英雄、有力、敏捷、快乐的动作，
一瞬间散布在空气中和震荡着空气，
发生着欢乐的，兴奋的奇异印象，
月光照耀着大海。

1982 年 2 月

（据手稿抄印）

颂建筑工地

从钢筋工所站的高处往下看，
从高层建筑工架往下看，
从起重吊钩机器的机台上往下看，
街上的汽车大甲虫般流水般驰过，
自行车的洪流和林荫道上的行人行走变得很小了，
地面的有强烈性的模糊的轰响声震动着。

十几层高楼的建筑工架顶端电焊工进行着电焊，
钢筋工进行着绑架钢筋，
和
起重机的吊钩将钢材和水泥块板吊往空中，
起重机吊钩机器转动着，
发出轰声和铁链条碰击的声音，
伴着轰声有建筑工的敲击声，
建筑工地的喧闹的、尖锐的、粗野的、啸吼的声音。

建筑工地高耸着钢架一直到深夜啸吼着，
白昼一直到电炬通明的夜建筑工人灌浆水泥和
将细的钢筋锁在孔穴里，
将水泥板合缝，
将短的部位的钢筋再衔接上。
建筑工地的工程
和

白昼地面上的流水般的机动车和夜的寂静，
傲慢地进行着。
建筑工地像巨大的猛兽般啸吼，
这年代的都市的节奏。

因为建设都城的计划在实现而激动着的
建设者们、交通岗警、汽车、电车司机、商业从业者、邮递员、
　银行行员、各机构办事员、行人的满意，
因为旧时代的荒丘、土坡、荒草和痛苦、灾难、疾病、受凌辱、
　饥饿已经被消灭和击溃，这所引起的建设者们的庆幸，
因为和欲望复辟旧世界的流血的啃咬已经胜利，这所激起
　的建筑者和建设者们的愉快，
因为繁荣起来的大街和它们的两侧耸立着的杨树所引起的
　建筑者们美好的激动和对未来的盼望，
因为因这些而增加着的细心的工作和热烈的思维，
所以这都市发出巨大的欢乐的声音，
和
只有心灵才听得见的声音。

1982.2，1984.10.20 整理

（原载《路翎晚年作品集》）

白云

洁白的云漂浮着,
春天的空气新鲜。

灿烂的阳光照耀着,
春天的白云下树叶绿色而且新鲜。

春天的绿色的开花的树木挺立着,
白云下面工厂的烟囱静静树立它们也新鲜。

花从花托里出来拖拉机从仓库棚里出来,
白色的柔软的云下面绿色的山从白色的云下面出来。
它们都新鲜。

机动车声和工具的声音充满都市和村庄,
白色的云下面耸立的都市和乡村都新鲜。

美丽的白云下面烟囱冒着浓烟,
工厂汽笛的声音鸣响和汽笛的声音强烈震动运货车驶进工厂线了。
理想的力量新鲜。

喧闹的村镇大街上载运种子和肥料的大车和汽车通过,
骡马和车辆的声音和人声喧哗在白云的下面。

村庄里堆着高到屋脊的去年的草堆，
　　男孩站在草堆上呼喊他将来要当英雄而女孩叫唤着她将来要当球赛的二传手。

　　收获的盼望新鲜。

　　白云欢乐地漂浮，在地平线上像巨人一般矗立，
　　城市和乡野间春天在击鼓前进。

　　白云灿烂地飘过城市、田野、工厂和河流、山峦上空，
　　都市和相连的大地喧哗，这些日子都有力而新鲜。

1982.2，1984.10 整理

（据手稿抄印）

河滩

田螺在河滩上翻滚着,
河滩曝晒在酷热的阳光里。

蚌壳在河滩上灿烂发亮,
河水静静地流着。

渡口喧哗着人声,
渡口旁侧捕鱼人正在撒网。

河滩上走过前往工业基地投身工程建设的人们,
河滩上走过前往新开辟的工业基地去的时髦的、说话热忱
  明朗的年轻的姑娘。

头上插着花的笑着的新娘行走在河滩上,
后面走着背着塑料包和一串炮竹的新郎。

河边上走过搬运蔬菜的,
河滩上还走过军队整齐的小队。

河滩的阳光里走着前往渡口的人们,
蚌壳和田螺在阳光里灿烂发亮。

渡船靠岸,过河者忙碌地奔走,

河滩上还行走着去学习的严肃的沉默的少年。

憧憬于人生和展望远大的前程,
跳跃着热血的,忠实的心。

1982.2；1984.10 改

(原载《文汇月刊》1984 年第 11 期,收入《路翎晚年作品集》)

上午十时

麻雀飞上钟楼停歇在楼顶上,
钟报告时间是上午十时。

十时有鼎盛的劳动,
工作在个个房间和广场上进行。

十时有灿烂的太阳。

黎明到夜间零时,钟响着,
城市的胴体发着热和有着电光,
地平线上的热望向城市汇集而来,
城市的热切的愿望也飞往地平线外的各方。

十时有工作的浓烟升起于国家的版图各处,
有欢喜的生命的律动,有种子播下、机器转动。

各时候钟响着,
白昼或深夜。

建设者劳动者出发和归家,
取下或放下他的帽子、皮包或工具,
钟响着。

人们背着他的背包和拿着提包黎明出行,
钟响着。

人们蒸腾这额上的热气,
心灵中一个工作的愿望又再一个,
都市和平原大地上便增多一种温暖的风。
钟楼上钟响着。

人们沉思着于上午十时,
一日的鼎盛的时间,
各扇灿烂的玻璃窗,
钟楼冲上天空,麻雀听见大钟响着,而建设者心中钟摆震动着。

而都市和地平线外的平原里一同有着温暖的风

钟声敲响着十时,
人们的心灵紧张同时愉快,
往前盼望着但同时达到这时的目的,
没有比这白昼的时间更盼望着而同时达到目的,
似乎没有比这时代的建设者这样盼望着在同时达到目的,
成功有着雄伟;
建设者,开辟者,拓荒者,创业者,在他们的工作中前行
都市和乡野间便增多一层阳光,
增多一种强劲的温暖的风。

1982.2,1984.整理

编者附记:
本篇原稿有删改,结尾原为:

开辟者、拓荒者、创业者在他的工作中前行,

钟的指针沉静地指着上午十时,报告着行程:胜利与快乐、幸运的时间,也有失败、忧郁;和耕耘的时间和收获。

(据手稿抄印)

枣树

啊,
枣树的潮湿枝杈在屋顶上摇晃,
夏季的风雨后吹过树枝,
绿树叶中枣子也摇晃,
月亮再出来,透过树枝照耀在屋顶、窗户、和地面上。

啊,
高大的枣树有茂密的枝叶和累累的果实,
雨后的枣树下的地面上有清澈的积水塘;
风吹着枣树旁的屋瓦和棚屋,
月亮照耀着窗户里的思索完物理题节省电而熄了灯的大学青年。

啊,
枣树上爬着在惊扰的雨之后的夜里睡觉了的牵牛花,
牵牛花在月光下静静地发亮;
窗户里又打开的台灯下青年人又背诵英文,
月光下勤俭的大学生的煤炉在屋檐下熄了火而静静的。

啊,
雨袭来又飘荡而去,
月光在澄碧的夜空中和星辰的光一起恢复,
青年大学生思索他的现代化的学问引起邻居老年妇女的敬

重便送来开水,

雨后的枣树上,牵牛花上,和院子里的杂草上晶亮的水珠像小的眼睛一般凝望着。

1982年2月

1984.11.11.整理

〔据作者手稿抄印。"(1458)20×20＝400"稿纸,顶边右侧有"第　页共　页"栏,左边下部有"北京市电车公司印刷厂出品　八三·六"字样。2页,按格书写〕

杏枝歇鸟

杏树林中紫红色的杏子被快乐的树叶覆盖着和
枝干上停着一个黄鹂鸟在啼叫,
像糖做的"杏枝歇鸟"一样。
夏日的有些郁闷的下午,
杏树林中种植者农民在种植黄豆。

"杏枝歇鸟"停止啼叫凝望着老年的农民,
他在教他的孙儿播种——少年的小学生在挖好坑的田地上
  面奔跑,弯腰和跳跃着。
耕作着的拖拉机在杏树林外震响,
那震动的战栗的声音是在讲述土地的肥沃和人心的殷实,
而黄鹂鸟又啼叫一声,表示它辨认出了那老年的农民是做
  糖的"枝头歇鸟"的。

"杏枝歇鸟"便觉得自己很美丽,它凝望着顽健的老年的杏
  树和黄豆的种植者,
他的脸上的皱纹如同刀刻,
他很精悍,播种之后掩上田茬间的土,
还和爱吵闹的年轻人作经济学的辩论,
论的是"价值与价格同一"和"价值与劳动者的劳动等值"等
  高深的名词。

白云散去,太阳兴奋起来而灿烂地照耀着,

杏树林的挺拔的、快乐地张开着枝条的杏树在微风中静立；
拖拉机后面养鱼塘有灰色和银色的鱼跳跃，
年轻的、精细的养鱼姑娘在数着网里捕到的数目，和将一条
　较小的鱼扔回池塘。
黄鹏鸟啼唱，确认黄豆种植者农民老头上月曾做了20个
　"枝头歇鸟"，并揣想自己是从那些里面飞出来的。……

1982，1984.10.24 整理

（原载《路翎晚年作品集》）

槐树落花

暮春，
扫地工在胡同转角的段落，
吸一支烟，
坐在石头上，
或者，
靠在大树上：
槐树落花满胡同。

扫地工推着铁的独轮车，
黎明以前黑暗中的铁轮
震响，
传得很远，
宁静中弥满
整个胡同。

扫地工的车轮
声音，
是家庭主妇
的
大概的时钟：
到了起床生火的时间了，
牛奶就要来了。
街头有本日的

最初的行人和自行车
声音清晰地
响于胡同。

温暖的空气中槐树落花,
白色而浓郁的香气,
墙边上有顽皮的少年
昨日折断的
花枝,
和
编成的花环,
曾经在头上戴了一下的花冠。
静静的北京的,
新建的高楼旁的
老旧的胡同。

温暖的心跳跃着,
老扫地工
凝望着他之乡里;
近处还有新建的和未完工的高楼。
槐树的白色的花
继续飘落着。

早晨的最初的鸽子飞出来了
背着的哨子响着;
鸽子绕着胡同口的大树,
又绕着快要完工的
13层的楼房和塔形起重机
飞翔,
它们,鸽子,

有着奋斗和温暖的心。
古老的北京的胡同。

老扫地工的铁轮车陷在槐树的
落花的堆积里了,
继续飘落的花也落在他身上。
因为暮春的花香老扫地工快乐,
因为他的乡里建设起来他的心温暖,
因为新时代
逐渐显出它的
强大,
老扫地工的铁轮车快乐地
在槐树的落花上震动。
槐树的落花,白色的、香气浓郁的、温暖的,
落满胡同。

1982,1984.10.26 整理

(原载《路翎晚年作品集》)

红梅

梅花在迷漫的大雪里开放,
在寒风里摇曳,花朵上积着雪,
红色的梅花,红色的。

梅花在大雪里飘散着香气,
在寒风里挺拔,
花朵蓬放,红色的,红色的。

梅树在冬季的太阳里散发着深远的芳香,
在阳光下和雪地里静静地站立,
它轻盈地而且同时又沉重地植根于土地,
梅花,红色的。

梅树后面有冻结的小河野兔野雉跑过,
梅树前面是积雪的小路,
行路者仿佛要去到什么遥远的地方;
心中有未到过的宝贵地方;
同行者又是亲密的朋友。
梅花,一株是红色的,还有一株也是红色的。

人们共同呼吸于共同的理想,
血液循环健旺,心情健旺;
啊,风雪中红梅的不屈的意志般的不屈的意志,

风雪里挺立的红梅的姿态般的坚决的姿态,
风雪中蓬放着的红梅的温暖的语言般的温暖的语言。
风雪里奋斗的心的凝望像挺立的红梅。

1982,1984.10 整理

(原载《文汇月刊》1985 年第 1 期,收入《路翎晚年作品集》)

拔草

老清洁工在小胡同里拔草，
太阳很炎热的夏天了，
草长得很茂盛，
散发着酸浓的气息和
开着黄色的小花。

太阳下屋脊和墙壁的阴影移动，
草棵里飞着野蜂，
老清洁工用手抠着草根拔着，
用铲子铲草根和
将拔了的草放在单轮的铁车里。

在太阳的阴影里飞奔跑来两个女孩。
似乎被寂静的胡同和绿色的草所吸引，
似乎被老清洁工的顽强的劳动所吸引，
一年级女学生蹲下来拔草；
她们说老师说的要帮助清洁工人和向清洁工人问好。

女孩拔草用两手拉扯又用手抠还用脚踢草根，
一年级的女学生拔草很快但是要拔出草根有着艰难，
她们脸红便偷看老清洁工，
太阳下墙壁和屋脊的阴影静止着和
野蜂在草上飞翔。

女孩拔草整齐地堆到车子里，
女孩在炎热的太阳下流汗了，
她们也大胆拿过老清洁工的铲子铲草根，
老清洁工和女孩们拔着草和
安静的北京的寂静的小胡同的下午太阳照耀着。

老清洁工和女孩喊着一、二、三拔起整把和整棵的杂草，
女孩羞怯因为拔草根的成绩不好，
她们想补唱歌给老清洁工听和跳一个摇摆手转圆圈圈的舞，
但是却羞怯着。
她们在太阳下继续拔草。

小学一年级女学生终于拔草根也有很大的成功而且她们这才说不怕野蜂，
下午炎热的太阳下草整齐地堆起来，
她们凝望着屋脊上的灿烂的天和远远的大街和老清洁工和
想到这是她们感到的祖国。

她们其中的一个想到起飞的大的飞机
有一个想到乘火车旅行到放射原子弹的远方，
于是她们唱歌给老清洁工听，
唱完又跳舞两手在头上摇摆再伸向两边做飞翔的姿势
和
充满小姑娘的热衷流着汗脸孔红润地转一个圆圈。

老清洁工赞美而且拥抱她们，
地面上太阳照出的墙壁和屋脊的阴影移动；
胡同里下午的冥寂转为热闹，
野蜂在草上飞着和

那还跳舞又唱歌然后表示结束翻着两手拍打着手心。

1982年,1984年整理

(《路翎晚年作品集》中收有同题作品,内容仅为本篇前三节,此为全篇,据手稿抄印)

野鸭湖

湖,闪耀着微波,
闪耀着白色光
静静地躺着,

湖边的杨柳每一棵都枝叶垂到树根
　　和杨树闪亮着树叶在春风里摇晃和高大的松柏枝干摇动空中爬着的蜜蜂和开着白色芬芳的花的槐树和长出嫩的枝叶开始结果的李树和红色的花瓣堕落结出果子的桃树和怒放着的杏树和土坡上落下的花瓣和小的生的果子和柿子树枣树夜开始结果和高大的枣树在风里摇晃和坡上以及平地里的绿色草和长得很高没有没有修葺的野藤野草和湖岸边的野莓荆棘丛和发散着□□的香气荣华的果木林侧面的茅草和野山楂树丛和鸟雀啼叫和挂在树枝上被退休的老兵饲养的"灰脖"百灵鸟啼叫和骑脚踏车来的少年从这里放鸽子和鸽子展翅绕弯红色的、刚油漆整齐的亭子和果木林飞翔和白云的倒影在湖的微微的波浪里

　　湖
　　闪耀着白色光

　　军人在草地上列队操演
　　和列队学习机器脚踏车,三轮机器脚踏车和双轮的绕过标志杆转弯
　　和风吹着年青的军人面色红润

和学生在亭子里练习奏乐
敲着大鼓
和湖畔的芦苇在风里荡漾着

湖
闪耀着白色的光
一半整顿了和一半荒凉
旧时代这里
树木众多
荒凉的湖
是匪盗出没和特务□□等人员
即被饥饿失业者、被陷谋者□□的处所

湖
静静地闪着白光

新的时代到来了
死难者的朋友纪念
和来到致意
旧时侯有传说闹鬼
旧日时有"放焰口""做道场"的传说
进行报复的死难者，鬼
首先是被迫死难的妇女
说是确实看见的
但那湖水并没有什么出来
不过是飘浮的云月亮下芦苇的摇动
和
野鸭子啼叫
芦苇丛里野鸭子飞走了
不过那的确骇死了那犯罪者地霸

他那晚上正想来行劫

鹧鸪啼叫着
野鸭子飞走了
长条的、白茫茫的湖面上
鹧鸪又歇在芦苇丛里了
那时的少年们制作
芦笛
吹着
这时也制作
和制作树叶子的弟子

天气晴的时候大的鲤鱼鲫鱼
浮起来
鱼喋唼着水波
轻微的涟漪，白色的微波
也喋唼着

灰黑的野鸭子飞走了
湖里有野生的莲荷和带刺的菱角
还有荷叶和藕
和荠菜
小的鱼虾们游泳着
快要成长的少年们
快要将两手抄在衣袋里的
少年们踥蹀着
这时候捉鱼虾捉蟋蟀爬树放风筝的
时代已经过去
这时候想踢球
有的也不

这时候想读很厚一大本的书
也是
这时候钟情于人生和生活
深深的钟情
便不致于至了四十岁两只手放在背后踱踱一事无成
或者装假

湖,闪着白色光
绿色的,窈窕的芦苇
野鹧鸪飞来了
飞落在湖中间的岛屿上
飞落下来便啼叫
野鸽子也飞来,跟着野鸭飞来
湖光闪耀
也闪耀着少年的烦恼

那时候,旧时候
着野鸭湖有许多角斗
一方面的有地霸,流氓
另一方面是附近砖瓦厂
和小的机器修理厂的工人
和果木、制作果脯的工人
相打于湖边草坪上
和夏日,□□□和秋相打
于水中
冬季的冰冻上

这野鸭湖的泥土是黏土
适合于烧窑
这便是黏巴磁土的斗殴

小的资本主不剥削者也参加
工人们搬运磁土除了搬运工资外也核算自己挖的黏土的收入
——小的烧窑,也有手艺人的连合
剥削者和流氓们
便和搬土的工人们殴打
和不满机器厂的工人"走道"
斗殴还起因于砍伐林木。

劳动者的劳动
劳动者共同奋斗
果木工人与机器厂工人援助黏土的挖掘……
打死打伤时有
出动过特务和军警弹压"暴民"

野鸭子飞走又飞来了
"暴民"新时候便有来到
聚会,
和小学生们吹喇叭敲鼓来到
和纪念过去的殉难者
现时候
英勇的军队时常这里来操演
也是为了
镇压流氓痞[子]的残留

湖
闪耀着微波
闪耀着白色光
踱踱着的少年在读一本很大的书

野鸭子飞来了

鹧鸪啼叫着
有一些时光还来到
野鹅和鸳鸯
白色的、灰色的野鹅，红色绿色的鸳鸯
在水里浮着
浮过芦苇的岛屿
和游过莲荷、浮草
不大的鹦鹉和黄鹂鸟唱好听的歌
天空中还飞着各样的风筝

这时候天空中飞着风筝
少年人□□他的未来
放得高，和快捷，和稳
和将芦笛吹响着
过去的少年人也□□将来
地霸还联上特务、流氓和恶毒的一贯道
他们要掰断正义的体力劳动者的生活生命
他们还要掰断他们家的少年人
一家买一个风筝或糊一个和恶歹斗争
那一日春风中的斗殴动了刀子
正义者方面也有同业或朋友驰援
还有大学生和小学教员带来小学生们
那日的风筝有几[只]飞翔很高
有的被掰断飘飘远荡
但据说是
飘落在鬼和仙子出没的地方

春天的深夜有拉板车人家的少女投水
她高呼她将永生
她的父亲曾是烧窑工人和地痞结仇

当板车工又结了新的仇恨
孤独的父亲被杀还要□女儿绑入娼门
年青的姑娘得他父亲教会几个字——
烧窑工人也就人的那几个字
姓名,和国家,和省份,和年龄
和是"劳苦人"和"劳力谋生"
年青的姑娘便拼成了她的口号
这激荡或激昂被几个烧窑工听见
当时这姑娘被救出已逝
第二日被[便]有纪念这父女的和尚道士放焰口
这引起□□也有正义方面的士绅参加
这引起了又一回的械斗
还有是叫王老太婆编了歌唱

王老太婆这回有些不一样
□□□的,当姑娘时候的模样
野鸭湖飞来鸳鸯了
王老太婆结婚的时候会唱
会场古人作的诗经歌调
王老太婆是板车工人的母亲

野鸭环飞,有女伤悲
被沉溺水,她是厉鬼
她是仙子,我土煌煌
鹧鸪啼鸣,有男悲怨
被沉苦水,她是厉鬼
我土煌煌

老太婆这回唱的这些
这些里面有着迷信

有关仙子和鬼魂的传说流行
但这些里面有着诅咒敌人
有着渴望复仇的心

鬼神的传说是因为幼稚
是因为劳动者痛苦和被压抑而产生
但也有清醒的痛苦
王老太婆说
死了,没有了
这说是仙子是敬他们的意思
烧窑工人们也这样说

夏季的雷雨的夜
恶霸中毒病死了
泥瓦匠的贫苦妻投水
落水的时候高呼
"老百姓万岁,人民万岁"
相传她并没死去
而是被一阵风带着闪电
携带到某处山坳里
以后她还时常出没
野望张着翅膀来到野鸭湖上

秋风寒冷的夜
被恶徒围困的到绝路的烧窑工人投水
绝路便是"人赃俱获",说烧窑工是犯"杀人放火案"
晚间拿捕
愤怒的烧窑工人绳索中挣脱出半个手臂逃到湖边
中了一枪投出[入]水里
高呼着

"生命的价值……"

当过兵的老年板车[工]与恶毒徒相斗中一刀后投水
高呼
"我以我血剑轩辕……"
他当抗战兵的时候学会这句

泥瓦匠的贤惠的贫苦的妻子
曾几处揭发她的丈夫被谋杀
和请人在大张白纸写了大的墨笔字的告发于街头
被逮捕了出来
继续告发于街道
泥瓦匠的有些娇媚的、沉默贫苦的妻子
泥瓦匠之妻成了传说中的仙女
据说雷雨中一道闪电便出了翅膀
老木匠赌咒说他亲自看见……
于是泥瓦匠的妻子长翅膀飞翔
她以前写的"地状"每个字都喷发电火
而且改了字样：不是"□子告社会父老"而是
"告知各人……"
老木匠他亲自看见的
他还和老烧窑工人一道亲自看见那壮烈的小姑娘
和她长着翅膀飞翔在山巅上
"我将永生"
老木匠们
还看见了
年青的烧窑工也有翅膀
他喊叫"生命的价值，劳动人的价值"的字样而飞翔
还有与恶徒搏斗的老头
和这些看见的——还有老果脯小贩的、颊上有肉窝窝的女

儿也亲眼看的和机器工人的母亲也是亲眼看见的和锁匠的媳妇瞪着眼睛说：
没有不是亲眼看见的

野鸭湖里也有收获野菜的斗殴
许多地霸霸占的果树□□能一起敲索社会
也有收割芦苇杂草和
砍伐树木的斗殴
也有将地霸歹徒血刃报仇，也有投入水中和冬季的冰窟窿中
这便是野鸭湖的故事

湖
闪着白色光
静静地躺着
野鸭子飞来了
芦苇草丛里鹧鸪，也有斑鸠……在鸣叫着
相当范围传说着的，故意这么说的
仙女都穿着古时候的衣服
也有的还穿着外洋的衣服
这些也连着迷信的梦□
于是还有烧香叩拜
会唱歌古诗经词意的王老太婆倒并不叩拜
然而她板着面孔
声音高亢地数落着
唱着
她说这一切都是真的

然而人们不能依靠仙子和鬼魂们替各人自身复仇
那毕竟已经死去
王老太婆有几日便不肯唱了

而且有一次她没唱完便哭泣靠在树上
她说她出嫁前跟邻居姑娘学会唱
其中句子还有"中国沃土煌煌"
各家的聚会，野鸭湖树木里的聚会，打架，
论理请她唱她便唱，然而
唱到现在她很是心伤
没有什么仙子什么鬼被谁看见过
那些可怜人已经死亡，这么也只是麻醉自身
她还会说与唱"生命的值是智能智慧的值和劳动者是智能者和劳力者的劳力是正义和心房是力和人身上的肉"，便是"灵与肉的不息的火焰"
总之
老太婆会唱
一直唱和说到"物衡不灭""心火永灼"……她也会弄错起来
她这日哭着说，她故意弄错这些说的有鬼神，她学唱几句意义本是人要靠自身恒持，劳动人劳动□□日恒持
她又哭着说
鬼神是没有的……
然而她哭后又说
烧窑工女儿瓦匠老婆等成为仙子——他真是愿意相信他们是有的

他们是有的
他们是没有的
树木开花
大群野鸭飞来湖中
有时候，少年蹀躞着
放着风筝
找断线风筝落下的地方
他们是没有的——老太婆哭着说

一旧时少年蹀躞着
他知道老太婆想报多年之仇……
也就有了少年远行，□往远方的事情……
树木开花、结果
桃李、梅树
李树苹果
也有柿子树收获
野鸭飞来了
新时代少年蹀躞着
人们报了旧年之仇
想复辟的阴谋也被扭断
仙子的故事已成为过去
有关于
谁家的姑娘的□□差一点落到地上砸碎了
而且是想□□了被仙子救了没有碎
和谁家的□头开水锅要不是仙子差一点就翻了……的这一类仙子的故事已经没有
然而
但是许多不淡去
各时代的黄金之心不淡去
春天的果木林和野草荣华
湖
闪耀着微波
闪耀白色光
激荡着

中国沃土旧时荒寒
中国沃土新时□□，闪电……
因为春天的野鸭湖果木茂盛野草荣华
因为夏天的野鸭湖果木收获和芦苇挺拔

因为秋天的野鸭湖蟋蟀鸣叫和悲伤
　　因为冬天的野鸭湖积雪野鸭子飞翔
　　因为湖荡漾着白色光,冬季结冰春来又荡漾着闪着白色光
　　因为野鸭飞去飞来了,鹧鸪鸣叫着
　　因为中国劳动者化苦难中奋斗
　　因为荒凉的风筝断线的山洼联着遥远的地方
　　因为中国的男人和女人使用他们的心灵和体温从事深邃到地底的搏击
　　野鸭湖因为这样也集□了后来的年代的枪火闪闪和军队唱歌行进
　　因为在中国的春雨的大路上行走着野鸭湖的男女
　　因为在中国的夏季的暴风雨途程里有野鸭湖的鹧鸪呼唤
　　因为在中国的秋天收获是人们一瞬间想及野鸭湖男女和中国有无数个野鸭湖
　　因为在中国的冬天年节里人们也一瞬间想及旧时的患难和中国有无数个野鸭湖和人们看见□见未来的光明的闪电内心震荡……
　　因为旧时的少年已经成长
　　因为新时的少年在踥蹀
　　因为中国行进往将来的荣华

　　因为这些各时代的黄金之心不淡去
　　野鸭湖
　　静静地
　　闪耀着白色光
　　闪耀着
　　白色光

1982.3.2 抄出（诗刊）

　　（据作者手稿抄印。"15×16＝240　人民文学"稿纸,顶边右侧有"第　　页"栏。11页,横倒竖行,不按格紧密书写）

春雨（同题之三）

市镇笼罩在如梦的春雨里
市镇的声音温和而轻微
骡马车经过在泥水里愉快跳跃
汽车弹力饱满地行驰如同浮起在波浪上
快乐地鸣响出市镇的喇叭
火车长列春雨里奔驰
弹簧轻柔也如同在波浪上
慰问着想念的汽笛
杏花李花桃花环绕着市镇
还有黄色的、红色的梅花
坡边的野玫瑰艳美开放
梅花和桃李林里的茉莉花
放射香气
市镇中间列队走着轻装的兵荷着杨枝
列队走在放学的小学生之间还有中学生
行走着抱着鹅的老太婆
行走着扛着猪牛羊肉的屠夫
行走着健壮的农村男女
赶着骡马拖着肥料车种子车和收获物车辆
也行走着往附近工厂去的男女工
行走着中国的知识分子和工农
中国的男人和女人
中国在如梦的春雨里

市镇后面农业品车辆快要开出
　　编侧斜轨工业车辆正在编组
　　市镇里行走过负笈来到的大学毕业生男女
　　市镇里行走着乡村剧团的男女演员
　　市镇里行走着第一次上街打酱油的幼小女孩和第二次上街买面酱的男孩
　　（第一回是刚才是砸翻了和没有换打和是将来年华说笑的材料）
　　市镇里行走着"郎中"、大夫医生
　　市镇里行走着机器外□的红色拖拉机
　　市镇里行走着锁匠、铁匠、手艺匠们
　　市镇里行走着餐馆厨师
　　市镇里行走着邮局的绿色衣服的男子和姑娘和银行的人员
　　如梦的春雨落在屋顶上、屋檐上，街道花木和田野里落着
　　热血的男子和妇女应接着今日的失望和希望、成功和快乐、波折和胜利
　　——远方的策略和寄托

　　热血的男子和妇女和树叶和草叶和农作物的绿叶上的雨珠雨滴
　　一起呼吸着
　　市镇里通行着抱着小孩牵着小孩行走的少年夫妇中年夫妇……还行走着
　　未婚夫妇和旅客
　　市镇扬起愉快的喊叫
　　春雨如油
　　李花杏花和梅花茉莉花花香四处漂漂和鸟雀在林中在春雨里啼叫
　　市镇食欲健旺和饱和着奋斗的欲望
　　热血的、中国的男子和妇女

市镇的近处陆军进行着操演
红衣的女孩和黑衣的男孩挤着看大炮开火
坦克急行步兵疾行引起儿童再三高呼
市镇从地面到屋瓦发生了轻微的惊悸
工业列车编组撞钩联着汽笛市镇发生颤栗
春雨在各家的屋顶上颤栗

百灵鸟和杜鹃飞过市镇屋檐上追逐着快乐的春雨
燕子和鸽子飞翔在市顶上希冀着如油的春雨
中学和小学校整齐的歌声和钟声轻微震荡着市镇和如梦的春雨

春雨梦见各色花开放和各色香气
梦见健壮的男人和女人建立功业
梦见各种鸟雀飞翔歌唱
梦见春风在前安祥扑击而行
梦见少年男女陶醉于知识智慧和创造
梦见各色昆虫出土和各色生物活跃
梦见春风在前疾行掊击而行
春雨在冬天梦见的
春雨在春天实行它和各男子和女子梦见的
——各男人妇女都在冬季梦见春雨
各色鲜花和各建立者说：春雨比梦见的还美丽

市镇在如梦的春雨里弥漫着炊烟和附近工厂的烟
梅花和李花桃花……
和苹果花也开放着
野兔刺猬春雨中来到村镇作它的问候
它们无声地跑过并且跳跃
野鸡野鸭飞过

春雨如油

平野田野山峦上绿色铺满
和其中红色黄色黛色大片小块是果木
和黑色地大片小块是房屋
春雨如梦

因为梅花和桃花李花艳媚
因为男子和妇女健旺
因为春雨和春风温暖
因为市镇在新年代的建业里快活地颤栗着
因为儿童和少年成长
因为知识和智慧成长
因为青春的心在欲望里颤栗和在波折和成功胜利里颤栗
因为平野田野市镇美丽、美貌、快乐、陶醉、清醒、搏击、胜利

春雨中
中国前进着。

1982.3.4 抄出

（据作者手稿抄印。"15×16＝240　人民文学"稿纸，顶边右侧有"第　页"栏。2页，左右分栏，不按格行紧密书写）

青年情谊

　　高桥拱的石桥跨过结冰的小河
　　风雪在桥上和两侧冻土、黄土、浅灰黑土的田地里和田野上怒吼着
　　风雪在秋季枯萎下去的芦苇丛上旋卷着
　　小的池塘结着冰
　　养鱼塘有养鱼人击破的冰窟窿

　　结冰的小河汇合其他结冰的小河通到远处的山峦
　　在□□的结冰积雪的小河上，遗存着好些个三孔、两孔、一孔高桥脊的桥梁和附近的抽水的茅亭
　　沿着河岸果木树柳树披着雪
　　风雪旋卷将果木树枝条压弯和将柳树压弯——积雪坠落
　　柳树在风雪里搏击枝干又弹起

　　雪又落□和冷风继续将枝干枝条压弯
　　鹧鸪在风雪里啼叫于江南平原
　　白脖子乌鸦和野鸡起飞

　　两个青年一边走一边谈话
　　他们是同村而且同学
　　这些年的斗争和建设增长了知识
　　行将远行的青年的姐姐跟在后面
　　提着包裹

唯恐他知识不够

你到了地点要来信
——姐姐说
　　自盘古以来都有出门，也有去当徒工的
　　你学成各项之后要回到家园
——她仍妇女的说

要青年去学的是车旋床技工
因为公社要开办一个不大的机器厂
可是他的姐姐还希望他学会
修门锁，修水车，修磨坊
以至于修理钟表或打铁
前日说譬如王老头的孙子把收音机砸□了水银管。
并不是读书不多知识不够
旧时候女人"唠叨"
而是——倘若仔细想来，这些是工厂里有机会，
而且可以学到。
姐姐说。
风雪迷漫着锦绣的平原
与他并肩而行相送的是小队的"二把手"
共同在春季放风筝
夏季泅水——捏着鼻子往水里跳
秋季斗蟋蟀
冬季堆雪人打雪仗滑冰雪的乡亲邻人，同学，甜蜜的童年朋友
自然不是都说爬树游水滑冰雪撒野
也说共同去砍柴草芦苇
还有共同读《祖国的森林里……》

这便相送到大华的圆盘顶，盘顶的松树下

往那边有四个池塘
坡上斜面的茶树——春天里开白色的花
再就是结冰的小河
和桥拱很高的三孔石桥
和小河的两岸的水田和冻土、黑土、浅黑土……

夏季的夜晚曾经从桥上跑过
共同跑于暴风雨和
急速狂飚的闪电中
冬季
雪把柳树、也有梅树的枝条压弯
少年仍在雪里滑翔
冻红的面孔和手掌
喷着鼻息……
这一切都是这时升起来挂在
崇高的峰山巅的回忆
这一切都是——
少年的友谊
和
这时成才,青年的情谊。

桥头风雪呼吼
中国大地
新时代——多年积累
深沉的激流
在童年友谊少年情谊的成熟里
有着新的星辰、雷霆、霓虹……
乡村的青年
头脑里有巨大车头的车辆出发
巨大烟突大航轮启碇、巨大的拖拉机田野里奔驰、巨大的收

割机稻麦喷洒的影像
　　还有升起的灿烂光明,高音旋律的
　　理想和
　　幻想

　　姐姐在风雪里提着包裹走到桥头上
　　这美丽、结实、桥脊在浅□孤□之后很高升起的有着它的雄伟的石桥
　　姐姐突然地伸出手来,甩一甩头发和他握手
　　——就像刚才没有说啰嗦话一样——说:
"再会了,
祝你健好"
　　老同学乡亲,童年的朋友也突然张开手臂——就像刚才没有有点乡巴佬的约束似的——
　　眼睛闪亮,高呼再会——他也张开了手臂——
　　和他拥抱。

　　风静息了,大雪迷茫地降落着。

1982.3.4 抄出

(据手稿抄印)

市镇

核桃树结果实了
乌鸦衔去了一个核桃在果园侧的松树上嘴咬着又摔掉了
夏季的时候男女农民们掘着马铃薯地——
马铃薯的收获很好
高小男女学生前来实习和服务
课程里讲解马铃薯也讲解豌豆……还间锄豌豆地

市镇的电线通到远方
乌鸦飞翔穿过核桃园和马铃薯地的电杆顶上
从这里他看见工人们劳动
很重的铁锤击打着铁针吼叫着和数着数目字
然后石块碎烈［裂］滚到地下
工人们在开一条水渠

县城的电线牵往市镇和旷野
电线杆沿田地、河流、林木、市镇的房屋列队直立着
乌鸦看见市镇电灯亮了好些年了
乌鸦还看见晚间补习班小学里电［亮］着电灯，通往鸣叫的电话
也有背箱子来放电影和也有电视机

学校盖起了两层楼楼房
市镇的商店盖了新的仓库
还

新辟的柏油路和原有的公路交叉通往远方
还沿公路
和田野
栽种了树木

乌鸦知道来这里实习和服务的
扎红绸结子辫子的姑娘是九十八分学生
衣服上缝了很大纽扣的男学生是九十分学生
剪短发童发的少女是一百分学生
眉毛竖着的男学生是一百分学生
和眉毛很长的姑娘是九十九分
和唱歌好听

乌鸦还知道哪[几]些是农民家庭
哪些个是工匠业或半工匠也
也有家庭是商业从业
市镇上有邮电，和银行；也有公路和附近铁路的从业
从那里也运走本市镇、田舍的农产品
也有核桃和
马铃薯
和火车唱歌好听

喜鹊飞来啼叫又飞来百灵鸟
百灵鸟在李树枝杈上啼叫
他们都知道学生们的功课
而且知道赛跑的成绩
根据它们知道的有几个将升中学
有几个劳动力强
有几个有着突出的才能……

修沟渠的工人们几天穿石头
点炸药□几声爆破
因为兴奋激动和因为亲近各家劳动者们
乌鸦喜鹊还有麻雀飞起来绕了一圈
百灵鸟立在树杈上
沉思着也飞起来了

学生们做完了实习还唱歌给农民们听
然后又唱给工人们
乌鸦喜鹊百灵鸟麻雀啼叫着——
眼前的生活时常惹起激动
和唤起过去的回忆的惨澹影像
——和唱歌

学生们列队回去
教师走在旁侧
斑驳的衣服的少年的
整齐的、安适的、沉静的队伍
——没有危险
乌鸦记忆力有过去的痛苦和痛切的盼望
喜鹊欢跃而且同时欢乐
百灵鸟飞翔一圈,记忆力有旧时的荒凉和想到现时的灯火
麻雀快乐、安适、安祥

生活的价值是在于劳动者的劳动
正义不灭而且增长——人类历史长廊的灯火

乌鸦喜鹊麻雀和百灵鸟黄雀
唱歌给人们听叫给核桃树李树和桃树听
唱歌给市镇和广阔河北平原听给晴朗的夏季的白昼听

生命的价值是在于
战争者
的战斗
正义不灭
人类历史长画廊
新的灯火

         1982.3.5 抄出（芳草）

（据作者手稿抄印。"15×16＝240　人民文学"稿纸，顶边右侧有"第　页"栏。3页，横倒竖行，不按格行紧密书写）

河流

峡谷里流出绿色的河流
峡谷的锯齿一般的山峰

因为山峰高耸着
所以河流的青水秀丽

因为高耸的山峰淡蓝色
所以河流里有波浪暗影深沉

因为峡谷狭长
所以河流峻急,而且有细瘦的腰身

因为峰峦上布满松柏苍老丛林
所以河流显得强劲,从峡谷流出

因为峰峦的尖顶触着低垂的云
所以河流白色,浮着轻柔的雾

因为峡谷迂回弯曲
所以河流喧哗

因为山峦在春风里颤栗着
所以河流起着细密的波浪

因为太阳荣华地照耀着峡谷
所以山峦和河流,云和雾,光和影欢乐

因为山峦高耸和出峡谷的春风温柔地飘荡
所以河流在春天澎湃如同欢乐的心灵

1982、3、6

(据手稿抄印)

梨 树

少年的心痛苦着,
他在树林边蹦跳着踢球,
踢断了新栽的梨树苗的枝干。

梨树苗很嫩,新鲜,绿色,
共计几万株
公社的农民们,他家乡的农民们按着国家的计划种下。

少年的心痛苦着
他趔趄了一下,将踢断的梨树枝扶起来,在梨树面前踱踱着,
折断的树枝有新鲜的伤痕。

他懊悔他踢球时发出很大的快乐的叫声,
他曾对梨树的嫩树丛作了短促的一瞥,
他瞥见梨树的整齐的绿色的行列,和他知道这是公社的骄傲。

梨树在阳光下在田野和山坡上弥满地种着,
几年之后就会像平原里的果树园一般,为国家出产果子。
——少年人想象到公社的老头子书记听了他的错误便会沉重地叹息。

少年人在痛苦着,决心去报告
他沉重地叹了一口气

他还想到这件不愉快的事将是他将来的记忆。

1982、3

（据手稿抄印。此诗另有路翎手抄件，后两节文字和句序上有改动，落款署"1982、2、27，1982、3、5 抄出，光明日报"）

暗夜到白昼(之二)

热烈的白昼
歼灭战
发生在
中国的
几个
旷野里,城市侧,和
也进行着城市的巷战

晚间
继续着邯郸广播电台的广播
将军的夺取新时代的
战略
在各战场
进行

灰土弹升空
炮弹爆炸在灰土弹烟里灿烂窒闷地发亮……
疲乏但是兴奋地列兵冲锋
中国的
滑车[铁]卢战场

热烈的白昼
"全歼被围之敌三十万"

将军满意
他行走在快要到手的大都市和首都都城里
他想象是这般

白昼痉挛着
油烟和灰尘和轿车闪亮和收音机换色的歌曲泛滥和人造丝
　　胀线衬衫黑眼镜马粪纸手枪的特务急走和也有真手枪
　　和这是有美式榴炮坦克在前在后的精神示威和春天是
　　这般——夏季过去、秋天凛冽——冬季严寒，
和
歼灭这些想象
将军这是在都城里
他从都城里遥望显影的未来，
未来欢腾的男人和女人

白昼痉挛着
抽搐着
突然寂静
热烈白昼也
和
将军一起作着沉思的凝望

热烈的白昼和夜小街
小学女孩走到邮筒口
春季到冬季她都投邮
无名氏，姑隐姓名的信件
慰问着解放军和报告国民党在人民的痛苦和国民党军糜烂
　　的军情
——国军兵团将全部被歼灭

女孩走过乡野
——她假设是这样
战场的乡野和城有芬芳的稻麦和嫩叶、老叶、残叶和田野上
　　的花开和果实和列兵们伏在田坎上以及在战马的背
　　上,以及伏在翻到的汽车旁射击
帮助拿着水壶的是农村的小姑娘
——她假设她看到的是这样
和陕北邯郸广播电台的女广播员的嘹亮的
富于燃烧音的声音在中间踯躅,飞翔,像电光一样
闪亮
将军也在中间行走
也像电光一样
炮弹爆炸一样闪亮。

将军看出都市的邮筒
小街的
有些寂寥的
有时被载重车震动而颤栗的邮筒
这封无名氏的姑隐其名的信件
和舌头舔着嘴唇的小姑娘
她的白牙齿
一般闪亮,
像电光一样
也像爆炸的炮弹一样

小姑娘在战场上月光之夜飞翔
　　　　　　和晴朗的热烈甜蜜的白昼里飞翔
红衣裙扫过夜晚和白昼的和谐的甜蜜的亮光
日光高挂在天之外
太阳升很高

炮很响又停止
小姑娘又飞高
中国的滑车[铁]卢
白色小小河
也还有绿的绿草地
解放者致胜了——他们是解放者。

将军,解放者,
想象自身,踸踔于尚在敌手的都城中
而且也想到
有好些个意识的杠杆
包括谚言格言的旧的沉淀
尚得将来来判断。

将军,解放者
试着坐一坐城里的写字台
便有未来清晰可见
梳着童发的红衣姑娘飞翔
他们一齐飞翔

现在将军到了未来
十年代十年代地过去
春去秋来
热烈的,颤栗着亮光的,兴奋的,喧嚣的
白昼
便是和快乐也烦恼的现在
烦恼还在于将军,解放者,年已衰老
白发和皱纹的自哀
可是那红衣女孩——臆造的这一个,并非是那投寄信件的——
　　还继续飞翔……

未来继续着灿烂的影像
——一个魔影

在中国踟蹰着
这个魔影的名字
现代
陈旧的和震着口腔吸气的
"因为,所以"一齐飞
"但是,可是,然而"一齐飞翔
绕圈圈阻挠和攀附"现代"张开翅前进
崭新的也联着有时凶恶的"因为,所以"一齐闪光发亮
"但是,可是,然而"一齐雕扑
现代便巨灵飞翔

格斗的日子
狂欢节里
有"欧化""现代"的轻浮酒店音阶
起程的巨灵的翅膀便有一回有点侧歪
将军已经年老　他又再起飞
红衣的童发女孩和风火轮中国
在天际歌唱

因为欢闹节有一瞬间是拥抱着悲痛的这一回的苦水般的记
　　忆,它抱紧它是想摔碎它;
因为现在的宏伟的功业紧抱着未来,也抱着过去盼望和历
　　史的负担一起起飞,翅膀强硬,
因为热烈的、响往的、建业的白昼,闪耀着苹果花上的和建
　　筑架上的露球,和闪耀着白色雾后面的红色的太阳的
　　白昼,闪耀着矗立的高柳的千万玻璃和旷野里收获的
　　谷物与果木林中从容击响,快速滑行的火车的白色的

车头顶盖,和,迎着江流的波浪醒来,收拾清楚的航轮
　　的烟通——和闪耀着,灿烂着的其他的——热烈的白昼
因为白昼拥抱着过去的暗夜
在霓虹灿烂灯光上而和后面森严地悬挂着的黑夜
那里有无名氏的信□投入邮筒
投入邮筒于特务后代幻听中
于糜烂的痛苦的喧闹和苦痛的叫唤中
因为白昼拥抱着过去的暗夜
那里曾经有倒下战斗的列兵
因为热烈的白昼拥抱着未来的黎明
　　那里将有着强壮的各色翅膀的起飞——
白发的高龄的将军
穿著便服,
行走在机器声中
春季的嫩的树叶
夏季的屋檐上的露球
秋季风霜——冬季飞雪……穿着衬衣和披着大衣行进,
他彷佛看见各色的起飞
因为狂风暴雨晦暗的风雨的时代过去了
但是——建业的,深刻动荡,也浪漫的时代,脚步中仍然有
　　着警惕
需要有着警惕
因为旧时候的豪杰的声音
那时候中国的大地突然从各色喧闹里安静了
表现出它在倾听：
将军的战略在各战场进行

旧时候豪杰的声音。
新时候
　　起音的音阶

嘹亮
暗夜——白昼

　　　　　　　　　　1982.3 抄出

（据作者手稿抄印。"15×16＝240　人民文学"稿纸，顶边右侧有"第　页"栏。7页，不按格行紧密书写）

种麦者

麦田边上静坐着"罪犯"种麦者,
他是"四人帮"陷害的知识分子;
晚风吹拂,监狱农场麦穗摇晃,
幽暗的平燎种闪烁着黄色的灯光,
阒寂无声,麦田发出的香气四处飘荡。

他用铲子铲大块泥土和碎土,
播种施肥,在麦苗间扒土。
种麦者曾在炎热的夏季里光着胳膊,
对同伙的帮助和友谊深深留恋。
种麦者在对这麦田作他的沉思,
对这片土地作他的感慨的告别。
击溃了"四人帮"出现了新的形势,
沉痛的岁月他将永远不会忘记。
收获中有他的劳动他将前行,
新的目标使他的内心亢奋。

(原载《星星诗刊》1982年第4期,收入《路翎晚年作品集》)

女徒[①]工

铁屑飞溅,
落在女徒工的厚的帆布工作衣上
机器,车床开始转动着,
女徒工来上早班。

灯熄了,
早班开始,
阳光从大玻璃窗照进来,
收音机喇叭在窗外歌唱。

宽的和窄的皮带转动着,
亮的承轴转动着,
齿轮盘转动杠杆闪动,
机器间在早晨的阳光里,
各色的闪光,亮光的阴影,
快速转动的机器齿轮盘和杠杆,
闪着几色的虹彩,
和大皮带的转动的暗影,
在女徒工的脸上
闪动着;
太阳,

---

① 原文为"徙",全篇同,疑为"徒"或"铣"字之误。

照进大玻璃窗,
照耀着男女工人们的脸,
和女徒工的
胖胖的
结实的脸。

大窗户外面,
柳树和槐树,
还有几株枣树,
以及栽种着蔷薇月季花;
手推运输车和机动车在路上滚动着。
机器的震撼的轰声里,
看得见广场对面的屋顶上汽笛猛烈地喷汽。
太阳和机器的虹彩照耀着女徒工的
微胖、年轻、
结实的脸;
明亮的眼睛。

女徒工初中毕业,
胸腔里还是毕业的时候唱的歌的歌词和曲调,
和所读的书,
欢喜的课文;
个人的记忆
运动会的跳远成绩几米;
个人告别时的致词:
"走上人生的岗位,
走上国家分配的位置。"
个人快乐的记忆,
算术考一百分。

车床节奏均衡地咆哮和旋转着,

女徒工在变动的机器的亮光，
和皮带的暗影里健旺地站着，
微微附着头，
做着她的操作——
充满着制作一件金属零件的快乐。
她在操作中快速地偶或转一下头
甩动头发，
向周围瞥一眼，
也看一下窗外的花木
和运转的运输车。

女徒工的头脑和年青的感情的心里，
中学唱歌的旋律和歌词
这音阶和那音阶，
随着车床机件转动；
女徒工的头脑和年青感情的心里
有和男女同学这个和那个辩论的句子，
有关于各项学问和人生原理；
女徒工有爬到绿叶茂密的树杈上，
往学校院墙外看行驶着的汽车的顶篷和骡马车的记忆，
现在操作着车床，
还对这些做着又一次的
怀念。

女徒工搬动机器，
瞥见自己的手臂用力而肌肉隆起的样子，
眼睛亮了一下；
女徒工关闭开关打开开关，
这一杠杆停止那一齿轮盘转动，
嘴巴微笑了一下。

女徒工想：
"生产工具和生产资料
劳动者占有"，
"劳动者奋斗着宏伟的蓝图"。
每一句话里她搬动机器而且眼睛闪了一下，
而且轻微地笑了一下。

女徒工又想：
"我的劳动服从国家的纲目。"
她还想着：
"我希望很快从幼稚到老成。"
亮光和暗影在女徒工脸上和身上变动着，
她的手臂上的肌肉隆起了一下。

纯洁的、进取的风格，
智识和
逻辑，
在人生的道路上，
往前进展。

路上也还会有一些
碰破肤皮的创伤；
往前走的道路，
光明灿烂。

女徒工的脸在早晨太阳的亮光中
女徒工的手臂的肌肉隆起了一下。

1982、5、16

（据手稿抄印）

巡逻兵

轻快、敏捷的脚步行进着——
夜,及夜出勤的机动车奔驰着
黝黑的天上
星斗;
电杆上街灯呈显安静
晴朗的冬夜
巡逻兵列队
行进

敏捷的、有力的脚步;
幼小的男孩噼噼啪啪响着脚步摆动手臂,[和]戴着有带子
　　挂着的皮手套的手和巡逻兵赛跑
没有胜利过□□
被一棵桐树的树影截断

敏捷的、有力的、轻微的脚步
和枪支,和飘动的大衣,和大的棉手套,和阴影亮光力的面孔,
　　和驰过的机动者[车]的阴影和桐树□上的冬季的枯枝
　　和掩着门的店铺和墙壁的暗影以及街灯在冷风力闪灼
男孩第二次和巡逻兵赛跑
女孩挣脱母亲的手
甩动手臂,甩动着带子背着的皮手套的手,噼噼啪啪的声音
　　和男孩赛跑和巡逻兵赛跑

巡逻兵眼睛闪亮注视前方,他们摇晃着行进,又走进树木的
　　暗影;男孩和女孩都没有追上,是被亮光切断
由于欢喜、安静和骄傲,男孩女孩他们又做着和巡逻兵赛
　　跑——这回是被巡逻兵和岗哨的敬礼切断;岗哨塑像一
　　般,而巡逻兵行进着,摇晃着——敬礼①
路边百货公司的雪亮的照到街上来的电灯
男孩女孩喘息着,奔跑着,尖叫着
站下像钉子一样,立正,敬礼,
巡逻兵队长看着前面,带着微笑,行进着,敬礼

敏捷的、轻快的脚步行进着
夜晚出勤的机动车发出轰声和行人在结上沉默行进
男孩和女孩敬礼后满意地沿着被灯光照亮的树木和树木的
　　阴影跑着和他们又站下来敬礼

黝黑的天上
星斗亮着
电杆上街灯安祥
晴朗的冬夜
巡逻兵前进

82.5.18(抄改)

(据作者手稿抄印。"15×16＝240　人民文学"稿纸,顶边右侧有"第　　页"栏。3页,横倒竖行,不按格行紧密书写)

---

① 原稿顶端有一处批注——"岗哨敬礼改为行走间与同路的农民",可能是拟对此处加以修改的思路,本稿上未见落实。

野草

刚下过雨的潮湿的草丛
蒲公英垂着头滴着水
野麻弹起来长的蒿草和艾草便落下水滴
红的野莓、红的榛果和黄的野生的橘子
颤动着潮湿的绿叶
草丛
野草散发着潮湿、酸涩而甘美的、窒息的然而甜美的和辣气息
和泥土散发着
厚重的芳香

草丛,野草
炎热太阳下的干燥的草丛
草杆挺直而草叶顽强和有的干燥得快要下垂了
草根、野麻、蒲公英、野莓、艾草和野薄荷的根
猛烈地吮吸着泥层中的水分
吮吸得都颤悸了,然而静静地
矢车菊垂着头,蒲公英飞散了,白热中飘荡着
干涩地气味和野果子的酸甜
地衣和地□藤和爬地的齿仑车顽强地啃咬着泥土
绿色、红色、紫色的茎和根须盘踞着地面
和
啃咬着泥土
蒿草和苦的蓬草和艾草在春风里

在炎热的夏季
在春雨和在猛烈的夏季雷电里都顽强地繁荣着
还有狗尾巴,蟋蟀草
它们在秋天地风雨里枯黄了
秋雨落着
然后和树叶一起霉烂
冬季地风雪扫过
但也有
温暖的阳光
野草的根须和野果的种子顽强地
藏在泥土里
春风便再又要吹拂

小学生地红色的大的皮球
踢到过这里;
用功的中学生在野草丛中看书
男女大学生经过
卷起裤管和拉起裙子坐在这里
相恋爱,相友谊,诉说着或沉思着现在的快乐和忧郁和希望以及对将来的朴实的准备和想象
准备展翅飞翔
老头子坐在这里抽烟……

野草
散发着苦涩的、芬芳的、窒闷的、甘美的气息

(据作者手稿抄印。"15×16＝240　人民文学"稿纸,顶边右侧有"第　　页"栏。2页,横倒竖行,不按格行紧密书写)

少年友谊

  秋风吹着阴沉的、靠近屋脊漂泊着的灰白的云的阵势——
灰云和白云疾飞和变动位置
  寒冷的秋风痉挛着发着无情的啸吼声吹着战栗的杨树枯叶
和枣树黄叶
  被虫蛀烂的枣树枝干被吹断
  落在屋顶上

  秋风吹着疾走行人的衣摆
  秋风在扫地工的扫帚上战栗着
  深秋的寂寞的黄昏
  深秋的寂寞的
  铺满街巷和屋脊的
  落叶
  挤在院子角落和堆在墙根的
  落叶
  放学的男学生踩着枯叶走过
  想:"昆虫蛰伏了,再一些时候,蟋蟀也要蛰伏了"
  女学生踩着落叶走过,她的书包里一个蟋蟀轻微地叫了几声
  彷佛说:"蜻蜓、蝴蝶、蝉、蚱蜢……蛰伏了
     蚯蚓很深地蛰伏了;
     冬天就要到来……"

  秋天地疾风吹着

杨树、枣树、槐树、桃树、杏树的落叶战栗着
在落叶堆旁屋檐下
男女学生，斗着蟋蟀而哄闹
进行着自己发明的一百分作文联谊斗蟋蟀

蟋蟀在缸里已经第三次
鸣叫了
有一次时两个一齐叫
女学生捉得蟋蟀
没有败

风吹着
跳出缸来的蟋蟀很快被捉住
这回斗起来了
女学生的蟋蟀胜了

男学生抢着继续斗
女学生一方面已开始演讲
是作文演讲
初小三年级少年年华
男女学生两个同得一百分
作文的题目是《蟋蟀》
两方各捉一只蟋蟀
这便是秋风中友谊的斗殴

一百分作文的伙伴女学生开始演讲己身方面的作文：
"深秋了，昆虫、蝴蝶、蚯蚓、蝉蛰伏了，蟋蟀在墙角里以及荒草里叫着，它和秋风斗争"
"它的顽强的奋斗精神！"男学生的一百分的伙伴说，"我们这方面做的只有蝉蛰伏了，不过这蟋蟀斗败了，于是便有许多打

'哇哇'。"

"这顶好!"

扫地工老头的洪亮的声音说,"要是我也蛰伏着,你们就要像这风一般要把这屋子抬起来了!"

学生哄笑了。

学生立刻便又解释说,他们并不是斗作文,他们是联谊斗蟋蟀
"不过你们倒是春天的风……"老头说
联谊两字把他触动了
"春天的
暖的风,我说是,
将来长大是
那时候要攀登学问高峰
春风上高峰,"老头扫地工人说,"祝愿你们,良好的祝愿!"
老头还说,联谊,到老大,不忘少时情谊
"春天的风,要攀登高峰……"

秋风吹着
枯叶旋转着
蟋蟀在床下的盒盒里鸣叫
秋天的寂寞的夜

男学生看书
而且
喃喃自语
"春天的风
而且春风要攀顶高峰。"

(据作者手稿抄印。"15×16=240　人民文学"稿纸,顶边右侧有"第　　页"栏。3页,横倒竖行,不按格行紧密书写)

新的一年的展望

街道上拥挤着欢腾的人群
气球在几处浮在人群上面
儿童的鞭炮声在街角和车辆下面炸响
旧的年历过去
人们,中国的居民们,作新的一年的展望

冬季的太阳神采飞扬地照耀着早晨
落雪之后天气晴朗
卖哨哨吹吹的在自由市场喧闹
乡下的糍粑糖块还有新年的饺子饼子快糕
人们,中国的居民们,作新的一年的展望

去年的建设形势上涨但也还有若干点困难
去年入学的儿童和升学的青年学校里课室的肃静操场的喧哗
去年就业的总量和退休者的愉快的生活
去年粮食棉花的产量和工业的积累
啊,人们,中国的居民们,作新的一年的展望

新的一年要攀登的山峰和新的年代要渡过的河流——火炬
　　要达到新的终点
从工业的中□到百货公司的□□到商店的包扎到菜摊的
　　零售
和新的年代要治疗旧血痕遗留下来的剩余的创伤

和新的年代勇猛向前——从容向前
和春风快要吹拂大地和白云会升得更高
和燕子飞来鸽子环飞
和春天的莺和各样鸟雀飞
和翅膀灿烂的蝴蝶和各色的昆虫飞翔
和春天的鲜花斑斓

因为新的十年代从这里积累
因为将来的百年代世纪从这里奠基础
因为前辈和后辈的情爱朋友和同志的情爱社会的正义事业
  的情爱父母和子女的情爱家庭的情爱
因为旧的痛苦和烦恼的回忆和旧的快乐——有其奋斗的价
  值——告诉人们能够博取到的新的光明的重要性
因为新的光明的本质时新的欢乐的本质
因为正义、奋斗、收获和光明相同本质
因为城和年和人民永生

啊，人们，中国的公民们，作新的一年的展望。

（据作者手稿抄印。"15×16＝240　人民文学"稿纸，顶边右侧有"第　页"栏。2页，横倒竖行，不按格行紧密书写）

城与年(之一)

时间……又过来了很多年
中国大城
很多的修葺、填补、粉刷、颓倒、爆破、改建……
很多的衣冠变易
这样时间又过来了数十年……数百年的丰功伟业
传说为神仙而且长生不老……后来便
一代又一代地衰老,埋葬,无声无臭,或嘹亮的呼叫之后寂
　　灭,他们之中的英雄们永生;又
一代一代的青春,少年,
对旧的世纪,一百年一百年地和一千年一千年地怀念
黑暗中微弱地或爆烈地,或微弱而且同时爆烈地,或者爆烈
　　而且同时喧嚣地燃烧着的火焰:木柴的、灯草的、煤炭
　　的、汽油的、硫磺磷钾的、硝石的、卖火柴姑娘的火柴
　　的、雕梁画栋的、钢筋水泥的、宫殿的、赌窟和豪奢酒楼
　　的、屠宰场和衙门和赌博场的、考场和草料场的——火
　　焰,和各一些兵器,各一些列阵或不列阵样式的战争、
　　战场的——火焰。
苍古盘古、女娲……李白或
天平天国洪秀全
和孙逸仙
新的年代的春天——城与年行进,年青
中国产业工人的火焰和旌旗在前,向前。

中国民族,
对自己怜惜
城与年于愚昧黑暗中
于各种奴隶命运中染血辗转
经过了极多年
忽然于这些年厘、这些国家心脏的攻防战
觉察到自己可以苏醒而且制胜。
它觉得积压过重了,
过分苍老
各处都是蛀烂的梁木。
他几乎不能起来
它惊慌于自己的勇气
不安心于自己的贫弱和窘迫。
但毕竟这一定的年历抓在手里……
这对自己的怜惜而且同时使对自身的病弱的厌恶
和对自己的
无情。
预料自己窘迫
也便壮实了城与年——中国大城,
和同期到来了的这一年。
这最近的一百年
这最近的数十年。
这勇气,这对自己怜惜和对敌对的无情。
这古老的中国大城,这豪放和内心还有着的这窘迫。
疾风旋转着,时代动荡又平静。

疾风旋转着
中国民族继续向前

这大城古城中国

中国的城与年,历史,并没有倾倒,断落,
并没有被
它的诅咒者
谋杀者杀倒

这一千年又一千年……
的生命的中国
它知道自己生命的滋味,和它底内容、样式、积蓄、亏空、强
　　力、弱点,和从喊杀遍野中起来又起来
更坚强起来的他的意志,
从呼号遍城盈年中痉挛又痉挛中更凝结起来的它的决心。

这中国的城与年
它百年百年地结算经历
十年十年地结算决斗
一年一年地核算成果

城与年继续着……
城与年永恒。

一代一代的青春,少年
各时代的少男少女的钟情
各时代的中国男子和女子的功勋。
钻石般的果实发育于沃沃旷野
鲜花般的姑娘少年歌舞盈城盈年
火焰般的谷物成长于广莽平燎
虹彩般的男人和女人相爱于锦绣的城与年
大地深沉记忆着各种良言、嘉言、誓言和曼妙的恋情
河山广漠推出各种信实、贤明和永恒的正义

海洋滔滔巨轮离港疾行,飘荡,排水亿吨稳稳前行
大城矗立白昼和黑夜忆旧情愫高歌和欢迎未来少年
春夏秋冬经过虹的桥
峰峦崇高燃烧着斯城斯年的火炬的烈焰

永恒的城与年。

(据作者手稿抄印。"15×16=240　人民文学"稿纸,顶边右侧有"第　页"栏。4页,不按格行紧密书写)

城与年(之二)

总之过去是有好的时候的
旧时的失望中有这般的感想

苍古盘古女娲
这些很是烟云渺茫
中国的城神异的光彩
在巨灵皇帝女皇盘古女娲的足下
总之那算是好的年华
伏羲神农和有巢……
那也是青春年华,巨灵的帝王还有尧舜禹汤……轩辕……
长生不老后来渐渐过去了
不过雪还是不是很冷的和红色的、甜的
雨还是甜的和芳香的
还有太阳光里有虹彩,霓虹多色
圆形的,也有骄傲的和娇媚的弧形
还有渺茫的传说
神话的故事
不仅乡下姑娘认真相信
城里的小姐也靠这些寄托命运
有长翅的飞马天上飞行
星辰戴着王冠
有时候有好几十太阳
坚持是这样,和这叫做神州

生活几百年几百年的暗澹
旧时代失望中有这样一些感想
也叫做安慰
和中国民族的最古的城与年脸靠着脸
战马嘶鸣中倒下
或者那倒下的敌方的
将军用牙齿牙住箭簇却也手臂中剑
有时候则是射中了敌人
中国的城于是经过霓虹幽暗或熄灭的年代的桥梁
这回便是拉车的马匹流血，在大道边抽搐着死亡
信使，旅客，邮件——里面的哭泣，盼待，指责，责罚，控告，申
　　诉——也在道旁痉挛
这样的时代
还有十室九空
激流洪流干旱，尸首遍野；
犹如抵抗者的苦难之战尸首遍野
还有更坏的掺在一起
奸伪与盗贼穿着帝王臣宰的锦缎
盈城盈年尸首遍室遍野

神州的神异的传说神话是不实有其事，
激巨波浪磅礴撞击在岩石山
报道说大的蜉蜥和木筏靠近着魔岛
那里有女娲的车辇曾经栖息
还有红野仙踪相传来自印度
而绿野仙踪来自波斯

和古代脸贴着脸得到慰藉
便要相信这些都是有的，
或者说，它是城与年运转中

经过的霓虹的桥
这心灵的桥,虔敬的臆造,也带着英雄的性质
是存在着的

而神州的战场上也有战胜侵略者的时候
也有侵略异国的时候
那些死难
那又一些盈城盈年的死难
则是众所周知是有的,
这里面也有慰藉
便是正义始终存在……

旧的城与年幽冥黑暗中的慰藉的思想
它也是正义的光芒
而且它还是
神圣家族的自己敬礼……
总之这其中闪耀着的是正义的心灵

各时候怀念过去
各时候还纳入战斗的口号里
城与年的各转折点,各窘迫,各胜利,各于展现宽敞大道是,
　　各于断岩绝壁处
各怀念、祭奠、顶礼过去。

城与年在血泊中,在呼号中,在各单位青春和回响的青春的
　　喜悦中
城与年各时一寸土,各时年华。

……李自成核算他的兵力及他要攻克的各城,
　　马匹在他的身下腾挪,蹦跳

考志说他射中了旗杆,竖起了他的战斗旗帜
在这之前他想到的
有他的神圣家族
有整个历史的是什么和为什么
和他生来为什么,他没有虚度年华
——相传有星宿运转
总之是,根本问题做了痛苦、快乐的思维,做出结论
这不是从旧故旧寻求脸靠脸的慰藉,虽然那也不坏
这是从古旧和故旧拿过拿过火炬,也是脸贴脸的亲热
新时代星辰灿烂……

城与年这回由洪秀全家族驾过霓虹去
城与年这回由光辉宗派驾过霓虹去
城与年这回由接过火炬的孙中山家族驾驶
到达新的年华

城与年
中华的城与年
这回是由产业工人机器政党驾过霓虹去。

男孩女孩来到邮筒口
张望有没有自己的家人的信件
他们不知如何可以看得见
总之是张望着
孙中山的时代
以后的年代
和中国产业工人阶级革命的年华

多少心,痉挛着,好些年好些年过去了
中国产业工人政党驾驶着城与年,

国民,人民,从血污和凌辱里起来
从哭泣和伤损里起来
从盼望和失望里起来
中国的车辇这一回轰声特异
它的驾驶者收到了邮筒口黄昏投邮的女孩的书信;
无名氏和姑隐其名氏寄自特务横行的都城,
报导着军情——剥削匪盗军各兵团将要灭亡,
灭亡于中国滑车[铁]卢战场
中国的滑车[铁]卢兵车疾进。

中国的车辇这一回轰声特异
闪亮的儿童的眼睛,透过来符离集和德州烧鸡
"同志们吃好了继续放枪",老太婆伏在地上说,
子弹在顶上啸响;
这与过去各时的正义之战似乎也一样
虽然有许多时代是弓箭呼啸。
中国的城与年疾行
这回是彻底和古时候脸孔亲热地贴着面孔进行
过严重年代的重大思维了,也不排除从那得到的安慰。
而且,最重要的是从外国接过了火炬,和,是新兴的阶级

城与年驰过新的霓虹
城池驰过年代记
十年代又十年代……
年华经过城池
鞭炮繁响……
军鼓击响
欧罗巴的提琴也震响

天鹅湖和鱼美人上演

中国的城与年疾驰
它没有虚度年华
它和未来紧贴着脸

传说中的古代
和实有其灵与肉的后来的时代
都也和这一烟花的未来时代紧贴着脸
正义永恒
城与年永生。

现在的时代
城与年驶过霓虹
贴着了未来的脸庞
它,未来,闪耀着现实的神异的光彩
城与年永恒
城与年永生。

由于这个民族太古老陈旧、霉烂的缘故
因为新时代从旧时代接过来的遗产又霉烂点的缘故
由于霉烂点的扩大,城与年侧歪的缘故
搏斗者有武装老辣的手腕的缘故
由于虽然侧歪被校勘但城与年又行进的缘故带着感叹;
因为随着天鹅湖、鱼美人来到这国游历的有些血案和侦探,
　　有些情感是轻薄的提琴喇叭奏出,
城与年这里又有些颠簸——带着感叹——的缘故
由于奋斗者总奋斗的缘故
因为于是欢乐同时有些伤感、感叹,中国的城与年这回是举着
　　两重火炬,即世界的,与本国的,也提防两种霉烂点——
　　感叹和惊叹——的缘故
因为目标是胜利。总要把各样都检查一下,——

城与年过滑铁卢后沿大道继续要斗争疾行的缘故……

因为有新的人们的探求和老者的怀念
一代一代大时代动荡时代也平静时代有可惊的成长的缘故

城与年永恒
城与年永生。

（据作者手稿抄印。"15×16＝240　人民文学"稿纸，顶边右侧有"第　页"栏。8页，不按格行紧密书写）

日历又翻过了一页

日历又翻过了一页
因为早晨一次等街和胡同口的扫地老头还是那般扫地即转
　　很大的弧形弯腰扫地和扫地的女工还是那般即往外扒
　　动扫地声高些下一弯腰的弧形和也有不作力一般进展
　　了弧形，而扫地汽车在甲种大街上
因为买牛奶的还是挤着冬季的喷着热气各人两脚冻得跳动
　　着的很长的队伍和也不一样，动作快了起来
因为卖油豆腐的还是那般高亢的声音似乎增加了快乐
因为粪车和骡马喷鼻的声音依旧和不依旧而掏粪汽车也出动
因为女孩男孩上学去照例有快跑的隔几步便两只脚拉开一
　　下滑溜而且背在背上的书包掀多高而且有一个跌倒了
　　和不照例因为头脑里挤着的算术增加了
因为女孩男孩上下[学]去还在冰雪上两人拉一人"骗地"一
　　人拉一人"骗地"和数数目字打轮流和吼叫几声仍旧和
　　昨天一样却也不一样
因为上班的青年工作骑着脚踏车疾行和在柏油路转弯的地
　　方链条均衡弹动发响表现他的技能仍旧一样和准时接
　　班车间变号□车库继续运转，和今日比昨日进展和昨
　　天不一样
因为商店的胖姑娘准时上工推门进去哼了一句快乐的音腔
因为起重机开始了工作啸吼声也和昨日一样和内脏有不一样
因为建筑工人爬上梯架为今日砌上建筑中的高楼的第一块砖
因为载重汽车、汽油车、电缆车、高架工程车、起重机车驶过

或停车也如同昨日是建设国家的恒定的程序可是比昨
　　日增加了经验一样
因为菜蔬运进城来和自由市场渐起闹嚷开始了一日的活动
　　也一如昨日一样和不一样
因为乡间的土布农民饲养的鸡鸭和乡间手艺老头少年制作
　　的吹吹哨哨零食糕点……
因为太阳照耀着楼房玻璃窗闪耀着刺目的光和各楼房生气
　　蓬勃依旧和有新的霓虹
因为早晨的信件和报纸也准时
因为准点的列车喷着黄的烟开出驶上旷野轨道准时和飞机
　　准时降落起飞航轮准时入港离港
乡间的儿童耳朵贴在地上听车轮的敲击声也一样以及江河
　　海岸的少年凝望谛听，航轮的喷烟和汽笛也一样和旷
　　野中所见和仰望飞机在云层上的声音和银灰的闪光也
　　一样和心灵里有力量增涨
因为收音机是播送着明媚音色和急进音色的男女音歌唱也
　　一样和有比作图新的力量增涨
因为了一切和昨日一样，和有不一样有不依旧，便是有新的
　　力量增涨，也有退步了一点，但多是进步了一点，总之
　　是进步了一点和有着智力和道德的增涨

因为中国的生活、建设、意欲、技能增涨
中国的生活快乐

日历又翻过了一页。

（据作者手稿抄印。"15×16＝240　人民文学"稿纸，顶边右侧有"第　　页"栏。2页，不按格行紧密书写）

正义

金鱼在玻璃缸里摇动着尾巴
需要游得快些它便扭动身段
太阳照射的水便发生折光
金鱼游泳追逐着折光和暗影

折光暗影和投影使金鱼活耀[跃]
升降浮沉在水里欢快地追逐
男女儿童围绕着金鱼缸号叫
他们的幻想增加了折光幻影

经过折光看见黑金鱼是魔鬼
红金鱼是天鹅仙子和鱼美人
美貌而且善良而且本领豪强
聪明而且贤明而且意志坚强

儿童号叫而且还激昂地号叫
因为天鹅仙子致胜了魔鬼了

这时期说到天鹅仙子鱼美人
也没有忘记红衣裳的刘胡兰
欧洲来的提琴奏响在鱼缸旁
红缎带的女孩发出号啕哭号

因为她的鱼美人激战却不胜
她便伤心同时愤怒而且烦恼
不多的时间局面便改变
军号和军鼓响在金鱼缸旁边

红缎带的女孩高呼口号而且舞蹈
因为红衣的刘胡兰冲锋致胜
击沉了恶魔浮到了激荡的水面
她便快乐同时激昂而且骄傲

各个时代按照规律此去彼来
正义总是不灭的光芒在各处闪耀

（据作者手稿抄印。"15×16＝240　人民文学"稿纸，顶边右侧有"第　页"栏，2页）

团部的会议
——52、53朝鲜之行片段

朴乙美和李代子划拳互给一个小的沙包,二级是圆的石子
还扒着眼睛作"猫儿老虎",同时扒着嘴
倘是志愿军人民军混合团的军官会议同意朴乙美的姐姐随行
或者李代子的嫂子行军快,包扎伤口也包得敏捷
      有一回嫂子包蒸肉糕使她李代子
      想到

两个朝鲜姑娘躲在混合团的门前的暗影里偷听
  黑夜已深沉,"夜已□"——朴乙美的姐姐会唱
  繁星在天空明亮和暗澹,有几颗突然更明亮的闪耀
  不远的三十八度经纬线上
  铁原郡炮火闪耀和雷鸣

现在该李代子收入一个小的沙包
  志愿军参谋长说李代子嫂子崔月含上次没有去成
现在又该朴乙美收入一个小的沙包而且扒眼睛
    弯着腰去做一个"猫儿老虎"
  人民军团长曾是朴乙美姐姐朴甲美上次从铁原转来已经
    □□□□

黑暗的夜空严厉地覆盖,炮火强烈发闪,地平线红亮
  重炮声沉重地沿着平原丘陵滚来

和照出了高耸的上甘岭
联合国军的探照灯在中空摇动,
便是 B29 轰炸机落下炸弹,震动,爆裂,上甘岭蹦跳

然而大地严厉而沉静

春夜的黑暗和前线的炮火争夺空间的面幅
炮火炸弹刹那占去了天空的一半
　　　　星斗暗澹
突然熄灭,炮火微弱闪光
春天的夜又把天空吞噬,星斗明亮地闪耀
炮声再在上甘岭和地平线树木、丛林、打秃了的森林上滚动
这一回是人民军的女炮兵开火;
敌军爆炸着火的汽油弹火焰冲天,[使]附近的坡下小河里返
　　照发亮
　　　　　　　便还可以看见小河边上的
　　　　　　　还住着居民的残破村庄

夜晚还有空战
米格十九三架飞翔
F84 着火落下
还有 B29 摔落的巨响
朝鲜和中国儿女在建立他的功勋

上甘岭再蹦跳是敌军还击
浓烟弥漫,烟柱升空,火柱旋卷
上坡来的窈窕的朴甲美和美貌的崔月含突然回头
看见小河那边也朝鲜春天火光映空中,鲜花灿烂
小河里有映着火光的杂木林的倒影

另一边黑暗的原野

有继续亮闪的公路上的军运车辆
丘陵、村庄、和广阔的平原,以及连绵的山
飘着春季的花香
又一下重击空中爆炸
人民军飞行员击毁美军空中堡垒。

战线百里炮火光沿山岭、山梁、山脊、沿森林绵延
　　　蹦跳、痉挛和搏击和捶打、砸乱、冲击、猛扑
　　　　　——还击者复仇者和侵略者两方

朴甲美和崔月含站在坡边眺望
眺望她们乡土和国家
她们的心灵里有雷霆、雷闪、炮火、巨浪、密云、风景和各年
　　龄的恋情闪光
春夜朝鲜飘荡着花香

一阵沉重炮声混合团的掩蔽部顶也发亮
朴乙美和崔月含都又各赢了一个沙包、石子
还扒眼睛、嘴巴、以至耳朵,还互打"哇哇"
这是这样年龄的恋情
朝鲜共和国国土

混合团也还讨论别的事,更重要的事
但是突然会开完了
混合团长走了出来

宽的肩,宽的肩章
少将
金日成将军称他做英俊少年
那边还有笑着的,漂亮的志愿军参谋长

汽车什么时候声音很小的停
急促、敏捷、有力的脚步声来了
金日成将军和彭德怀将军

朴甲美两手垂到腿部
像学生时代一样鞠躬问好
崔月含两手叠放在胸前,轻轻地、温和地弯腰
像已婚的妇女大半那样,有时也不一定
"你是甲美,你是月含",金日成将军说。

蔓延百里炮火烈焰发亮
炮火声沿平原山岭滚动
朝鲜大地在抽搐
团长和参谋长过来敬礼

还了礼金日成将军便说——他的眼睛早已看着
"这里还有乙美,她们家里还有丙美"
"□嘿"朴乙美说,摆脱了金日成将军的手。她想做敬礼的
　　动作。她和月含做了立正和敬礼。
金日成和彭德怀将军还礼
团长对两位将军敬礼,他说——

（据作者手稿抄印。"15×16＝240　人民文学"稿纸,顶边右侧有"第　页"栏。4页,不按格行紧密书写,未署写作日期,似有残缺）

跳荡的心

——52、53年朝鲜之行断片

将军车过平壤废墟停车
平壤坡上被击毁的房屋迎着早晨的阳光
残余的玻璃反照着像燃烧的焰火烈焰
烈焰燃烧着,彷佛是断墙后面整个着火一般
其他的废墟房屋都在阴影里
火焰烈焰在断墙的玻璃上猛烈燃烧
——太阳燃烧着
火焰烈焰红色,断墙的玻璃的强烈的光芒
而阴影沉静
烈焰似的阳光。早晨的照射出,红色的,灿烂的,神奇的,惊
　　诧的印象
这印象在此刻的平壤引导着复仇

金日成将军和彭德怀将军停车
朝鲜的春天已经来到,花在废墟里开放
杜鹃啼鸣着,尖锐,□和而且凄怆和沉静欢乐
霞光强烈
山坡和周围废墟阴影深沉,阴影中各色花沉静
奔过来献花的少年男女的声音突破早晨的寂静
年老的女教师,白袄,红裙,手抱花在胸前
鞠躬向将军们说:"盼望胜利,和祝愿胜利,歼灭美帝国主义。"
"正是已获得胜利,将获得胜利,歼灭美帝国主义。"金日成

将军说,

"胜利",彭德怀将军同时笑着说。

"朝霞一般的火焰映照,

断墙的玻璃这般照耀

其他在阴影中

花开在阴影中迎着朝阳

我心跳荡,跳跃

我们将胜利。"女教师说。

女教员说完看着烈焰般的玻璃返照

这是劳动党中央以前的一个办公别墅;

沿着山坡的废墟过去有倾斜的坡和果树林,和灿烂的花开和再那边是闪着暗光的池塘,和屏崭①的丘陵和平原和附近的山峦上有炮兵指标是之前设立预备防美军空降师团和痛苦、欲望、灵感、痉挛、仇复、爱情、平原生育者,阳光在附近东边山峰的丛林和果木林和大厅的浪漫的春天的花的上面也照射着——渐增加它的黄金色的火焰;

云雀啼鸣着——高亢、快乐、跳跃、骄傲

金达莱花开放着

"女教师,妈妈,我心也跳跃,跳荡,我们将胜利。"金日成将军说。

"我心也跳荡,跳跃……"彭德怀将军说。

"最后的角斗我们要高举匕首

金将军,彭将军,我心跳荡,跳跃。"

女教师说。

---

① 屏崭,疑似字样。

平壤周围屏嶂丘陵、平原,显露在朝霞里了
太阳今日似乎比往日沉静,强大
平原和丘陵间有好些□朴的房屋和废墟
——和烂漫的、大片红色和白色的鲜花,和
它们的绿色的树叶——也开始闪光着
妇女的白衣、颜色裙和
男子的背心、白衣裤闪耀着
又更强的一道阳光烈焰般照在断墙残壁的玻璃上。

"我的心跳荡,跳跃。"
女教师又说
"我们的心跳荡跳跃……"
男女学生们唱

(据作者手稿抄印。"15×16＝240　人民文学"稿纸,顶边右侧有"第　页"栏。3页,不按格行紧密书写,未署写作日期)

行进的女兵师
——52、53朝鲜之行片段

大同江畔积雪的隆冬
朝鲜人民军女兵师又出发
击鼓和军号过去便是摇摆、整齐的冲锋枪和步枪、军歌；愤慨、歌声飘扬、飘荡、整齐、嘹亮，歌声英勇、雄壮、悲怆、复仇，歌声友爱、妩媚、豪放和怜惜；
领唱的唱着
"为祖茔而战，跟着金日成将军"
女兵师唱着：
"我们早晨出发自平壤……"
女兵师长答礼，飘着刚梳过的长发
女兵师进发

大同江畔杂货铺老太婆告诉志愿军人们
女兵们这次休整去作战
她们大半是本地一个村庄的小学里教导起来，经过训练成立这女兵师的，她们半年休整一次
她们这次都已会见过她们的家人
   很多是残留的家人
   父母
   兄弟
   也有婴儿幼男女
   自然还有丈夫，家中的男子，有的在人民军中

情爱的男女家庭,这点最重要

中国志愿军人们,男女们,欢呼欢送
高唱歌曲
什货店的老太婆继续介绍
女兵师的团营连排的歌曲里编着的是自己的歌词
就像旧古时代一样
编着
"朴玉美,乡里都说长得漂亮,和未婚夫金植一道去作战,"
"金美姬奉父母之命去作战,像李舜臣时代一样。"
"朝鲜历史上第一万个金月姬,和以前第九千九百九一样,
 向侵略者美帝国应战。"
"殖民地多年历史,金日成让朝鲜美女黄婆婆去作战……她
 现在已升级营长……"
"你看,"什货铺老太婆说,"她头发上戴着花,跑很快地过去了。"
于是这女兵营响起口号
志愿军喊着口号,文工团姑娘们在头上鼓舞,蹦跳很高,喊
 着口号
老太婆又说:
"这唱的是
赵眉获得国旗勋章,她攻克无名高地。"
那挺胸歪戴帽子,烫的头发披散下来走在全连的中间的是
 班长赵眉。

"萧璜获得战士荣誉勋章……
"美丽的大同江畔小学女教师李琳琳已经阵亡
她是在汉江畔英勇作战
"平壤姑娘李垠去当护士,她在抢救第八百六十伤号时阵亡
"朴寅美的丈夫是坦克班长,阵亡在铁原之战,
"韩英的姐姐韩超是女飞行员,她击落三架美国飞机记录没

> 有负伤这里也唱……
"这是攻入板门店的前锋女兵班
"这是郑月桅,她的弟弟阵亡她参加作战,有三次负伤,但是能吃能喝身体强壮……像胡鹰一般一样"

老太婆会说中国话她一一介绍
后来她便在面孔前鼓掌又在头上鼓掌而且呐喊唱到
"什货铺子欢送出发,欢迎征战师来把货物买光,
有各色的丝线和缎带……"老太婆声音里含着点眼泪,后来她止住了哭泣,高喊着"朝鲜民族锦绣山河,朝中友谊万年恒长"
人民也喊口号
老太婆自己介绍:
她叫崔国玉,丈夫已殇亡,
她自己曾在临津江抢过几十个手榴弹,有一个军功章
她的儿子在人民军,女儿在人民军就在这一师

现在经过了她的女儿
"大同江畔人氏,体重一百三十磅,和美帝国称一称,是打炮的,奋斗的,获有国旗勋章,名字却好听,叫崔国娇……"
身体强壮的、歪戴军帽短发的、扛着重机枪的女兵,老太婆的女儿,崔国娇,在她的那个班的整齐步伐的前面操过去了。

女兵们唱着歌行进

(据作者手稿抄印。"15×16＝240 人民文学"稿纸,顶边右侧有"第　　页"栏。4页,不按格行紧密书写,未署写作日期)

洪庠姑娘

——1952、53年去朝鲜片段

洪庠小姑娘和她的母亲韩月姬看见
志愿军和人民军的侦察员向他们的将军告别
侦察员报告敌军状况
烟幕弹之后有坦克炮
军事名字是三棵树
将军指示机枪放在独立树后面
要快一点通过开阔地。
侦察兵们便去了
一个一个像无声的暗影一样
洪庠姑娘觉得他们像复仇的神
洪庠的母亲韩月姬则觉得像复仇的鬼魂
这意思是要多一些凶厉

将军和洪庠做抓手谜谜的动作告别
洪庠也做这样的动作
将军便也随着侦察兵们去了

洪庠和她的母亲韩月姬站在坡边,
也叫独立树的巨大的杨树……
美军烟幕弹又起来
坦克炮和机枪
洪庠举手做了三次"谜谜抓手"动作

韩月姬也做了一次
还有赶着跑来的黄贞子姑娘
把头上的水瓮放在地上
粉红的脸上有笑容一瞬间不见
也做了一个"抓手谜谜"的动作。

将军还曾经指示司令部来的参谋官
这样那样地从左攻入铁原
和兵家日前收复的元山
黄贞子还飞快地追着告诉参谋官
这回在右翼使用女兵联队和多量机枪
黄贞子的粉红的小脸上的笑容会刹那不见
笑容有顽皮的、嬉闹的、媚态的、讽刺的
看来都在镜子面前研究过（自己欣赏过）
瞬间不见之后有严肃的、冰冷的、狠恶的、和
郑重、谨慎、注意的等几种，这则是她自己是这样，没有练习过
那嬉闹的，表情媚态的，则是更是，或一样是她自己是这样

将军还通达金日成
指挥着开城两翼的推进
将军也有一回和黄贞子做"谜抓谜抓"的动作
将军和金日成将军也差不多
笑容有极快乐的，爱嬉闹的，讽刺的，还有怜悯、仁慈和智
　　慧的
也会像黄贞子一样刹那不见
便有这样和那样的表情，庄严的，深思的，严厉，也狠恶的，
谨慎注意的，智慧的，慈爱与平静的。

洪庠看见将军弯着腰从草丛里出来——夏季的稠密的草
　　丛，昨夜有大雷雨，所以是这黎明潮湿的草丛。

机关枪——自己方面的冒一阵烟叫啸一阵之后便停止
侦察兵们便爬上山坡
将军——看不清楚了。
还有手榴弹响在那边山坡,喊声很响很响,一座美国木棚子
　　着火
"保卫朝鲜祖国之战,保卫世界和平之战",洪庠教课书上这
　　般说

侦察兵们和将军转来了
开来了汽车
　　　坦克
　　　　还有坦克拖着榴弹炮
押来了排成一长条的俘虏
　　　　美国和李承晚
起义的,衣服全湿潮的黑人走在旁边
和人民军志愿军一起

衣服全潮湿
昨夜大雷雨
身上青草味和火药味,也有的有血迹和不太重的伤
黄贞子狠恶的笑容笑了一下又熄灭了,仇恨地看着敌人
又复成快乐的、甜蜜的笑容,看着自己人
将军的仁慈的、疲劳的笑容
继续笑着
还拿手对洪庠做了一个"谜抓"的动作
洪庠也做了一个这样的动作

黄昏有大量榴弹炮轰响
又有斯大林二号坦克出动
战线有前移动……

关于将军这一带和全朝鲜有不少传说
说他这里那里总欢喜自己到战壕里去打仗

洪庠走到里委员会门前的邮箱口
寄封信给将军
里面有她昨夜画的葫芦形的身段（已经不是三角形身段）
五个手指头巴掌的"人人像"和房屋
——独立家屋和独立树。
投到邮箱里还做了一个右手的"谜抓谜抓"，这会是说"再会"。

伴她来的黄贞子柔媚的笑容刹那不见了
脸上有沉思的表情
洪庠姑娘想到
将军有一次脸上的兴奋的笑容刹那不见了
接着是大炮的轰鸣。

（据作者手稿抄印。"15×16＝240　人民文学"稿纸，顶边右侧有"第　页"栏。4页，不按格行紧密书写，未署写作日期）

行军
——忆 52、53 年朝鲜之行

朝鲜寒冷的初春之夜
白昼里有积雪溶解
黄昏落雪,夜间又结上冰冻
志愿军某部从某地行军到平壤去

红色的、粉红的、紫色的、黑色的
朝鲜妇女们的长裙
和白色的、洁白的上衣
和飘带和年长的妇女的白发
以及儿童们——在黄昏的粉雪中

和穿背心的年成的男子
和忧郁的青年
欢送于道边
……儿童的嘹亮的声音喊着口号

进入朝鲜之夜
阒寂,遮盖着白雪
平野里低矮的防空棚屋
和稀少或密集房屋的村庄
夜晚闪烁的灯火
行军的军队的手电也照见断墙残壁,和稀少了的粉雪

灯火亮处或暗处有
嘹亮的口号的声音。
"朝鲜祖国和金日成万岁,人民军和志愿军万岁,打倒美帝国主义!"
妇女、儿童和愤怒的男人
男人、儿童和激昂的女人
平野中的灯火像是从朝鲜的心灵中照出平野的灵魂发出闪灼的光芒
黑暗中的口号像是来自深沉的地底
　　　　　来自积雪的山坡
　　　　　来自森严的稠密的树木
　　　　　和结冰的溪流

中国人民志愿军行进,
　　　　也发出吼声
　　　黑暗中灰色、蠕动的条带
　　　其中有苏联嘎斯车灯亮——也照见粉雪

树干屋檐上积雪雪块摔落的声音
树枝杈间鸟雀从黑暗中惊起
绕树几圈飞翔和
啼鸣
惊诧于摇闪的冲锋枪行列
彷佛它们刚梦见和平
也安祥于冲锋枪摇摆的行列
它们早已习惯于战争
又绕行列飞翔
欢呼
棉大衣
冲锋枪的摇晃于降落的粉雪的阵容

极嫩的父母怀抱中的儿童的口号起来
黑暗中还有较大的儿童的灼亮的眼睛
他们举手臂喊起口号
其中有现时的豪杰
也震响着未来的英雄的先导的声音

新娘新郎喊于暗影中又跑到亮处
他们刚结婚
和他们的亲友们
向行进者送来茶水
新娘紫色裙,头上有红花
后来还有伴娘们唱歌
其中新增的歌词有朝鲜山河危难
侵略者美帝国的丑恶
祖国男女战斗
和中国志愿军行进。

军队庄严行进,冲锋枪摇晃的阵容

市集和废墟边口号震动
军队也回答以口号
口号是金日成、美帝国主义,和"万岁"
白衣黑裙的女儿童前排
小学生开始唱歌……
他们不是深夜之后刚起来
他们是一直在等待
热心地再一次招待邻友,乡土之亲,和贵客
还送上糖块和糙米巴……

小学生们颤抖的声音唱:

朝鲜之春各色的鲜花开放
随后还在几十只手电筒和嘎斯车车灯照耀下
跳各色的鲜花开放

孤独的老太婆白衣黑裙
黑暗的矮屋前高呼口号
她喊叫：
——朝鲜的土地也似乎在呐喊——
她的儿子、女儿全在人民军中，和美帝国李承晚联军的决斗

喂奶的母亲急奔出
高举她的婴儿呼着口号

全家合唱金日成将军之歌和志愿军之歌
八十岁的老年的退伍者独唱……他曾在鸭绿江边战斗

军队前进，醒着，有力
冲锋枪和轻重机枪迫击炮摇晃
流动在于黑夜中的热血男子（也有姑娘们）的洪流开始唱歌
他们想他们将来要唱他们曾和朝鲜一起战斗在大同江畔……
和他们的儿孙也唱

雪静止，天色已经开始发亮
部队，摇晃的冲锋枪的阵容
清醒着，庄严地前进
看见了靠近平壤的这一带的雪覆盖着屋顶的村庄
和山坡，和巨大的松树……雪压的松针
和宽阔的路
和稠密的果树林早开的杏花和桃花
和平壤城半废墟的远景

和白衣黑裙的欢快、柔媚和刚强的、顶着瓦罐汲水的妇女

口号响起来
"万岁"

摇晃行进着志愿军的冲锋枪、轻重机枪、迫击炮的阵容。

（据作者手稿抄印。"15×16＝240　人民文学"稿纸，顶边右侧有"第　页"栏。5页，不按格行紧密书写，未署写作日期）

解冻(外一首)

解冻

湖沼解冻,
鱼虾在水里游动,
冰继续溶解,发出清晰的响声;

湖边的柳树枝修茸过了,
湖边的柳树发芽,现出烟雾般绿色了,
湖沼上的冰冻溶解,现出绿色的水面了;

天气晴朗,
少年们的风筝飘荡在湖沼上,
少年们星期日沿着湖沼边上唱着歌,吼叫着,庆祝着解冻。

天气晴朗,
柳树在风里飘动,春天快到来了,
砍伐枯枝干的园林修茸工继续砍伐着发出清脆的震动声;
鱼虾在冰旁边的、解冻的水面上碰出稀少的涟漪,
捉鱼虾的赤着脚的少年将脚踩到冰冷的水里,
发出喊叫,做着敏捷的动作;

还很冷的水浸着光裸的手臂和赤脚,
捉出来的小鱼在岸边的砖石上蹦跳着,
少年们的喊叫声在已经富于弹力的空气里传得很远;

突破严寒的封锁,
湖沼解冻,柳树发绿,
春天快到了。

村镇

笼罩着春天的淡淡的烟霭。
村镇在白云下,
村镇的红墙黄墙在阳光下闪耀;

柳树在春天发芽,绿色迷蒙,
白色的红色的刚开放的果木的花如烟雾
小河涨水,波浪温暖着河岸;

村镇喧哗着,
早晨的邮务员扶着脚踏车,
通过市集走着和喊叫着。
白发的老太婆在门前购买售货车的货物,
酱油、盐、粉条、鸡蛋、糖果……儿童喊叫着;
推售货车的是胖胖的、脾气好的姑娘;

拖拉机早晨出发到田地里去,
油烟散在布满车辙的小街上,
拖拉机啸吼着——跳过村口的车辙土坎驶入田野;

钟声响着,在村镇和田野里震荡,
小学校上课,
春天的早晨,村镇笼罩着淡淡的烟霭。

(原载《文学报》1982年7月29日,收入《路翎晚年作品集》)

桥（同题）

桥的倒影在绿色的，
闪着白色光的，
静静的，
有涟漪的折皱的水里。

白色石的
有雕塑的栏杆的桥；
和桥边的
开着红花的桃树和白色花的李树。
枝条伸展着，
在春季的太阳里，
绿色的树叶。

水里游着白色的鹅
静静地浮着；
和
静静地浮着
脊梁露出水面来的鲤鱼。

小学生们跑过桥去，
中学生们走过桥去。
钟声，
清晰地、宏亮地震动着空气；

震动着树枝花朵，
震动着水面的涟漪，
中学校的钟声，
和小学校的，
很响的铃声。

钟声在桥洞里震动；
白色石的，
有雕塑的栏杆的桥。
旧时候是倒塌了的；
桥的两侧，
旧时候是贫苦的饥饿的村庄，
现在有红色砖的，
楼房和平房，
建立了新的集镇，
盖起了学校。

儿童少年们背着和挟着书包往来，
吹着喇叭和敲着鼓列队往来，
农民们往附近旧的大的集镇，和较远的县城去，
那里有耸立着烟囱的工厂；
和自县城、旧的集镇往
新的集镇来。

农民和居民们赶着大车往来，
推着和骑着自行车往来，
驾着拖拉机和汽车往来，
提着，
和
背着包裹往来。

载着堆得很高很高的草的汽车过桥,
上面躺着老人和顽皮的儿童;
载着堆得很高很高的蔬菜的汽车过桥,
载着堆架得很高很高的布匹的汽车和载着堆架得很高很高
 的鸡鸭笼子的板车过桥,
机器轰响和骡马嘶鸣,
儿童们快乐地大叫。

春天的太阳照耀着,
白石头的桥顽强地跨越着河面。

(原载《星星》诗刊1982年第8期,收入《路翎晚年作品集》)

诗二首

早晨

小鱼从小河里跳过田坎落进稻田,
两边艾草和马齿苋的小路通向学校;
早晨的露珠,最早飞出来的麻雀,
早晨的太阳,较迟跳过田坎的山鸡,
早晨的风,麦田里飞起野鸽子。
早晨的坡边的野山楂,红黄色的酸的果实,
早晨的炊烟、笔直和歪斜,
新盖的两层楼房的小学的预备钟声。

早晨的洁净的天,
跳过田坎,跑过山坡的小学生……

小学生的朝歌起来,
嘹亮的、
甜畅的、
激昂和渴望的、
满足的、
飘荡于早晨的风中,
生活的初欢,
撞击着,
和闯进社会的各个门与窗。

有一些狂飙起来,
有一些激流的源头,
有一些歌声和啸吼,
有一些是早年的抒情和戏剧。

村庄里矗立着新盖的楼房和新油漆的房屋,
早晨的电台广播里有李谷一的女高音歌声;
山鸡再跳到田坎上,
野薄荷上的露珠在凝神静听着;
小鱼再跳回河里,
小学校的朝歌又继续了一下,
闯进社会的各个门和窗。

有一些激情起来,
有一些小的溪流汇向大海;
歌唱里有对前辈人的辛苦的安慰,
有一些早年的诗情和誓言。

1984.6.1,为儿童节而作

姊妹

葡萄在架子上成熟了,
绿色变成深绿和紫色了;
树叶被风吹开又垂下
遮拦因过分快乐而羞怯的葡萄。

蝉在葡萄架子上嘶叫
它很骄傲,觉得自己的声音是和电光一样;
空中的灿烂阳光的大街和乌云的大街相搏击,
炎热的夏季,来了雷霆和暴雨。

一两百只鹅在雨后的葡萄架的胡同中间奔跑，
这家庭的渐富裕的象征；
牧鹅的分岔头发两只短小辫子的小姑娘骑在鹅上了。

归来了在城里奋斗的姐姐，
黧黑的、健旺的和背着皮包的、当打针的护士长的姐姐；
阵雨又晴，避雨再前行，
姐姐的自行车在葡萄园边的土路上响着，
驶过雨后的极亮的水塘。

旧时候离家时的帮助妹妹的志愿被想起来了，
现在似乎是不必要。
妹妹会读得起书一直到大学；
对着渐富裕起来的农村，
姐姐便下车拥抱妹妹和妹妹骑着的白色的鹅。

1984.8.3

（原载《诗刊》1984 年第 11 期，收入《路翎晚年作品集》）

琴声和鼓声

旧时代的战车陷在乱草和泥沼里，
被新时代的琴声鼓动了；

旧时代和新时代一起前进，
牛蒡草蔓草拖曳着又被摆脱；

地平线上有嘹亮的喊声，
深的矿穴里有友谊的呼叫；

鸡啼叫着，
在飓风里；

男孩女孩背着大书包和作业，
早晨迅速地醒来出发；

天空中的风和云出发，
少年男女击鼓行进于街头；

老头子老妇行进着，
埋怨着各样的不合适和携带着旧时的风习。

旧时的战车从泥沼里颠簸再启程，
还有抱着婴儿；

青年男女濡汗前行，
还有移动几百年挡着路的顽石；

新时代背着背包和书包在行进，
中国行进往现代化的理想；

琴声响于都城，
响于心中的激流和平静的水流；

鼓声响于大街，
响于平原和山乡远极。

1984.8.3

（据手稿抄印）

马蹄声

黎明前的马蹄声,
清晰和有力;
缓慢地远去也有近来的。
黑夜还有剩余,
……渴望的马蹄声。

天亮前的深沉的寂静,
婴儿沉睡而老妇下夜班归来;
黎明悄悄来到,
响亮的马蹄声。

马匹拖着捆绑、堆积得着很高的纸盒的车辆,
下班的老妇折叠的纸盒;
还有她也做了十几年的,
针织厂的衬衫——马匹也拖着。

老妇在睡着以前悄悄地计算本月的收入,
她的头脑里便顺便核算出了,
长列的,几里路长的马匹拖着的车辆;
堆满纸盒、纸花、围裙、小孩的围兜和几种颜色的衬衫。
马蹄声整齐、愉快、响亮,
马匹拖着车辆经过寂静的街头和树叶的影子而前进。
老妇便满意,吻她的睡熟了的孙女儿,

便又遐想了一下孙女儿将来成长。

还有近来的马蹄声是女儿的；
菜场的女工女儿下乡提货，
马匹便黎明前运进城来初上市的菜蔬和夏季的瓜果。
这也许多年了，
老妇头脑里便也出现马匹拖的车的长的行列；
那菜和瓜果堆得很高，
到底是她的纸盒和衬衫堆得高些呢，还是女儿运来的渐富裕了的农村的菜蔬和瓜果……
香的、新鲜气息的菜蔬和瓜果。

老妇便再吻她的孙女儿，
愉快地睡去了；
马蹄声清晰而有力，
在黎明前，
……渴望的马蹄声。

1984.8.4

（据手稿抄印）

梅树林中

梅树林中寂静的中午,
暑热在幽静中蒸腾和消散;
梅树林中梅子在绿叶中显出
累累的果实它们自己做着快乐的倔强的计算。
啊,梅树林中。

梅树林深邃而林中的小路通往山边的峡口,
引起遐想;
这累累的果实说的是什么,
这累累的果实……
啊,梅树林中。

这累累的果实说的是当年进军的部队有纪律地通过,
虽然列兵们像古代的故事里的一样确实很口渴;
他们忍住口渴望了望青青的梅子便疾风似地行进,像古代的故事也一样,
而军队通过后儿童继续滚铁环。

那年代爬在树上替军队观察的儿童现在都也到了中年,
那年代替军队瞭望的事后有被敌人捆绑在树上,
但他们都说,并没有看见这种军队,
而且也不知道这梅树林中的小路通向什么遥远的地方;
而据敌人的观察,

梅树林丰满没有摘梅子的任何痕迹,
他们的观点认为任何军队于这酷热的行军没有不摘梅子的,
啊,梅树林中。

那年代替军队观察的少年和那年代通过的兵士忆及了当年梅树果实累累;

啊,梅树林中。

1984.8.7

(据手稿抄印)

池塘边上

池塘边上歌声起来,
标号 1984 的乡村歌咏队在练习唱歌;
传说池塘的水来自古树的根须拔起的汹涌的地下泉。

池塘深底里有旧时候的倾诉上浮,
池塘闪光荡漾着
各时候捣衣、洗米的勤勉的农妇的影子,
以及
愤激的殉难者。

旧时代的人,
是木讷的少开口的农民,
也有干练和沉默的豪杰,若干年间枪火闪耀。
池塘照见这时候的欢快的少年的影子;
祖父母父母辈的苍老辛苦的影子重叠着这时候的少年。

梳着齐眉的头发的姑娘唱歌极高,
蓄着小胡须的青年慷慨地唱歌,
梳着单一长辫子的红花衣衫的姑娘带着旧时候的风俗,
留着长头发的青年骄傲地四顾。

背着背包的青年有好听的声音,
捧着纸夹的少女眼睛明亮,

背着书包的姑娘唱着又笑着,
肩上扛着衣服的生产能手歌声极响。

高个子的养鸡能手姑娘刚收入 500 元,高的音阶唱上去了,
胖胖的圆脸的养猪能手每次都挥动手臂,
体力强壮的少年拖拉机手,刚结婚的新郎快乐地高歌,
穿着汗背心的果木栽种者青年有加强感叹又加强欢乐的音尾。

仿佛池塘掀起了汹涌的波浪,
仿佛歌声来自古树的根须拔起的汹涌的地下泉,
仿佛池塘水波荡漾出了旧时的豪杰和凄伤,
仿佛池塘在咆哮,作今日的激烈的抒情,
仿佛池塘在长啸,婉转地,轻与重的各样的琴弦都奏响。

池塘边有古松树和大树野枣树颤栗着,
池塘边的各色的野花和野草在太阳光里和歌声里被抚慰着。

1984 年的农村歌咏队唱歌,
还再唱一句"还有一只(支)横笛在奏响";
啊,池塘。

1984.8.7

(原载《路翎晚年作品集》)

平原

早晨的淡的炊烟升起来,在白云的下面,
市镇在沉睡的阴影里,
新盖的楼房秀丽;
很远就似乎可以看见露水覆盖在瓦楞上。
啊,平原。

河流静静地闪着红光了,
田野染上了金红色,
田坎上度过了幽暗的夜的野草挺拔,
车迟草和杜鹃花沉思着……

少壮的鸡的啼叫声飞扬得比炊烟高些,
儿童嬉闹,
鸽子也高飞;
小姑娘驱赶骡子出街口了,
男孩骑在挺竖着尾巴奔驰着的马驹子上了。
啊,平原。

最早的赶市集的乡人出动了,
身材挺拔的青年骑在自行车上,
后面带着他的愉快的妻子,
她愉快是因为她各事都能胜任,
啊,平原。

地平线上灿烂而纯洁的白云，
绿色的田野里黄土小路，
杨树于高速公路①两旁矗立，
绿色的蝉试着鸣叫了两声它便展开今日的白昼了。
啊，平原。

灰色的砖桥跨越着小河，
棉桃丰满而瓜果成熟，
每一株稻子都挺拔地直立，
小姑娘用树枝抽打骡子到了田地中间了，她又顽皮地抽打回去，
小男孩骑在小马上奔跑到了河流边，风吹歪它的鬃毛……
啊，平原。

1984.8.9

（原载《路翎晚年作品集》）

---

① 此处当指较高等级的公路，如"一级公路"或"二级公路"。

像是要飞翔起来

半圆的月亮，
在朦胧的晦暗的云和晕光圈之中
在大的烟囱之旁。
星斗照耀着；
星斗闪烁像是要飞翔起来。

白色的灿烂地亮着的街灯，
整齐地排列着几十只，
像是巡逻兵；
刺目的亮光像是要飞翔起来。

楼窗里灯光通明，
机器轻盈地震响着。
窗户外看见里面上楼的人急跑，
奔跑者到了杨树顶端的窗户了；
顶端的窗户亮着像是要飞翔起来。

机动车渐渐地减少，
夜的寂静安祥地降临，
在寂静中有一辆车狂飚般急驶着，
啸声过去而夜的寂静惊诧地恢复转来，
夜的寂静像是要飞翔起来。

树木墨绿色，
暗沉沉的枣树丛中有灯光亮起来，
有婴儿的灯下的笑和两手扑打；
婴儿的笑像是要飞翔起来。

街道两旁落下迟开的槐树花。
夜行上班的青年和背着皮包的急行的妇女，
脚步声嘹亮、远去，预告着明天的一定的炽热；
建设的时代，
深沉的夜像是要飞翔起来。

1984.8.9

（原载《路翎晚年作品集》）

街边的谈话

张桂英王桂兰是小时候的同学,
这时候相遇在大街边开满槐花的顶端硕大的槐树下,
张桂英的高兴的蹦跳已不是当年的小麻雀一样,
但是张桂英仍旧是蹦跳;
而王桂兰是戴着近视眼镜,
她注意到张桂英的背着的皮包是白色的,
而且也注意到她的紫色的裙子,
心中触动了幼时的回忆,
和
年代的感叹;
小时候张桂英时常有好看的裙子穿,
而她王桂兰却为裙子哭过。

张桂英继续蹦跳着,
她攀住王桂兰的肩膀又搂抱一下她的腰。
"我多么想死你啊。
你这些年在哪里?
我现在工作能胜任,
一切都好已经结婚,
将来我介绍给你我的丈夫。
你真是改变很大,戴上了眼镜,
也有点似乎是呆在什么死水里,
时代没有激荡你啊?

不过小时候你就是一个学究而且文弱,
经常按住笔记本怕风吹,
也怕风吹散仔细削的铅笔灰,
考试的时候用手按住油墨香味的纸张,
——那些亲爱的考试题和亲爱的考试题[①]我永远记得,
也记得文雅的女学生你怎样跨过水塘,
而粗心的张桂英我却是一蹦跳;
还有一会是并着脚一蹦跳——
请看我自己把自己拎起来,
像秦朝的兵马俑。
那时曾有一次溅水到你身上,
还记得在风之中帮助你捉一只鸡往厨房去;
风把鸡吹得像一个球一样,
从手里逃脱在地上滚。
顶是童年的记忆啦,
文雅的女生你头脑里尽是算术便不能捉到鸡,
那次的鸡后来还是我捉成的。"

张桂英仔细地看看王桂兰继续又说:
"我的人生还愉快,
　行进的道途上我常感怀我的少年时代的好的老师和友伴,
　'长城外,古道边,
　芳草碧连天……'"
张桂英唱了一句歌便沉默了,
揩去了一点眼泪看看同伴。

"我这些年还好,很好,
　我在工业局,

[①] 原文如此。

现在兼研究员；
　　我还没有结婚，
　　但是，我曾经恋爱和
　　有些幻灭。"
王桂兰说，意外的说了从来不愿说的
因为激动了感情，
内心里有旧时步出学校门时开始的抱负在燃烧。

"你说吧，中学时代匆忙过去，
　后来分手我凝望你有学术种类的巾帼英雄的抱负，
　你是除了体育和音乐全班第一。"

"我也没有什么说的，
　年岁随风涨，
　我还是在做我的物理学论文，
　据说是发明原子弹，
　正如同那刘国栋所说的。
　我责备自身的学究性，
　和那小学同学的刘国栋再碰到于大学毕业后在工业部门，
　那时候是四人帮已倒台，
　也开始提出了四个现代化；
　后来大家都说三中全会的春风，
　可是我那时的境遇很坏。"

"刘国栋他是反面人物，
　他却是工业局的活跃分子，
　很殷勤地服务于妇女，
　这一类的人很多叫做情场能手，
　他会用拳头击巴掌高呼'好极了'来读党的文件和报纸社论，
　同时用贪污一笔来补赎他的积极；

但在当时虽然有些俗气却是似乎可以依靠，
他时常讽刺我的物理学论文，
说这是我想当白杨，
当电影明星，
这么样的一种心理也是心理，
我觉得在人群中我是女学究很不应该
有些惭愧，
这样便有人叫做相反相成，
我便有几回在黄昏公园等他……"

"后来呢？……"

"我们坐坐谈谈吧。"王桂兰说，
两人便走到街边公园石凳子旁
……王桂兰便掏出手帕，
女学究她流下了汹涌的眼泪。

她说往事有许多不愿回顾，
她想潦潦草草地打发恋爱，
也是为了母亲的渴望。
世界上有很多事情很窘迫，
刘国栋于她想筹办结婚的时候不理她了，
还骗走了她一笔钱。
王桂兰末一次到公园去践约，
却看见他和一个喜欢吃喝穿戴的女人在谈爱情的神秘性和
金钱最重要还有更重要的是处世学，
为人应该技巧。

因为家庭有点穷，
王桂兰的母亲在她小时对她有些苛刻，

老祖母一直唱着歌颂人生勤勉的摇篮歌曲,
是故乡东北卖糕□的;
她依然记得小时候老祖母养的很多小鸡在庭落里,
丝瓜藤上以及大树上,各有一回看见比平常大半倍的老鹰……
王桂兰便张手臂学祖母一样保护小鸡。
总之,
王桂兰说,
她童年时代有一点窘迫的痛苦,但也受到一定的家庭温暖,
主要的是也有学会勤勉,
这回她是失恋了,被欺侮了,
但是也是生活的有益的教训,
把童年时代以来记忆和老祖母的摇篮歌曲温习温习也就过去了;
这些记忆是到老年都要说到的。
而且也有人安慰她,
她们机关的一个老头工程师,
是善意的人,
教给她几个她不会的物理题。

王桂兰并没有放弃用功,
而在研究一种物理分解的时候她病了,
而爬了地位的刘国栋却把她调职;
她沉默无声,
为了她的论文,
她没有抗议也还是因为她有些懦弱,
她便呆了几年小的工业科。
而现在她官复原职,
便是前面说的善意的老头和有一些人为她奋斗的
并不是每一个人都是市侩,
但经过这坎坷她便也增多认识人生,

便是,
有坏人也有好人,
要为事业奋斗,为祖国的现代化。

张桂英听着沉思起来,
沉默了很久才继续这路边的谈话。

少年时的朋友是黄金般可贵,
而王桂兰也并没有躲在什么死水里,
张桂英便沉思旧时候的快乐和许多年来的浮沉,
她再又忆及旧时候,像秦朝的兵马俑一样跳跃和
把自己拎起来。
风吹过落下吃开的槐花,
两节的红色条白底子的汽车背着车号在大街上傲慢而端庄地转弯,
人行横道上的白色条上走着荷着书包和作业的少年,
还有,
北京这都市总有许多鸽子在翻飞。

张桂英想到自己的恋爱和家庭觉得幸运,
她的丈夫是用心于工作的,
曾和她去蜜月旅行还读完党的文件;
她已经有一个女孩,
时间真快……
她有些害羞和不安因为自身热闹和幸福,
她也有些羡慕王桂兰的学问;
槐树落下迟开的花,
她便想象她的旧同学王桂兰,物理学的研究员在"花繁"中走去的瘦的影子,
然而有个老工程师伴着,
和其他的人;

其中也有她。
她觉得自己真也俗气些。

"但是我仍然觉得我的工作虽然无名,
和将来不一定能为很多人们所记忆,
但我仍然做我的工作结我的家庭,
我也是社会栋梁有生活有它的意义;
贡献给我的祖国也不负学校时候唱的歌。"
落花中大树下张桂英想。

这时有儿童小自行车经过她们身边,
笑着和叫着的妩媚小女孩骑在上面。

"你祝我快乐和工作成绩吧,
 你需要我的时候我一定帮助你;
 我改天来找你到我家里去玩;
 你没有建立家庭我的家就譬如是你的一样。
 我祝你的物理学将来获重大成就,
 我的各项事也能各时不错。"
说着张桂英便两脚并拢跳了一跳
试试从前的"劲头"。

这时她们刚才议论的刘国栋远远走来,
看见了她们便驻足,笑着走了过来;
大槐树落着白色的花。
"各人相信各人的哲学,
 邓小平文选的这时代是思想解放;
 我仍然认为同学里面王桂兰各人沽名钓誉清高思想,
 要不然便试试看到底谁的见解胜。
 她王桂兰实在应该放弃这种物理学论文,
 这岂是她能有这种能力?癞蛤蟆想吃天鹅肉,

真是在我看来是一分钱也不知。"
这小流氓说，
而且他撸起他的绸衣衣袖，
上面戴着美国表，
也如一些小说里写的，
"含着一支凤凰牌香烟。"

附近的楼上传出钢琴声，
跳跃和活泼。
张桂英愤怒地注视这市侩，
她便替她的同学回击，
反背手叉着腰说："呸！"

她又说：
"宇宙航和新型动力需要人拼搏，
　你不看女排昨日得到世界冠军，
　你这市侩和流氓贪鄙分子
　在这里你口出丑恶的语言，
　在这社会你真的能行？
　从过去到现在中华民族各代人奋斗，
　像你这样的人是不会有前程。"
说完张桂英便挽着王桂兰的手臂走出街边公园。

风吹着，
大的槐树和枣树摇撼，
两节长的红条白底子颜色的汽车背着它的号码
在做着端芳〔方〕和骄傲的转弯。

　　　　　　　　　　　　1984.8.10

　　　　　　　　　　（据手稿抄印）

月亮

圆盘似的月亮升起在东方,
黄色的大的月亮升起在屋脊上。

河里的水,波浪声喋唼,
小船离岸前往他乡。

这是旧时候的梦境在骚扰,
旧时候的凄凉的月亮照耀在旅途上。

这里的菱角和藕很多,也有莲荷和甜的芋头在水边也生长。
旧时候都是苦芋头的生活,昼长夜也长。

圆盘似的月亮升起在田野上,
不觉许多年过去旧的梦惊悸仍旧使青年惆怅。

小河里藕长很大和红色的小鲤鱼浮水,
老头牙齿脱落而愤愤地劈木柴,也表示着痛恨当年的损伤。

但是又大又圆的月亮升起在小河的屋端,
新生的婴儿啼叫,被小河的水洗涤,
而八九岁的男女孩叫喊于人生的初欢。

1984.8.11

(原载《路翎晚年作品集》)

井底蛙

许多人嘲笑井底蛙,
青蛙便所以跳到了池塘里和荷叶上;
它看见苍穹的确很大。
可惜山遮住了,
它便跳到山腰上。
它有相当雄壮的气势;
天真大啊,
原野也很美丽。

这时候一片树叶落在它的头上,
像受惊的麋鹿有一回被树叶击中而逃亡一样;
青蛙便说天掉下来了,
拼命蹦跳逃亡……

它跳进井里说还是这里好;
但是似乎广阔的天也好,
于是它又谨慎地跳出;
雷霆驾着黑云来了,
天掉下来砍下来了,
许多的闪电。

青蛙想:见识多些总是要好些,
也做一次光荣的奋斗;

尽自己的能力搏击,总要少受些嘲笑。

于是对着雷霆暴雨和塌下来的天,
青蛙鼓勇地鸣叫;
雷霆遮没了它的声音,
说它是无名小卒曾经害怕过树叶子大的天;
可是青蛙仍旧鸣叫而且大声鼓噪;
青蛙这时候真有些不错。

但是雷雨未停青蛙惊惶而跳回到井里去了,
又有几片树叶子掉在它头上,
它想继续奋斗没有必要;
它仍然决定坐在井里,
它还决定忘却、取消它的奋斗的阅历,
而重新说,天只有井口那么大。

有些人在有些时候有过一次奋斗。

1984.8.12

(原载《路翎晚年作品集》)

乌鸦巢

乌鸦在扑翅叫着,
巢倾侧于早晨,
穿透心脏的早晨的痛苦,
母乌鸦绕树飞翔;
由于黎明的雷雨,
它的巢倾侧而依托的树杆折断。

飞来鸥鸟和乌鸦一起用头顶着巢而脚踩着树杆;
感伤的斑鸠从深草丛中起飞了。
乌鸦和鸥鸟猛力用脚蹬着枝杆而将巢再架于树枝间,
飞来的斑鸠张开双翅绕着树飞翔……
巢安上了,
三只鸟雀绕树飞翔。
新的依托的树杆苗壮。

乌鸦感谢了帮助,立于它的巢边上;
它的乳儿们在惊惶的叫喊之后安静地睡去了。
新的依托的树枝杆苗壮,
草丛里有好的朋友,
山颠的弯曲的松树上还有鸥鸟,
新的依托的树杆强壮。

1984.8.13

(原载《路翎晚年作品集》)

山乡邮递员

邮递员爬上高山
山巅森林在风中摇曳而山花布满
杏子与李子在密林深处闪耀

回顾山下有掀起白色波浪的河
闪光的镜子似的池塘——
邮递员知道河里有大的鱼跳跃池塘里有鱼潜泳
绿色田野围绕
另散的村舍有一些升起朦胧的烟,和有遥远的猎犬吼叫

在那山下的,有红果树的屋子前
他刚才送信给退休的小学教员
退休的老头有儿子和媳妇一块劳动,这年代富强起来
他收到的是他的一个过去学生的来信
四分之一个世纪了,教员还有清晰愉快的记忆

学生已经是中年人
现在在很远的边疆建设电站
事业的成就和思乡和感谢勤苦的最初的教师
忆及了过去教员亲自挑水和摇铃
他还祝贺山乡的农民的富裕……
邮递员便想到自身也是这里的小学毕业
便觉得人生的激动的波浪和忠实的心是黄金

在山腰的那栋有自造的长烟囱的屋子前
　　他送给退伍军人一封信
　　过去的团长怀念部属,寄给老兵照片和问好富裕起来的山乡
　　退伍军人便说到老团长曾指挥他们攻克侵朝鲜美国军的某一前线的无名高地
　　老当兵的说着又说到困难的山乡已攻克穷苦的无名高地而今富裕了便眼睛潮湿了
　　年青的邮递员便像现在站在这高山上一般感觉到人生的严肃的殿堂
　　他说了祝老战士永远安好和祝愿往前是更好的年厘①……

　　他送给一个腼腆的姑娘一封信
　　身体结实的山间牧羊姑娘收到忠实的未婚夫寄来的钱
　　白发的邻居老大娘向人们介绍说,男孩子是善良同意供养姑娘的父母
　　现在乡间都富裕了,还又增多些寄款
　　邮递员便觉得人生的幸运和温暖

　　他送给一个年青的男子一封信
　　这年青人在门口徘徊等待信件好几天了
　　他的嘴唇枯干……
　　现在他等待到了省城里录取他去边疆工作的通知
　　他说山村也富裕了,他的哥嫂的劳动力够一家几口还有余
　　啊,他将奔赴他的建设祖国的理想
　　邮递员便也觉得首途人生的欢欣和要攀登的高峰韧②

---

① 年厘,路翎的常用写法,大约是年成的意思。
② 高峰韧,原文如此。

邮递员上到山顶
他要给这山巅上的老年夫妇送去的信
也表示着人生的忠厚
和这乡土有着自古以来民间的深情
这老年的夫妇的屋子在杏树林后升起着炊烟

好几年来每月是同样的汇款
若干年前老头从深的池塘里救起来的男孩和他的媳妇
自他们在邻县开垦荒地开始有收入的时候起每月寄来二十元
现在他们富裕了，增多了十元
汇款边上写着
祝"双亲大人"膝下安好
开头写着"敬禀者"——
旧式的风格

在去年的冬季
老头子，过去的山乡著名的工艺匠
曾念信给邮务员听，并且向他介绍他们老夫妇和他们女儿的劳动，——收益很是上升的情形
使他觉得对他的服务社会产生鼓舞之情
正如同山腰里副食品店里的卖肉的姑娘
当收到旧时溺水的男孩的钱的老大娘来买肉的时候
特别欢欣地笑着
还增加了中午的洗头发

山乡的青年男邮务员
这一回迷惘地看着卖肉的姑娘的刚洗的头发笑了一笑
她也笑了一笑，脸有些红了

她说:"我觉得你顶好。"

1984.8.14

〔据作者手稿抄印。"(1458)20×20＝400"稿纸,顶边右侧有"第　页共　页"栏,左边下部有"北京市电车公司印刷厂出品八三·十二"字样。此种稿纸为作者常用,出品批次有所不同,在作品未署创作日期的情况下可用作系年的辅助依据。5页,按格书写〕

雨前

风吹着,雨快来了,
心思单纯的姑娘摘一朵野山茶花佩在她的衣襟上。

树林都呼啸而野山茶树轻轻摇摆,
春天过去而渐重的风中黄雀高飞;
空中舒展着灰色的云遮没乐太阳,
有山泉里汲水的敏感的响亮的声音。

风吹着,雨远远地近来了,
心思快活的姑娘摘一朵野茶花插在她得头发上。

欢欣的鼓动着的风里灰色云展开,
山茶树丛中年青人敏捷地动作着;
野山茶叶和茶叶尖摘落在篓子里,
雨快来了风掀起了年轻人的头发。

风吹着,雨快来了,
年轻的姑娘摘一朵野山茶花抛给她的友伴。

雨渐进来鼓动着年青人的激动的心,
这时候想起来的和展望的未来的生活之途是不会错的;
可是要掺和在忧郁的时候想的,
这是老太婆和乡农阿叔在摘雨前野茶的时候告诉姑娘和小

伙子的。
应该确信它是不会错的。

风紧张地吹着，
灰色的雨渐渐过来了，
心思激昂的姑娘和小伙便摘一朵山茶花在他们的笔记本里。

心地单纯而快乐，
瞥见前面的人生之路会是有奋斗的甜蜜。
粗糙的野山茶有甜的味和苦的味，
这田地和山坡上所有的劳动，
姑娘和小伙子都能胜任；
到白发的时候再结算甜的味和苦的味，
和
那时候便说，
没有碌碌无为和虚度年岁。

风压迫着山茶树和大松树摇晃而雨近来了。
青年时代摘雨前山茶的时候说的……

1984.8.21

（据手稿抄印）

蝙蝠
——旧时代的记事

暗澹的古旧的城池,蝙蝠飞翔,
黄昏的花鸟野草有浓厚的阴影与泥土的香气,
于这老旧的、冻结的南京城。

蝙蝠于死水般沉滞的时代这旧城里缓缓飞翔,
冻结的年岁,阴影浓厚而蝙蝠入庭院与各家房舍深处,
飞入墓地、狮子山防寨,和凶杀的雨花台;
时间幽深、深奥,
旧的沉淀的暗影积累,
人间不死的英魂与他们不死的心飞翔,
这苍老的、古旧的城。

中国冻土有逐渐解冻,
有报纸上瑞金之战、冯玉祥"过兵"与长城烽火,
有卖菱角的农民老头因为传递传单而被捕;
有游行的学生与特务军警格斗于街头,
有男学生的有力的手臂和抵紧地面抵住特务的冲击的有力的腿,
有女学生的飞扬起来的头发……

卖菱角的老头农民被杀死于雨花台,
他再喊叫祖国万岁,共产党万岁于两个兵开枪的时候,

有男学生的攒着的拳头，
有女学生的飘扬的头发，
有苦力劳动者的无声地凝望着的眼睛，
有蝙蝠黄昏飞翔，
于这苍老的、冻结的城。

1984.8.25

（本篇曾与《卖花女》一起合题为《旧时记忆——遗作二首》刊载于《扬子江》诗刊 2006 年第 4 期，无副题，诗句有删改。本书据手稿抄印）

卖花女
——旧时候的记事

幽静深巷里,
卖花的叫声响亮;

天上晴朗的云,
卖花声近来又远去;

阴云和江南的雨,
卖花声穿出深巷;

寂寞无人的中午,
卖花妇数剩余的白兰花和茉莉花,招呼路过的买花的女学生和女工。

青砖石的安静的城,
卖花的是粗糙的乡下的中年的妇女;

大砖石的古旧的城,
穷困者作[做]牛马的劳动;

厚的城墙石的厚脸皮的城,
富豪吃喝糜烂于孔子庙之前。

巨大的砖石的痛苦的城
特务和警察搜查卖花的，
找出她携带的遥远的地方来的传单并且抢劫她；

巨大的砖石的怨愤的城，
再一个卖花女叫于"模范监狱"的门口；

深草，
鹁鸪叫于稻田中，
拱背得高的石桥架于清澈的河流上；
卖花的来自这石头城的富饶的、穷困的江南乡野。

1984.8.25

（本篇曾与《蝙蝠》一起合题为《旧时记忆——遗作二首》刊载于《扬子江》诗刊 2006 年第 4 期，无副题，诗句有删改。本书据手稿抄印）

结网

旧时代蜘蛛结网于屋檐下,
人们说是吉利又说是不吉利。

蜘蛛的网被雷雨打坏了,
蜘蛛再结网的时候有女儿嫁后返来,
蜘蛛再结网的时候也有姑娘未转来。
蜘蛛的网被风吹坏了,
蜘蛛再结网的时候有刚长成的雄鸡啼叫,
蜘蛛再结网的时候也有坏人经过门口。

蜘蛛的网被蝙蝠撞坏了,
蜘蛛再结网的时候有女仆上工,
也有乡下来城里谋雇佣的姑娘哭泣。

蜘蛛的网被晒衣的竹杆碰坏了,
蜘蛛再结网的时候有新生的婴儿哭声宏亮,
蜘蛛再结网的时候也有做父母的哭泣。

蜘蛛的网被燕子筑巢碰坏了,
蜘蛛再结网……

那年代有宋庆龄呐喊的抗日军出发,
那年代的沉滞的人生。

新媳妇有许多还沿着更旧时代的道途,
她读小学几天。学针线,去井边淘米,
晒箱笼衣物和扫房拾漏,
请和尚念经和打黄鼠狼,
看屋檐下有没有燕子筑巢和蜘蛛结网。

蜘蛛结网这一回停止了,
新媳妇便站在庭院里沉思;
有一回蜘蛛结网是好有一回是不好,
她便流下了眼泪,
说旧式人的暗澹人生。

但有一回她看见附近的学生因为宣传反对贪官污吏被捕,
新媳妇呆想着,说,
蜘蛛网上结有很多旧时的痛伤和想要革新者的呼喊,
像蝙蝠飞一样还有鬼神;
新媳妇说,
有当婆婆的凶狠的网,
有当被欺的媳妇的苦痛的网,
有丫头打破茶杯的恐慌的网,
有贤妻良母的网,
还有……

她也结网,
用她当小学生时的知识和语言,
响应宋庆龄的呐喊,
希望中国和人类度过寒风之冬和历史春天在望。

过去了若干年……
她结网于长久沉思学生的被捕,

结网于勤苦的劳动,
结网于偶然听到说的指示新时代的书籍,
虽然从未看见过。

过了若干年,
新媳妇到了婆婆的年龄,
她走在街上,
是新中国的街道居民委员会主任,
结网于勤奋,
结网于各一时代人的责任,
结网于现代化工业化,
结网于对中国历史的春天的希望。

1984.8.26

(据手稿抄印)

龟兔赛跑

乌龟跑到躺着似乎睡着了的兔子旁边,
它说:
　"你果然要吃骄傲的亏,
　你睡觉吧,
　我赶上你了。"

兔子跳起来直追乌龟,
看见乌龟躺着也似乎睡着了,
便说:
　"你果然要吃舆论的亏,
　人们说兔子骄必败,
　你便懈怠而败了。"

兔子便急急往前跑,
但是乌龟也跳起来急跑,
它说:
　"你兔子还是有些错了,
　休息一下可以往下快跑和不休息一般,
　只是需要精确的计算。"

兔子也想到了这点它便也精确地计算未再停留。
而当兔子疾风似地扑向目标——巨大的古树的时候,
乌龟便跳起来狂风一般奔跑与跳跃和兔子同时到达;

当兔子的脚爪碰击到了树木的时候，
乌龟同时将它的结实的甲壳撞击在目标物大树上。

乌龟与兔子同时到了，
兔子与乌龟同时到了，
它们历代都赛跑，
智力竞逐，
各样情况各样的性情都核算，
有了几亿年的经验。

1984.8.28

（原载《路翎晚年作品集》）

蝉

蝉有一回耐不住胴体了,
蝉在冬天的寒风里醒来回忆夏天的温暖,
它的蛰伏着的树洞外面落着白雪;
它思念夏天的荣华,
它愤愤地发出高音的渴望的鸣叫。

蝉的快乐的夏天哟,冬天多么的冷和枯燥。
同时,蝉便数着它的夏天的功劳,
夏天早晨,喝了露水开始鸣叫,
自然界每一物都繁荣,简直似乎是因为它的嘶叫:
大朵的花,果实,鸟雀飞翔,还有田地里的收获。
人类的社会,
车辆载着去旅行的学生欢迎夏天和欢迎鸣叫,
湖上漂泊的小船上未婚夫妇的唱歌,
包含着欢迎它的鸣叫,
也有绿树丛中荫影里假设迷了路也会找到方位的儿童欢迎它的鸣叫;
走进树林的那一棵树上有蝉在鸣叫。
蝉因此那一回便禁止住了想飞到另一棵树上去的想法。
而在人间的社会里,
蝉在夏天在人们的窗外努力瞥见墨水瓶而鸣叫,
在人们读书的重点上蝉鸣叫有休止的节拍,帮助人们的记忆,
人们在学问的和人生的远渡重洋的时候会记忆起蝉的鸣叫,

蝉是多么高兴哟。

活跃的夏天哟,鼎盛的快乐,
蝉回忆到这里便骄傲了,
蝉回忆到这里便开蝉翼,鼓着蝉翼骄傲和头脑眩晕了,
蝉便说,
因为它鸣叫了,夏天才来到,
蝉便在冬季鸣叫来试试它的威望,而且它此刻也耐不住冬天;
它鸣叫和嘶叫出很长的声音,叫得嘶哑和另[零]乱,
有些一塌糊涂。
花并没有□放,
树木也没有出茂盛的绿叶,
夏天也并没有到来。

弄错了因果的蝉在树洞里继续地叫着,
它便愤怒、着急,更耐不住冬天,
它继续认为夏天是因它的叫声而来到。
它在严寒的一阵风雪里快死去了。

百年的老树说:
蝉哟,你将因果弄错了,
虽然你是有功劳;
许多人将因果弄错了,
以为它们是一切的一切的事件的原因。

在自然界,
度过繁荣的夏天各物表演自身的技能,
也要能度过严寒的冬。

1984.9.1

(据手稿抄印)

鲤鱼

鲤鱼从山巅的深池出发，
游过瀑布溪涧进入河流。
它碰见螃蟹停留一下致意和告别；
它说它要去会见朋友鳝鱼，去到大海。
鲤鱼少壮，从清澈的极深的池里出发，
大江里的水有欢闹的激昂的波浪。

狡猾的螃蟹笑着，
忠实的鲤鱼前去赴鳝鱼的约和投奔大海，
其实鳝鱼并不会在江流的尾端等它，
首先鲤鱼的终于信守和渴望友朋旧值得嘲笑。

鲤鱼并不理会这种言论，
他奋力游泳，
在下面有深得暴泉的池里做好些次的蹦跳，
才一下跳很远跳入瀑布进入溪涧……
大江里的水流有欢闹的激昂的波浪。

经过危险的捕鱼人的渔网，
鲤鱼和沙①鱼在海洋里相遇，
都说到旧年代所结的友谊。

---

① 原文如此。

（鲤鱼自那以来便很奋勇，

它常说它是从死亡复活了的，

友谊使它从死亡复活和旧年的勇敢的搏击和大海洋也使它温暖。）①

鲤鱼说，只有勇敢的奋斗才通向大海和使人温暖。

大海里的水流有欢欣和激②的波浪。

1984.9.3

（据手稿抄印）

---

① 括号内的 3 行是原稿上删去的内容。

② 原文如此。

卖猪肉的姑娘

那回市井的游荡的青年说卖猪肉的姑娘是母鸡司晨不自量力,
刚上班的卖猪肉的姑娘奋斗了几个星期而熟稔起来,
而往下去有了更多的成绩;
剁肉、绞肉、称秤、收钱,
冷静地工作,
间或看看窗外的柳树;
她忙碌着冷静而又准确。

卖猪肉的姑娘准时骑车来到,
穿上售货员的整齐的衣服;
游荡的青年们在那里笑闹,
而卖猪肉的姑娘剁肉的动作锋利而使游荡的青年人噤声。
她想她已长大不是小时候扎着两个小辫子游玩于乡里;
中学毕业了,是老师和校友们热爱的,
是乡里所欢喜的姑娘。

卖猪肉的姑娘冷静而且准确,
市井的游荡的青年观察她没有一个浪费的动作,
她因为爱祖国与家乡做仔细的奋斗。
来买猪肉的有邻舍也有旧时的同学,
还有同学的家人与后班的学生,
还有院子里历年夸耀她的老大娘,

还有时常说她是先进的学生的女教师。
她的刀闪着光而使游堕的青年在她面前羞怯。
穿着整齐的售货员在这些年间闻名,
卖猪肉的姑娘的青年的旺盛的劳动使她屹立于乡里,
她的刀闪着光而她的秤和别的姑娘们一起噼啪地响着。

她的心灵温和然而也有刀剑与火,
她的心中的秤响着。
她在门前的柳树旁指摘游荡的青年,
其中也有她的同学,
那柳树是她小学时所栽种,
在风中摇曳;
围绕着的人们都说她不错,
游荡的青年羞涩而去;
街道上落着夏天的微雨。

卖猪肉的姑娘的准确的动作像刮风一样
像舞蹈一般,
像火焰一般,
她的头发飘动而她的眼神锋利。
故乡啊故乡,
看着它的姑娘成长,
故乡啊故乡,
街道,
新的楼房,
未改变的旧时的胡同,
和小学时、小学毕业时栽种的柳树,
和中学毕业再栽种的柳树,
以及青春的时代的响往。
卖猪肉的姑娘剁着肉向窗外的柳树偶或看一眼,

卖猪肉的是有德行的美貌的姑娘。

1984.9

〔据作者手稿抄印。"(1458)20×20＝400"稿纸,顶边右侧有"第　页共　页"栏,左边下部有"北京市电车公司印刷厂出品　八三·六"字样。4页,按格书写〕

就业

扛在肩上一件又用手提着一件,
捆绑的大的塑料包和塑料袋,
前往就业的新的生活,
站下来回顾宽阔的大街,
旧时的学生生活渐远了;

姑娘还想到父母和教师的嘱咐,
和旧时的顽皮;
姑娘再皱起眼睛看看告别的大街,
似乎那里还有什么,
那里还有幼小的弟弟招手。

姑娘快乐、兴奋、流着汗走着,
将右肩上的包裹换肩和手中的也左手换到右手;
各种需要的都带上了,
(街上的行人各有工作的目的,这是祖国的大街,)
未忘记带上各项,包括忍受困难艰苦的钢强的意志。

去就业的快乐的姑娘也想到各时的奋斗和战斗,
街上那骑车疾行的中年妇女很干练,
大约在青年时代也曾像她一般这样去就业,环境却是要坏些;
那汽车里靠着窗坐着的年纪大的人们,
都也有他们初出发的奋斗和初欢,

而年龄小的有将来的奋斗和战斗。

她行走的途程将是较远，
她想她是小小的星球不是陨石，
准确地进入磁力的轨道。
兴奋的姑娘还想，
将有多次的春天花开和冬天的欢乐的冷的雪，
她将来要数她的奋斗的足迹。

她各件都带上扛着包裹和提着口袋前行，
毕业时的九十分和一百分，
还跳了几回绳子算做最后的顽皮，
数学、物理学，还有英文……
她是去到科学的工作站。

忠厚的朴实的姑娘去问可敬的老人，
前往火车站的道路；
虽然她知道路她也这样问，
她是向路边的年长者做她的汇报和表达她的心意，表示新一代青年成长了。
在好些代的人手里建设亲爱的国家，
品学兼优的高中毕业生、善良的姑娘、成年的家庭的女儿和姐姐、顽强的新时代的行进者便也落入她的轨道。

1984.10.10

（据手稿抄印）

果木农妇

结实的冻土,结实的啊,
结实的果木园的冻结的土地渐柔软些了,
塞北的迟来的春天也终于到来了,
到了苹果树和桃树扒树脐和施肥料的时候了,
渐渐温暖的太阳下的灰黑的土地。
辛苦的果木种植者初春啃破土地,
渗和着种植者的汗水的,渐柔软的土地啊。
今年再增植起来明年就更好了。
今年女儿结婚明年儿子便要娶媳妇了,
年老的农妇女果木农带着儿子掘开地面;
生活里的遭遇是这样,
女人也鼎立于世界上乾坤之间。
果木农男人他在旺盛之年被人活活地打死了,
女果木农忆及过去的短促而又漫长的日子男人在着,
各样好得多,但是死鬼他也只是那样,
结婚之后便有坏人拿走老实的、聪明的死人用斧头砍木头做的桌子,
后来他还鎗①了几根锄头铲子柄也叫这般造反派拿走,
还剩下一根,
女果木农拿在手里的这便是。
结实的她的责任的冬季的冻土,结实的啊,

---

① 鎗,疑应为斫。

结实的果木园中的结实的土地渐渐在春风里柔软些了。

女果木农叹息着经过的年里,
公社热闹的生活里果木成长;
果树结蓓蕾生长着水果,
果树繁殖着。
亲切的公社的邻里冬季帮忙锯断烂了的树和种下新的陈土朗桃与国光苹果,
也在树木的间隙间种上土豆。
村庄热烈的日子渐进,
那些年十分冷酷之后又增进起来,
就像蒸笼似的,
但寡妇的下午的太阳总还有些阴暗,
寡妇容易伤心往事想起死鬼和那些年间被坏人抢走的物件,
但是儿子已经渐长胡须……
农村的生活渐炽热和增多着收益,
果木农妇的心中结着蓓蕾;
结实的冻土,结实的啊,
但是冻土也解冻了,容易劈开了,
果木林中另一样意义的结实的土地,
果木农妇她的殷实的、养育着她和村庄的土地。
果木林中果树结着蓓蕾,站立着果木农妇的结实的土地啊。

女果木农围绕着国光苹果和陈土朗桃走了一圈,
塞北的春天来迟然而也到了树枝梢上长了蓓蕾了。
今年的收成又会较好,
还有拖拉机已来到果木林里,
果木农妇今年还要种几亩黄豆,
不像是旧时候的困难;
果木农妇耕耘她的土地,

亲热她的农事，
果木林里喧闹的、喧闹的、
果木农妇她种植的结实的土地啊。

苹果树桃树结蓓蕾而蝴蝶开始飞来，
展开了，塞北的，长城畔的农村的太阳渐增热力的迟来的春天，
果木农妇在她的公社和邻里的帮助下鼎立于天地间，
她望望她的手上的磨破的皮和磨出来的泡笑了，
她望着脚下的扒松的土地笑了，
她望着今年的新结的果树蓓蕾笑了，
她望着她的勤恳的邻里笑了。
农妇的手有力而胸襟辽阔，
今年要上缴给国家的数目，
今年要付出的给女儿办喜事的数目，
今年要蓄存的给儿子明年娶亲的数目，
今年要蓄存准备再增植的数目已经盘算好了，
首先盘算的是上缴给祖国中华国家的数目字——今年是相当有面子的数目字。
中国的农妇旧时候命运辛苦，
褴褛的破衣裳维持贫苦之家，
中国的农妇旧时候命运辛苦全家潦倒，
中国的农妇心中结蓓蕾，
走上了宽宏的经济、生活之路。

1984.10.10

（据手稿抄印）

昼与夜

楼房和平房的窗户闪耀于白昼，
多量的窗户在太阳下闪灼，
它们和灿烂的阳光联结着，
闪耀于黎明——清醒的精力旺盛的早晨。
一直到高层楼顶窗户闪灼着，
都市在阳光中溶解又再组合起来。
都市阳光灿烂，
楼房像船舰队航行于海，
航行于阳光的静静的激流、海洋里。
在各个房屋里，
今日的工作在精力旺盛的建设者心中陶醉，分解又再组合
　　起来。
白昼深沉，白昼的丝绸浓厚，
喧闹的意志坚决的人间的生活的前进。
鸣奏着一个世纪的高音和
喧闹着的人间生活的幸运，
恒固的机器、公文和多量的商品。
鸣奏着出发的音乐的，
筹办着明年有船舶要到达的港埠的，
扬起威严的出航的战斗的声音的，
爆发着捕获到捕获物的凯旋的喧闹的，
歌颂着这一个月的操作的收获的，以及
包装着大包的邮件和

登记寄往远方的汇款……

楼房的窗户亮着灯光于夜晚，
多量的窗户的灯光一直到空中，
它们使天上的星暗淡，
亮着灯的楼房，
大的都城各船队航行于夜的海洋和泊于港湾；
星光在暗淡后又复明亮，
夜深沉，夜的丝绸浓厚。
喧闹的人间的生活
奏着再回忆黎明时的出发的和休息的音乐的，
安排着明天和明年要举重和推进的，
进行着晚班继续振翼飞翔的电力的、计划的、采矿的、排字
　的、离港离站和到港到站的船舶和车辆的工作的，
扬起着休息的歌声和轻快的步伐的——
想象着寄往未来世纪的大件的包裹，
和
寄往和转帐往未来的款项。
踌躇满志和沉思着继续有的伤痛，忧郁和错误，
勤勉的心脏和都城再又谦虚和振作起来，
揣想着未来的昼和夜的增加的推进器和直到高空的繁华，
夜的兴奋的休息、夜班的工作，
高层楼的灯光和天上的星群。

1984.10.23

（原载《路翎晚年作品集》）

烟囱

烟囱在雨里叹息,
  在怒吼的风里啸叫;
  在阴沉的日子里喷烟,如同恶鬼
  用牙齿咬着头发,
  在艳丽的阳光里烟静静地上升。

北京的大街联着乡野间的传奇一般的新开辟的大路和
旧有的土路、裸露和半淹没在草里的小路。
烟囱矗立在云层下面,
  在它下面有世纪的浮沉,
  出产的重工业件啸吼着归纳于总成;
精灵、巨人一般的工厂和烟囱,
  出品这一条街,
  出品这一部分的大都城,
  它的震动和啸声吸引着又一代的人。

还有的是轻盈一些的烟囱,
  它欢喜在雨中喷烟,
  它快乐地在炎热中喷火,
  它是制造丝绸的,
  它是制造鞋帽的,
  它是制造药品的,
人们的新的欢乐的日期,跋涉之后的心情。

他们是诚实的烟囱,
说述着历历的变迁和故事,
  和说述着技师和工人的认真的劳动;
  出品的货物投放市场,
  货物在大街上啸吼和流动,
  闪耀在玻璃橱窗里。
它们是污染空间的烟囱,都城的雄伟和忧愁。

还有是有坎盖的和裸口的白铁的烟囱,
以及其他
竖立在平房和楼房的屋顶上
  在它的下面也有时代的蒸腾,
   烧水的锅炉和伙食房,
   屋顶下的,
   "没有垮掉"的一代人的欢欣。

北京的大街联着乡野间的传奇一般的道路,
还有的是传奇似的不知名的烟囱,
  冒着浓的
  和幻影似的淡的烟,
  烟囱喷出的烟似乎是虹彩的,
  和城乡人家的朴实的
  浓烟和淡烟作着姿态,
  风里的姿态和阳光里无风的;
  春天到冬天,
  繁华的春天和凛冽之冬。……

还有不知名的烟囱,
喷出欢喜愤怒和苦恼——工作的成与败,
喷出欢欣的舞蹈——新的世纪的上升和现实的时代。

再便是安适的烟囱,
　　　号筒和无声的箫笛似的,
　　　在城里的后街和
　　　　　乡野村庄里;
或者是烦恼的,煤烟堵塞的,
　　　然而渐增多一些安适的、通气的,而不是少
　　　　　一些
　　　各家的冬季的烟囱。

还有是各样的情感都显露出来,
晴朗的工作和最初的劳动的收入
　　　少年男女的钟情和
　　　　他们之间的恋情,
心脏里的火焰燃烧着,
心灵的烟囱

一九八四年十月二十五日

(原载文学双月刊《中国作家》1985 年第 3 期,收入《路翎晚年作品集》)

护士

疾走着的护士沿着病房数她的病人。
一个是工厂里被烧伤的,
护士说现在的设备有的还不太好,机器陈旧,
而有些人也有疏忽,玩忽职守。

一个是城市的边沿驾车摔伤的,
她说是农村富裕了而许多小伙子办事有鲁莽和匆忙。

一个是老军人关节炎发了,
护士便说,在她小的时候,她很热衷听讲军队曾出国援助朝鲜,与美帝国主义作战的故事。

一个是老大娘,生了肺炎,
她便亲热地说到她知道的街道的针织厂,那里的条件不好。

一个是年轻的学生,
于深夜救护被流氓抢劫的老头而负伤,
她,护士便仇恨流氓,惊奇地听青年小伙子讲这搏击的故事。
她随着病人的情况热情地讲着故事。

一个是年老的干部,
她便也陪着谈到革命的奋斗的遥远的源头和过去;

一个是大学生,
她叫他在病床上不要看书,
她快乐地谈着,今天的大学科学课程增多师资了;

一个是出差来的年轻的工程师,
肋膜发炎,
他的妻子曾从遥远的外省前来探望,
他谈论他快要建成的大都市郊野的化学工厂,
护士便也谈论这工厂。

护士还谈论小孩的荨麻疹,
还谈论老年人,扛过重的液化气包会伤了腰,
她还谈论民航机的震动率并不很大,
和旧货点收买的旧货书报增多,文化提高。
她最近就看小说高尔基的《母亲》,
她还说有些建筑工程一个工伤的也没有。

她活泼,嘴唇锋利,声音清楚的谈论笼罩病房,
有时她说不准说话。
年轻的姑娘于这 80 年代感觉到她的版图
和统治权和她的服务,
年轻的护士熟练地工作记住病人的情况,
有益地有时划破寂静和
热爱她的建设着的祖国。

1984.10.25

(原载《路翎晚年作品集》)

火焰

新婚的夫妇开垦了柔软的、肥沃的土地,盖了房屋。
火焰在风里呼号着壮大起来,
新婚的夫妇燃烧起来的,
他们宣告新的家庭诞生的火,
仿他们两家的祖父母的。
旧时候搭了茅棚痛苦地生活,
曾经在门前用枯枝枯草生火,
新娘的祖父和祖母向地霸表示他们永志不忘被夺去的田地,
新郎的祖父母也曾向邻里宣告,
他们以烧一堆火代表哭泣与愤恨他们永生难偿还高利贷。
后来,他们的父母辈……。
火焰在风里呼号壮大起来,
浓烟升空而新郎新娘新盖的房屋连同附属物猪圈和骡马棚子在晴空下屹立。
火焰在太阳下燃烧,
新娘再投进新的枯枝和麦草,
她说她记忆的是这样,
两家旧的情谊祖父母辈共同谋生于大城市的码头,
父母的一辈也在相当的新时代后的患难里度过重要的岁月。……
他们的情况是如此,
现在他们不会再遭受贫穷了,
他们责任种植的麦子和棉田要奋斗到繁荣,丰收再丰收;

他们的棉田和麦田是他们家庭燃烧的火焰，
从此便要燃烧到永远。
他们的麦田和棉田是他们流汗种植，
种植于他们的乡亲之间。
新娘还又投进一把她说有过去的人的骨殖的枯枝，
浓烟弥漫而火焰再激昂燃烧，
村庄的小街牛羊经过和车辆经过，
而烧草的烟在街上飞舞而升高

1984.10.27

〔据作者手稿抄印。"(1458)20×20＝400"稿纸，顶边右侧有"第　页共　页"栏，左边下部有"北京市电车公司印刷厂出品　八三·六"字样。2页，按格书写〕

石头城
——旧时代的记事

石头城有深绿的夏天的山,
山上的气象塔和旧时的宝塔一样高,
没有铁簾笼而风向标被风吹着也寂寥地发响。
城,旧时代有钟和鼓在中午击响,
城,大的树仍然耸立于巨大石头的城墙边。

男女学生在树荫和草地上攻读古文和英文,
也有诚恳的恋爱小说;
城,肮脏的河流通过城市,朝阳和晚霞都映照着河流的浑浊,
城,有雷霆悬挂在城市上空。

城,有诚实的勤劳的姑娘在肮脏的河边采桑,
城,有临河的茶楼上忠义的声音说着《三国演义》,
城,有聪明的和苦楚的媳妇在深夜,在黎明的多眼井的井边洗衣服,
在河边也有哭泣的……

阴郁的鬼魂从这里出动。
不过据说在古时,金红的鲤鱼沿河流游过也到多眼井底里,
停止和迂回的地方便有大的莲花,
也有天仙来到。

吃恒产的旧式人家更为冥寂,
趋炎附势的红鼻子律师讼事很是时髦,
要人和外洋的赌徒军警护卫,
与旧秩序相搏斗者,他们的沉默和呼号迸发着,
城,总是有雷霆悬挂在城池的上空。

大出丧的行列很长,
轱辘人僮有大头鬼和韦陀,
党国执行委员会的汽车行列很长,
十万只灯的提灯会有黄金龙和自由神。

旧朽的私塾先生有时拿不到束脩,
美孚油灯的时代彻底过去,电灯更亮些照见"国民政府"四个大的金字,
乡佬店卖的青梅仍旧是三个铜元,
撞糖彩的头彩是大的弥勒佛,许多的居民仍旧是忠厚。

肃静的监牢里死犯和死缓犯打着全手盖的手印,
特务和军警搜查共产党要犯,
高小学生和工人掩护政治犯而被捕,
城,是一日有干燥的雷霆……

雨花台防塞宣布是一日的刑法,
高小学生和青年工人被枪击死亡;
殉难者的口号是共产党万岁而小学生增加喊的有养育他的父母也万岁。
城,阴云和虹彩的云里的雷霆这回是在高小学生和工人的呐喊里形成。

这城市南京,安静、死水、和这城市时刻有深刻的地底来的

震颤,
　　"乡佬店"三个铜元一个青梅的这样的时代,
　　安静的城,咦,古旧的石头城,
　　雷霆悬挂在城市的顶空上。

1984.10.

(据手稿抄印)

樱桃树

樱桃园有
仲春与仲夏昼与夜的快乐的梦幻,
夜晚的星光下的甜蜜而深沉的——大的樱桃的幻想。

顶大的老樱桃树站立在细软而又坚实的土地上
地心磁力使老树顽强,
而它的倒影在湖水里,
被风吹过辽阔的湖飞到遥远的对岸又飞回来,
被风吹到深澈的湖水深底又浮水上来,
增多湖水里的幻影的红宝石颗粒;老樱桃树曾经幻想的数目——或者这不是老樱桃树的幻想的幻影,
而是湖水的,这也一样。
樱桃树下有编草篮的粗犷的小伙子和细心的姑娘。

老樱桃树挺立着看到白云和乌云的天上的城池,
和春夏的风从那里出发的宇宙中的宫殿;
编草篮的姑娘和小伙子的快乐的生活的幻想被风吹到湖的彼岸又飞回来,
被风吹到水底又飞上水面,
而
增多红宝石。

老大的樱桃树下常来到亲密的朋友和钟情恋爱的男女,

樱桃树替记着一些宣示、表示和密约契约誓言，
　　逐年誓言兑现的数目字增多；
　　男子少年和情爱的姑娘的人生真理的誓言和约言的红宝石也在水中闪灼——他们自己看到的和水中樱桃树倒影的红宝石一样增多，
　　和编草篮的姑娘小伙子的心中的一样增多。

　　老大的樱桃树伸展着它的枝杈，
　　幼小的樱桃树渐渐成长于它的庇护下，
　　编草篮的姑娘和小伙子已经是中年人已经离去，
　　换了又一代的小伙子和细心的姑娘，
　　他们心中的红宝石和湖水中不是幻影的倒影的红宝石一样增多。

1984.10

（据手稿抄印）

亭子

大树屹立于公园的不高的山上，
山和水边有六角的亭子。
老年夫妇在里面静坐着，
青年夫妇走进来有兴奋和激动。
袁雪芬和范瑞娟的"梁祝哀史"戏剧，
这戏剧的热爱生活和反对封建的潮流运行了好多年。
也有少壮夫妇在这里打小孩屁股，
小孩因为六角亭子而增多要一桩好吃的，
打过了小孩便想到这里面有封建的残余，
于是便去满足小孩的又增多一件共两件的要求。

1984.10

（据手稿抄印）

老兵

树木枯黄了,那一年的秋天,
妻子在门口迎面碰见她的丈夫从军队归来——
家庭的欢喜和生涯的记事。
丈夫若干年前参军南下,
以后抗美援朝去到国外;
守于麦田和棉田间,
栖息于两间旧破屋的妇女是
能干的农妇和劳动力。
她所想象的战场的炮火彷佛总是在月亮光下进行的,
因为她接到他的家信,他在月亮下行军和战斗,获得功勋。

像波浪一般的过去的记事。
像恐怖的波浪猛袭渔船似地,
新时期地劫难使人们哑默;
当兵的丈夫归来不及几年,
功劳的男子他被人绑走。……
但幸而这也过去了,
男人在家,
仍然欢喜的农庄当兵的男子之妻在门前叹息。

又是一年过去了两夫妇带儿子们修补他们的破旧的房,
有一间坍倒了。
村庄公社陷于吃大锅饭的慵堕,

闲人也得吃的,
村庄又显露着贫寒。
再进行和命运搏斗当兵的爬上屋去再修补他的旧房,收拾雨漏。……
随后责任制划出田地,乡间兴旺,
便也盖起了三间瓦房。
邓小平说的,贫困的旧时代不会再来。

旧时代的当兵的这时已经年老了,
忠厚于乡里,殷勤于公共的事,
诚恳的挑担子者,
还先帮着邻人去盖房。
麦田和棉田全村收获了,他家还没有,
便先去帮忙这家那家缺乏人力的盖起房来;
在他盖房子之前儿子们也盖房了。
他不理会家中也缺乏人力,
兴旺起来的村庄处处热气蒸腾,
平原里麦田棉田一片连着一片的丰收,
然而当兵的老头却整日在外,
作物就像他还在军队里没有回来一般,
不容易收获到家的老农妇叹息着。

当年兵士之妻农妇也欢欣地遥望,
麦田和棉田隆重地丰收,
灿烂地阳光普遍照耀。
当年彭德怀地兵士已老,
从辽阔的田地里和村庄边健旺地归来。
兵士之妻丰足的农妇眺望又再眺望,
当兵的男子彷佛第三次归来,第二次是被恶毒的邦口绑走,
背部平直,大步跨着脚步,

仍旧是旧时当兵的模样；
他比以前还黧黑些了仍旧是魁梧的男子，
重要的是在雨云布于顶空的时候，
在烈日甚似九太阳出的时候，
在冰雹啸叫的时候，
在狂风里也一样，在恶毒的劫难里他被绑走以前，
和又回来之后，
他把他的农妇守护了。
他把他的村庄和田地守护了，
他带领人把水坝守护了，
他和公社的"头头们"把困难户的田地守护，
把年厘守护了。
当兵的这些年出兵于村庄的农田和远近邻户的困难，
他所以又算是当兵归来了。
在他的老农妇的想象里他还是又要出去的，
他是这样的人，
彭德怀的士兵。

还有呢，
还有便是老农妇，兵士之妻更多地勤勉更多地想起来，
她地兵士的旧年和敌人的大的战实在月亮光下进行的；
这意思是，
追补想到她青年时代和他〔她〕的兵士的恋爱。

1984.11.2

〔据作者手稿抄印。"(1458)20×20＝400"稿纸，顶边右侧有"第　页共　页"栏，左边下部有"北京市电车公司印刷厂出品　八三·六"字样。5页，按格书写〕

航轮

燃料充足的航轮在波涛里航行，
白色的底边红色的船身和绿色的烟囱。
两岸绿色的树和像是精灵一般的大朵的花，
像精灵一般的艳丽的鸟雀在岩石边大树间飞翔。

从前荒凉的岩石坡上现在有了新的红色顶的村镇；
凶恶的礁石滩被爆破了，
水流仍然峻急，美丽的航轮航行。
绿色的美丽的草在回忆里会变成红色的，
而飞翔的鸟雀在人们的回忆里会异化成红色和虹彩色。

这是因为被鲜艳的虹采的生命的活跃所陶醉，
这是因为两岸的岩石是险巇的和顽强的，
这是因为来不及观看和心脏的跳动，
这是因为事情并不在于"轻舟已过万重山"，
这是因为新一代人的开臂〔辟〕，
中国黑土地深情和大地、江流的仪态万方。

1984.11.2

〔据作者手稿抄印。"(1458)20×20＝400"稿纸，顶边右侧有"第　页共　页"栏，左边下部有"北京市电车公司印刷厂出品　八三·六"字样。2页，按格书写〕

油菜花

油菜花的怀念是深深的,
是油菜花对种植者和改革者的怀念。
油菜花在白昼怀念种植者和改革者的勤恳,汗滴在种植油菜花的黑色松软的土地上;
油菜花在夜间怀念种植者和改革者的仔细,静悄悄地走过油菜花而喷洒这药粉,
也在地里洒上肥料。
油菜花在春日快乐地成长而舒展着,
种植者随着很多飞舞的蜜蜂在油菜中间行走,
油菜花在夏季挺拔,艳美,
它说,它是多么美丽啊。
太阳幸福地照耀……
油菜田的开辟者和改革者油菜农被捕入牛棚了,
因为反对县里的图谋权力和横财的邦口,
油菜花的怀念是深深的。

油菜花的怀念是深沉的,
是油菜农对油菜花和相联着的松软的泥土、农药、榨油机、蜜蜂和他的革新他们农作的事业的怀念,
牛棚监牢里的思念是心痛的,内心流血的,
油菜花不要以为牛棚牢里的无罪的被陷谋者愤懑许多人事,而将它忘了,
油菜种植者和革新者也并没有在凶毒的恶势力下屈服,

这点也重要。

思念油菜花的思念是深沉的，

是对于勤劳的农事的思念，

是对于勤勉的家事，对与[于]妻子儿女的思念，

是对于友情的思念，朋友和友好的邻人常来到他的丰产的油菜田边，

是对于乡土村庄的喧闹声的思念，对自由的毕生专心于种油菜生活

是对于生活经济的思念，

是对于祖国繁荣的思念。

是和油菜花的互相的思念，

是对于整个的生活，包含着理想的渐强的火花的整个的思念，

还特别思念他的农妇，

其中又包含有油菜花，

油菜花，

地里黄，……

这么思念着便也算油菜种植者写给他的家庭和油菜花的家信和公开信。

1984.11.7

〔据作者手稿抄印。"(1458)20×20＝400"稿纸，顶边右侧有"第　页共　页"栏，左边下部有"北京市电车公司印刷厂出品　八三·六"字样。3页，按格书写〕

萝卜出窖

萝卜起窖了,悄悄地
萝卜从解冻的土、黄色土、陷下去的土里出来了,
来到北方的春风里。
顽皮的男孩来到窖子边了,
幼小的女孩躺在地边的儿童车里,
她并没有睡着,
而是睁着眼睛笑着。

萝卜起窖子了,静静地,
入冬时装萝卜的窖子是压得很紧的,
萝卜在窖子里是躺得很密很挤的。
那时候计算一年的富足,
还计算春天的增加种植的面积的宽裕的经济;
这几日开始耕种,
今年的农家的增强的势力已经开始了,
这新时期的作物种植者的家庭的欢喜已经进展了,
萝卜入窖子的时候男孩曾吃了好些个,
不像种植者自身小时候,
种植者的儿时的回忆有辣极了的穷苦,
狂风于萝卜窖子里生长着,
饱含着严寒的雪的云在天上漂浮;
现在萝卜入窖子了。顽童也是会做事的,
男童心中有热望,有祖国的海棠业[叶]版图的响望。

萝卜起窖子了,
因为想起了旧时而种植者含着烟草而含笑,
又严肃地、静静地。

萝卜被掷出、跳出、滚出、飞出、钻出、活泼地跑出,起窖子了,热闹地,
挖开解冻的黄色的陷下去的泥土出窖子了,热闹地;
萝卜种植者男子和他地家庭主妇,
动作坚实而有力;
他们流着汗,脸上洋溢着热烈和快乐。
红色的萝卜堆在地上了,
红色的萝卜男孩和邻家的男孩帮忙抬着走了。
男孩第一次挑挑子了,
红色的萝卜男孩挑着走了,还给女孩抱着一个大的萝卜;
这不是旧时的农家欢乐的幻想,
这是中国旷野上的这时的事实,
男孩成长成责任制的萝卜种植者农民了。

1984.11.7

〔据作者手稿抄印。"(1458)20×20=400"稿纸,顶边右侧有"第　页共　页"栏,左边下部有"北京市电车公司印刷厂出品　八三·六"字样。3页,按格书写〕

刘巧儿

河北平燎①溪流里流水清澈,
河北平野里麦田无涯而杜鹃花和野蔷薇花开放,
河北旷野里太阳灿烂照耀,
河北平原里绿树成荫而流水流长。
河北平原里勤劳的耕种汗水潮湿了禾苗,
河北平原里骡马在淡蓝的天空下奔驶着。
驾着车走着的,
太阳下走着的,
在树荫里休息一下走着的
在田野里瞭望着而行走着的,
是刘巧儿为她的婚姻的奋斗,
反对落后与偏见与封建;
新凤霞的舞台上的高音长腔。
疾速地走着的,
穿着整齐的衣服稳重地端庄地走着的,
驾着车而在平原里沉思地走着的,
愈走愈远而消失在地平线的亮光处;
刘巧儿为了她的婚姻而在地平线上搏斗着,
朴实的花布衣服闪耀着,
新凤霞的高音和长腔在平原里飘荡着。
在谷场旁操作着的,

---

① 平燎,路翎的常用写法,义同平原。

在农舍里忙碌着的,
在田地里流着汗劳动着的,
在磨子旁转动着的,
在厨房里操持着的
在院落里说着道理的,
在人们中间发言,表现自己的意志的,
朴实的中国农妇和她们之间的刘巧儿,
新凤霞的高音和长腔,和婉转的声音在中国平原上飘荡着。

1984.11.7

〔据作者手稿抄印。"(1458)20×20＝400"稿纸,顶边右侧有"第　页共　页"栏,左边下部有"北京市电车公司印刷厂出品　八三·六"字样。2页,按格书写〕

拉车行

囚徒拉着车子行走,
囚徒用绳圈套在肩上拉着车子前行,
凛冽的冬季的狂风里被陷谋的囚徒拉着车子,
太阳升起在监狱的劳动场上空,
太阳升起在生死场的上空,
太阳黄昏落下去了,红色的、冷的、严峻的。

囚徒教师拉着装满土和石块的车子行走,
囚徒也绳子套在肩膀上拉着萝卜和冬季的白菜;
树上的乌鸦于黄昏日落回到巢里去了。
囚徒顶着风,将绳子拉紧,
一步一步地困难地前进,
在他的心里有暖的溪涧河流和冷的冰冻;
他因为爱好知识被陷谋了,
这些知识,和建设现代化工业,仍然是他的理想,
是他的中国整个世纪追求的。
冷风寒冷地吹着,
赤子之心却未冻结。
他想着这劳动场有帮助他的人们,
他们的赤子之心与奋斗之情;
上坡的时候监牢长曾助他从后面推动车辆,
再一个是劳动大队的副大队长。
再一个是这些天新结识的农村小伙子囚徒,

他在冬天也穿衣很少，
他欢喜说到他的女人，
他说乡下的女人也会拉车驾车，
他热诚地说，他是主张用化学肥料而被陷谋的。
太阳冷冷地，热烈了一下又冷静地遁到
地平线上去了。

囚徒拉车而行，
寒冷的塞上的太阳照耀，
他后面是农村小伙子的车，
他载重多好一些有力地在爬坡，
他停下自己的车推着教师的车；
农村小伙子说到口外的严寒，
黄昏要有霜降和结冰。
他也说到他的妻子，他的农妇如何会干活计好多件，
这农妇是一个在教师心里逐渐强烈的形象，
太阳冷冷地，热烈地照耀了一下又冷静地落到地平线下去了。

年轻的农村小伙子和教师成了亲密的朋友，
因知识而"犯罪"的中年教师有些文弱，
但他这些日不思念家庭和噙着眼泪了，
在这劳动场和生死场有他新结的朋友，
农村小伙子告诉他如何扬麦子麸皮和怎样种小米，
种蒜头应该挖多深的坑，
还有种土豆……
监牢犯教师的心中的暖的河流在开拓着，
他的心里燃起了友情的火焰。
农村的小伙子再一次助他拉车上坡，
告诉他他的农妇还会伐木料，
山林里叮叮当当的砍伐声是他的记忆，

是他此刻心中的欢欣。
监牢犯的心中暖的河流静静地流着,
农村小伙子的和教师的流在一起,
如同他们的汗流在一起,
教师便想到他能够奋斗到期满,
他还要有为,建设中国的现代化;
将来他这样想:中国的现代化的车
有的是从监牢里出来的囚徒拉的。
监牢里的太阳冷静地照耀着,
从地平线上升起来了。

农村的小伙子再一次帮助教师拉车过蒿草地,
脚步均衡还告诉他他所识得的菌子和几种药草,
还有怎样编蒜头结子和怎样搓苎麻。
他说他的农妇勤劳而且聪明,
在监牢里他怀念她,在家中他们也是并不争吵;
他们曾捉到山鸡和长毛兔,
他的农妇会把它们饲养;
她还会医好牲畜的病,
她的棉袄和鞋也做得很好,
曾经送鞋来他这回穿上的正是。
他又说到他的农妇割麦子很快,
镰刀刹刹地响着……
他说他将期满后仍旧提倡现代化农业,
他要说,
中国的工业是有许多被陷害的囚徒们扛几块砖的……
监牢里太阳冷静地照耀着,落到地平线下去了。

知识分子教师和青年农民拉车而行,
知识分子较忧郁些,他想到的是拉着人生的载重的车,有快乐也有艰难。
这年代的中国的田野和城池呀,
可是苦难增多了些;
也有找到友情的温暖呀,
他的朋友农村小伙子快乐而达观。
劳动大队副大队长这回又帮助他拉了一阵车,
监牢里旷野上严肃地落下去温暖的冬季的太阳。

青年农民告诉他说,
朋友的感情产生于儿时的游乐,
比这更顽强的是产生于共同的患难和理想,
每个人心中有灶灶中有火焰,
他欢喜知识欢喜教师讲人造星球的原理。
教师心中流贯着增多的温暖的河流,
太阳升起在监牢的劳动场的上空,生死场的上空,
监牢里照耀着早晨升起来的温暖的、严肃的太阳。

1984.11.8

(原载《路翎晚年作品集》)

葡萄种植者

塞上严寒,
服刑法的"知犯",被陷谋的知识分子犯人来到农场种葡萄了;
黄土发出冰冻和去年的草根霉烂的气味,
他,葡萄种植者从土里挖出去年埋下的葡萄。

知识分子入狱而在劳动大队农场喋血了,
他欲哭泣又把眼泪咽下,
严寒、冻僵、凄厉的寒风,
亲人都似乎已经故去,
这异化了的生活,人们鼎立于天地间,
白昼过去晚间有寒月和监狱的探照灯在监牢房前面的旷地上照耀。

知识分子从地面失踪了,
塞北的春天也悄悄地便失踪了,
感伤的葡萄在成长;
葡萄的绿叶和藤上有塞上难结的露水,
葡萄种植者,监牢犯的囚衣潮湿了。
寂静的大地,
白昼过去有寒冷的星斗和月亮,
和监狱的探照灯在旷场上照耀。

葡萄种植者知识分子以前幻想会碰见红纱衣的戴金冠的公主,

现在他想象自己像用卖不掉的火柴在严寒里自己取暖而喋血的姑娘;
他的知识便是卖不掉的火柴。
白昼过去夜晚是寒月和监牢的探照灯在监牢房前面的旷场上照耀着。

紫色的、绿色的葡萄和它所植根的黑土里面有前时候的人们的脉搏跳动,
这葡萄田里有各时代的记事。
遥远的旧时侯这里是戍边城的流放地,
旧时侯这里有退却的抗日军的重炮射击,
旧时侯这里有野荆棘地,革命的青年殉难,
旧时侯这里又是打谷场,
沉默的农村男子和他们[的]农妇生活着和受难,
而现在他在这里喋血了。
他没有攻读完毕他的进修的学问,
也没有著作出来,
他这一代比起前一代来可能要差了,
他的恐惧增大着,但也有新的朋友和他接近……
白昼过去夜晚有时无月亮而监牢的探照灯在监房的旷场上照耀。

葡萄植根于深深的黑土里,
黑土里各时代的故事在葡萄藤与枝叶中讲述着,
风吹着,讲述着,知识分子,文人,文字狱,戍边城和流放,
有凌厉的痛苦也有各时代的奋斗者不屈者和建设者的理想,
未来时代新的行人和居民的奋斗的温床。
这些便也结构成凄苦的葡萄种植者他的理想,
他,葡萄种植者计算还有多少年的监狱,
策划如何顽强搏斗到将来,

325

和将来要做的。

塞上再一年风寒,
严寒、冻僵、凄厉的寒风,
亲人都已失踪和他自己也失踪,
知识分子戍边城、流放;
但,这异化了的生活人们便又再找到自己,鼎立于天地间,
他已前见古人,后见来者,
结识援助他的新的朋友。……
葡萄种植者葡萄田的纵深里展望的未来不同了一些,
灿烂的明月和监牢的探照灯在监牢房外面的广场上照耀着。

1984.11.

〔据作者手稿抄印。"(1458)20×20=400"稿纸,顶边右侧有"第　页共　页"栏,左边下部有"北京市电车公司印刷厂出品　八三·六"字样。4页,按格书写〕

小马

北京的早晨预先着繁荣的白昼；
乡间来的车辆
马匹直奔到菜店的玻璃窗前而猛力但准确停住了，——
当它是小的马驹子的时候马匹便想着这一日了；
最初的拉车，少壮的马匹牠一路乘风而来。
小的马驹子成长了；
它在初夏竖起尾巴奔跑于土路上，快乐地踏着牠的蹄子。
最初的出勤，
运来乡间的茄子黄瓜——蔬菜和重要的杠捉到的□篓子脚鱼；
想象着而且它知道，城里接待牠的货物的是已经著名的，戴着白色护帽的干练的小伙子
　　和
　　售货员姑娘

乡间的繁荣的白昼，
马蹄声响，
回到乡间村庄里，
载运着货物的车辆
马匹得意地跳过土坎，
一直到院落里油漆刷新的屋子前；
路边的蔓草让路
　　和
　　蒲公英飞散，矢车菊摇晃

和

牵牛花、丝瓜藤颤抖着

运来了城市货物,丝绸花布和座钟,电视机,也有儿童的贪心的大玩具

马蹄声和车辆的愉快的震动声。

小的马驹子成长了

它在初夏的土路,和高速公路上整齐的杨树间,

翘起尾巴拉着车子奔驰着。

〔据作者手稿抄印。"(1458)20×20=400"稿纸,顶边右侧有"第　页共　页"栏,左边下部有"北京市电车公司印刷厂出品八四·四"字样。2页,按格书写,未署日期,按稿纸出品批次姑系于此〕

湖

荷叶和荷花露出在水面上，
藕藏在泥里，菱角藤伴结着荷叶。

水里有鱼虾和螃蟹游泳，
迂回着荷叶的带刺的杆子。

阳光照耀着荷叶和荷花，
带刺的菱角在水中茁壮着。

清晰的水中小渔船划过，
网子兜起水中的鱼虾。

澄碧的湖里鹭鸶浮水，
用硬的嘴衔起水中的鱼虾。

绿色的荷叶颤动着，
青蛙跳在上面了。

大的圆的荷叶挺拔地在水中站立着，
蜻蜓绕着荷叶飞过。

湖面上涟漪在微风里静静地展开着，
下午的阳光穿过水面

一直照耀到水底的纯洁的泥层上了。

（原载太原《诗书画》半月刊，1985年6月5日出版，收入《路翎晚年作品集》）

幽静的夜

蔷薇花站着仰着头睡着了,
幽静的夜啊。

空气中散播着涟漪一般淡的香气,
幽静的夜。

姑娘和少年男子思索着将要接收下来的家庭的帐簿,
新的功课和生活的意义;
老太婆欢欣地想着。一生扫过多少遍她的屋子的地,

一生点燃过多少次她的家里的炉子,和明天还能继续为孙儿拿扫帚和将炉子点燃;哼着满意的曲调而婴儿睡去了;
幽静的夜啊。

旷野中行走着没有办法计较疲倦的旅客;
正如同家庭中有这样的疲劳的主妇;
楼台上有醒着的人,
幽静的夜啊。

幽静的夜有中国自造的轮舶进港,
幽静的夜也有自制的电动列车和新一辈人的人生首途出发。

幽静的夜生育着明日的晴朗;

幽静的夜集合着暴风雨的云,
和
派生着往黎明去的狂飙的箭簇。

蔷薇花站着仰着或垂着头睡着了,
轻微颤动着休息了,
蔷薇花在白昼的经济的烦恼和工作的快乐之后休息了。

幽静的夜啊。

(原载文学双月刊《红岩》1985年第4期,收入《路翎晚年作品集》)

哀挽胡风同志

沉痛哀悼我的导师胡风同志①。

良师益友胡风今逝去，
心中痛感悲凄与哀伤，
旧时感情灯火常闪辉，
内心永念督促与勉励。

1985年8月3日

（据手稿抄印）

---

① 此句非副题，应视作正文第一段。

老枣树(外二首)

老枣树

黑绿色
老枣树站立着
有着狰狞的外貌
度过峥嵘的岁月
夏季炎热的太阳张开着它的帐篷
冬季雪静静地也啸叫着……
忧郁的日子静静地老枣树站立着
快乐的日子现在进行着了
朽烂的垃圾铲除了
破旧的房子排除了
人们挖掘新房基了
运来水泥钢材和开来起重机了
掘土机啸吼着了
工人们奔忙着了
建筑架站立起来了
墙壁竖立起来了
更多的机动车在大街上行驶着了
白云更多地飘浮着了
蓝色的天更深邃了
城市的心脏的脉搏和老枣树的
心脏一起在新的快乐里跳跃着了

1985.11.28 改旧作

葡萄

塞上寒冷
荒凉的黄土里扒出去年的葡萄
冷风和白云一同飞翔
夜晚有寒月和监狱的探照灯照耀
冤案错案里的犯人们种植葡萄
冤案错案的犯人们夜间谛听着
从荒凉的黄土里出来的葡萄
在风里轻微地响着的声音
伸出来的柔韧的枝
嫩绿的叶子

春季从冷风和飘忽的白云中到来
夜晚有月牙和劳改大队的探照灯照耀

冤案错案的犯人浇灌葡萄剪辑枝条
夏季便再又草绳捆绑
累累的果实在大的叶子间出现
累累的果实在心中闪耀
风吹来司法官的叹息
他感叹冤错案的犯人在监牢中
渐年老
紫色的、绿色的葡萄
风吹着的葡萄
绿宝石、龙眼
荒凉的塞上的
冤案错案的犯人的感伤和快乐的葡萄

葡萄结实于荒凉的塞上

冤案错案的犯人们种植葡萄
逝去的年华在出狱时有它的意义
荒凉的塞上有正直的被冤的农民难友
有司法官的同情的注视
白昼有有力的风
在成熟的、葡萄成熟的季节

1985.11.改旧作。

风在吹着

风在吹着
风在吹着啊
踯躅于村荫道上
思念着亲爱的朋友
黎明的时候
朋友告别往风吹来的方向去了
少壮的努力他的朋友从事他们远行
他们行囊简单
他渴望已久的远行

风吹着嫩的杨树叶
窸窸窣窣的执拗的声音
风吹着早开的蔷薇
有顽强的嘘嘘的声音
风吹着桥下的小河的波浪
竖风的劈拍劈拍的声音
风吹着屋檐的鸽子的羽毛
劈拍和花拉的声音鸽子起飞
风吹着天上的裸露灵魂的白云
有快乐的春天之情和飘翔的无声的声音

风吹着小路和通向远方的大路
有顽强地响着的脚步声和车轮声
风吹着他的年轻、骄傲,和他的开拓的甜蜜的心
和他们行囊有资财不充足的缺点
他们行囊也劈拍劈拍地响着

他们的心里温暖和凛冽的风也吹着
吹着想说什么呢
是奋斗和再崛起的时代
是继续着前人成功的时代
是不服输于前人的失败的时代
是医治旧时的创伤向前再进攻的时代
是有着别离的哀伤却有着成熟的收获和经验的时代
是建设的时代
风在吹着
青年和少壮可竖着自己的旌旗

1985.12.8

(原载《诗歌报》1986年1月21日,收入《路翎晚年作品集》)

蒸汽锤机

蒸汽锤机震响
强大的声音震响山谷
锅炉房放汽之后平静
蒸汽锤机发出更大的响声

蒸汽锤机惊醒沉睡的树林
魔鬼般的声音像是和山谷进行战争
山谷里有瀑布流下
激怒的喊声

树木苏醒而山鸡翱翔
神秘森林里有几百种鸟雀的声音
整齐锤机表示前来奋斗的人类的意志
而瀑布用吼声表示战争
山谷的深处开放着野蔷薇和野梨子结实
和
大的蝴蝶在谷底盘旋
和
建设者的整齐锤机的声音也在谷底盘旋

它盘旋于谷底
盘旋入深的地底再又转回来继续震动
将山谷和森林灌满了生命的欢喜

強大的生命的声音
钢铁的声音
建设者意志的声音
巨风雷霆的声音
充满激情的往新世纪的声音
引起山峰的沉思

山谷边的钨矿的载运车从矿井出来了

1986.4.16

〔据作者手稿抄印。"(1220)20×20＝400"稿纸，顶边右侧有"第　页共　页"栏，左边下部有"北京市电车公司印刷厂出品八四·八"字样。2页，按格书写〕

糖厂

糖厂的工人来上班了
红果树矗立在广场上
糖厂的广场里工人们走过
缓缓地和急迫地
强壮的工人
温和的工人
糖厂的大门似乎在喃喃自语
说着历年来的阅历
生活里增多甜蜜
新年代增多糖的销路

红果树有一株很高
紫荆花在厂门口开放
男工里有穿着入时穿着花衬衫的
六十年代的浩劫的沉痛之后
有蓄着小胡子的坚决的青年

男工们行走在胡同里像热的风
他们是有膂力的
其中渐增多一边走
一边捧读书本的青年
熬糖浆和蒸煮的锅震响着
电闸也震响着

传到广场上红果树下

　　女工们急步
　　提着有年代阅历的饭盒
　　有的是祖母传下来的
　　那时候生活疾苦
　　男女工们沉静地行走在胡同里
　　他们在红果树下进入机器声地
　　振奋的世界
　　沿着水泥路入厂房了

　　红果树和紫丁香花在厂门口矗立
　　小胡同里糖厂升烟
　　有着人间的合着沧桑的快乐的风雨

　　　　　　　　　　1986.4.18

〔据作者手稿抄印。"(1220)20×20＝400"稿纸,顶边右侧有"第　页共　页"栏,左边下部有"北京市电车公司印刷厂出品八四·八"字样。2页,按格书写〕

劳动大队

押解过铁道交岔口
大街通往乡间的公路
蒲公英乱飞和枝条很长的柳树布在田野上
城市里有沉思很深的轰响声
乡间沼气池边电塔旁
有初中学生上课的歌唱

戴着镣梏到劳动大队里
蹲下来让搜查身体
听着震响着的机器
惊悸地进了内腔塑料鞋厂

出工和收工每一日的夜班
沉重的忧郁和疲劳
（囚徒工跌倒在机器旁
爬起来继续思念他的自由
白昼失眠于拥挤的连铺炕上）
太阳的亮光的斑块中思念过去的生涯
白昼失眠于拥挤的连铺炕上

囚徒工跌倒在机器旁
爬起来继续思辨他的正义的理由
白色黑色的男女鞋在周围起舞

红色绿色的儿童鞋在周围飞翔
跌倒的时候机器声有特别的啸吼
囚徒工思念他的亲人和自由

从窗户里夜班看见安祥的星斗
那上面和那里面有本世纪人们的理想
深夜的旷野
囚徒工坐过的火车自平原边境发出呼吼
小河上有高拱的桥
深夜疾行往黎明的云司管着春雨

男鞋女鞋和儿童鞋飞翔
囚徒工思念他的正义和
也爱上新的劳动
两只左脚鞋捆在一起引起羞惭
便学会很快地
飞快地
打开折叠的纸箱
敏捷地穿孔围腰
捆上各双鞋

1986.4.19

〔据作者手稿抄印。"(1220)20×20＝400"稿纸，顶边右侧有"第　页共　页"栏，左边下部有"北京市电车公司印刷厂出品八四·八"字样。3页，按格书写〕

书包

寂静的胡同里走着上学去的小学生
今年的树木绿了
教师骑着自行车来到
学生鞠躬
背上背着结实的书包

小学生背着兴奋的沉重的书包
背着几十个世纪的记事
背着中国人近百年来的奋斗
和外洋的炮舰侵略中国的故事……
人民解放军的进军
书包沉重
书包又激动地跳跃

小学生背着强硬的书包
中国人是战胜了的
小学生背着前辈人的战绩
前辈人点燃的灯火在书包里闪耀
前辈人的喋血引起沉重的心跳
和
他们的胜利引起快乐的心跳

小学生的书包是登山的背囊

  他们的书包是远行的背包
  他们将登上前人不知道的的高山
  他们将远行，开劈道路
  小学生们背着的是家庭里的佬佬给买的皮的
  两条皮带套在肩上的
  硬的结实的书包

1986.4.21

〔据作者手稿抄印。"(1458)20×20＝400"稿纸，顶边右侧有"第　页共　页"栏，左边下部有"北京市京昌印刷厂出品　八五·八"字样。2页，按格书写〕

苹果花和鹅

鹅跳过竹篱笆来到苹果园里
风雨快来了
苹果花摇曳着在风吹起来以前
鹅嘶叫着在雷鸣以前

当苹果树在风里摇曳的时候
当风雨激昂的时候
苹果花欢快地颤抖着在每一个雨滴落下来之前
鹅嘶叫着在每一声雷鸣之前

鹅的心脏强大而苹果花强韧
当撕裂苍穹的风雨奔腾着的时候
当乌云海潮似地澎湃而雨像箭簇的时候
当村镇里和农场场部里各个门户都关闭的时候
当田野在狂乱的风里呈显着它的质朴的本色的时候
苹果花的花瓣屏息着和风雨扭抱在一起
被风雨压倒　它又崛起再崛起
而鹅的张开鹅蹼的脚大步跨着
而牧鹅的青年人披着防雨布也在风雨里大步跨着
而牧鹅人的跨步在鹅的跨步以前

86.4.26

〔据作者手稿抄印。12行双线信笺,顶边右侧有"　年　月　日"、"第　页"栏,底边左侧有"(1456)85.11"字样,左边有"装订线"标位。1页,不按行紧密书写。另有徐朗抄件1页,21行红色虚线信笺,底边右侧有预印的"　年　月　日"栏,抄件中有1处漏行〕

稻田(二首)

稻田之一

稻田在初夏的太阳下
肥沃的泥土、深的泥土
晶莹的水、澄碧的水
绿色的秧苗

稻田在暖的风里
田茬上的天空亲切地低垂
稻苗生长
田茬上地天空再亲切地靠近

温柔地声音是水流的声音
秧苗谦虚地生长
秧苗静默地用它的腿撑着泥土长高了
它的绿色也是一种生命的火焰

因为秧苗长高了
田茬上的天空便庄严地升高
但因为又想看看谦虚地搏击生长的秧苗
田茬上的天空便又亲切地低垂

稻田之二

稻田里的水是温暖的水
照见种植者的粗糙的脸
也照见绿色的秧苗挺拔着

稻田里的泥土是黑色的
种植者在泥土里跋涉
种植人的脚步是均衡的

深切的盼望　深切的心
是黑色肥沃泥土的盼望
是农民的热烈的血管里的血的盼望

种植者在水田里前行
黑色的泥土和种植者都显出一种贪婪
让秧苗生长起来一直高过田茬而
秧苗的快乐的渴望高过田茬以上
种植者农民觉得他的村庄殷实
他的有力的手互相抚摩着而他的快乐渴望也在田茬以上

〔据作者手稿抄印。12行双线信笺,顶边右侧有"　年　月　日"、"第　页"栏,底边左侧有"(1456)85.11"字样,左边有"装订线"标位。1页,不按行紧密书写,其中《稻田之二》左右分栏,未署日期。另有徐朗抄件2页,21行红色虚线信笺,底边右侧有预印的"　年　月　日"栏,抄件中的1处留空可据原稿辨识。此抄件用纸及形制与《苹果花和鹅》相同,据此系年于其后〕

大铜喇叭（二首）

大铜喇叭

村庄的下午大的铜喇叭音乐奏着
大的铜喇叭的声音宏亮
似乎是从灿烂的太阳光里来的
铜喇叭的声音在一阵提琴的声音后面
铜喇叭的声音又响在提琴和鼓声的前面

大的铜喇叭的声音似乎是从田野和河流来的
是从果树林里来的，从开放着的杏花李花来的
是从天空里落下来的
是从有吸力的地心里来的
是从村庄里的新办的小工厂来的
是从村镇里的勤劳的人们的房屋里和厨房间来的
是从一种示威的情绪里来的，是从一种满意来的
是从一种对于田野和都城的渴望来的

溪水在溪流里，它的声音传来在波浪的激动以后
木工和油漆工在大树下，锯子和刷子的动作在木块木板的欢欣的颤动的同时
沼气炉灶在冒着烟，火焰颤动在烟的前面
大铜喇叭的声音震响着，鸣叫着，示威着，欢喜着，舞蹈着
在各色的花朵的开放和舞蹈之前

大铜喇叭 之二

城市里高楼间颤动着早晨的激动
大铜喇叭的音乐迂回到苍穹以下的天空
都城的激动是关于预觉到阻塞和新的创业的愿望的
工厂烟囱在岗位上而干部工人在上班的路途上
大铜喇叭的声音穿越林荫道
在十字路口久久停留
人们的愿望的心也在路途上

大铜喇叭奏着都城和心灵的悸动
楼群深邃　大铜喇叭的音乐声音深磬到地底
平房胡同院落也深邃　大铜喇叭栖留又飞翔
示威的声音响着行进在各路公共汽车前面
欢欣鼓舞的声音伴着密集的行人

办公楼房里的人们听着着摇撼空气的鼓舞的音乐
结构都城的建设,大铜喇叭的鸣奏在思想的敏感颤动同时
而大铜喇叭奏响在动工的掘土机震动以前
大铜喇叭鸣奏的声音在都城里鼓舞着,飞翔着,激荡着
在幼儿园的幼儿所弹的钢琴声起来以后

〔据作者手稿抄印。12行双线信笺,顶边右侧有"　年　月　日"、"第　页"栏,底边左侧有"(1456)85.11"字样,左边有"装订线"标位。2页,不按行紧密书写,未署日期。另有徐朗抄件2页,21行红色虚线信笺,底边右侧有预印的"　年　月　日"栏,抄件中有1处错误。此抄件用纸及形制与《苹果花和鹅》相同,据此系年于其后〕

柳树发绿了

柳树发绿了
和
柳树后面又竖立起建筑工架

平房的旧的屋顶希冀地观望着
和
春天的风吹得欢喜与殷实了

红色的高楼和天空相对峙
和
烟囱的烟于冬天过去停止了

都市地喧闹的大街
和
精细擦洗过的车辆奔驰往平原里去了

背负着行囊走着往城市来的男女
和
肩上摇晃着锯子和其他的工具

拖着有小的轮子的大皮包往乡村去的男女
和
肩上摇晃着装着洗脸盆日用品的网兜

十年浩劫的旧的时代幽暗的影子被回忆一下也渐逝了
和

阳光照耀于灿烂的白昼
和
钢铁出品
和音乐会,运动会,画展,莎士比亚上演
和
种植树木——桦木和杉木,红木和松木
和往未来去的坚定的信念

       1986.4.30

〔据作者手稿抄印。"(1458)20×20＝400"稿纸,顶边右侧有"第　页共　页"栏。2页,按格书写〕

春风(同题)

经过喧闹的锯木厂
那里蜜蜂热闹着飞过杏树
经过摩托车停着的电杆边
那里的小的副食品商店在蒸腾着生气
经过快乐的小学校
那里传出无畏的喧嚣
经过牛皮工厂和它的气息
那里有锤击的使心脏跳动的声音
经过村镇的纯洁的街
那里有匆忙的渴望的脚步
经过寂静着的办公机关
那里进出着沉静、朴实的男女
经过沼气池和乡村自来水厂
那里鸡鸭噪杂和机器震颤
经过草堆耸立的马匹场
那里养马人在铡草
经过农业机器厂站和仓库
那里有浓烟和汽车繁忙
经过庄重地绿起来的麦田
那里麦棵间土地舒适地躺着
经过刚长出幼稚的叶子的瓜田
那里[有]田茔上有种瓜人和大的勇敢的蚱蜢观望着
经过桥边

抽水机圆轮转动
经过平原
有转动往旷野深处去的火车的与平原相恋的车轮
春风从村镇的胸膛出来
而到田野深处去了

1986.4.30

〔据作者手稿抄印。"(1458)20×20＝400"稿纸,顶边右侧有"第　页共　页"栏,左边下部有"北京市京昌印刷厂出品　八五·八"字样。2页,按格书写〕

相恋

在年轻的时候很快乐
和相爱的姑娘相见很快乐
她在公园里湖水旁等待
他急走着带着今日的成就

在年轻的时候很快乐
相爱的姑娘眼睛明媚
姿态端庄
热烈地站在湖边的大树下
她的胸膛里有热烈的心跳
看着她的诚笃的恋人
她说她们鞋厂将盖新的厂房
而她已决定一生在那里工作

人生的道路自己选择
每日狂风暴雨也奔走到工作的岗位去
正如同心中的狂风暴雨牵引着
电子电脑安装的技术在青年技工心中闪耀
和他的姑娘永远相爱于热烈的生活的誓言在心中燃烧

他们的跳荡的心灵
她说她童年时代常在鞋厂门口等老工人的母亲
她在"文化大革命"中挨打

他说他儿时爬树到机器厂去
看他的被罚掏粪的父亲
创伤的时代之后是神奇的建设的时代
他们成为社会的人材而
比过去的人们要快乐些地相爱

永远地相爱的甜蜜的话和姑娘的畏怯
永远地相爱纯洁的话和青年的志向
他们的相恋连着他们的工作和生计
也带着和前时代不同的英雄的心恋
他们耽溺于他们的理想
将建设起来的鞋厂和电子工业之路
他们的灵魂热烈地战栗
耽溺于他们的理想

1986.4

〔据作者手稿抄印。"(1458)20×20＝400"稿纸，顶边右侧有"第　页共　页"栏，左边下部有"北京市京昌印刷厂出品　八五·八"字样。2页，按格书写〕

相恋（同题）

城市和乡村之间感情洋溢
货车和三轮车络绎地载运农产品进城
而工厂开始在乡村里升起黑烟
这一切表示这年代的建设者的胸怀
小路和土坡上杜鹃花开着
内心的渴望
太阳照耀下，车迟草①挺直了腰

青年男女热烈地相偎并肩而行
乡间的姑娘挺直了腰
她在城里卖棉花认识了送汽水的青年
他来看她两人挽手而行

没有老夫子和大婶的讥笑
热恋的男女在田边和树下相恋
城里来的青年还帮助姑娘家盖房屋
姑娘孝敬着田地里搏击数十年的母亲
桃树和李树开花使小巷子沉醉
而沼气池附近机器震响，开凿水井的人们也沉醉

姑娘和青年心里有很深的井

---

① 车迟草，路翎文稿中常见写法，所指不详。

这土地里有着好些代的汗水
这大地也给予姑娘以穿梭于麦田、瓜地、柴田之间的甜蜜的心
劳苦的上几辈人的小子成年而且茁壮
青年男子气势旺盛
送汽水的三轮车来到乡间
大的都城给予青年男子以奔放、直爽、穿梭于人群之间的活跃的力量

姑娘和青年心中有很深的井
他们相恋和商议建立他们的家庭
雄伟的都城和黑土的乡间有生活的蜜汁
空气欢喜地颤动于高速公路上
机动车成群地行驶

野玫瑰花依靠着杨树而挺直地站着
柳树的花絮飘过田茬
恋着田园深处的野蜂飞过水沟
青年男子和姑娘心中有很深的井
里面有前辈人留下的泉
洋溢的感情
和
关于人生的谨慎的、甜美的思念

1986.5.1

〔据作者手稿抄印。"(1458)20×20＝400"稿纸,顶边右侧有"第　页共　页"栏,左边下部有"北京市京昌印刷厂出品　八五·八"字样。3页,按格书写〕

斜胡同

斜胡同里
吵叫着新孵出的小鸡
那些槐树长叶子
像是空气中飘浮下来落在树枝上似的
缝纫厂发出波浪似的机器声
声音从大的树后面出来

安静的小胡同里
飘浮着北京旧年的忠诚
勤劳的姑娘在水池前面提水
穿高跟鞋的缝纫厂的女工急跑着去上工

洁净的斜胡同的一端通向更小的胡同
那里有绿树浓荫
洁净的胡同像一条灰布的带子
小鸡吵叫，槐树长叶子
缝纫厂的时髦的女工使它显出年青

生活的欢欣渐渐增多着
安静的胡同呈显着年代记[①]的纯洁
斜胡同里有小的整齐的商店

---

① 年代记，原文如此。

它有这时候在北京著名起来的戴着白色护发帽的女售货员
精悍的妇女有力的男子支撑着社会
大爷大婶慢慢地走着
窗户里有儿童的嬉笑
勤劳的姑娘再来提水了
斜胡同里有着丰满的力量
纯洁的小街的胸膛里震动着缝纫厂的含着新的渴望的声响

斜胡同的一端通向繁华的大街
它用力地谛听着大街地喧闹
想要讲说它在旧年的风雨里忍耐的故事
它震动了一下
谛听着忽然闯进来的
发出巨大轰响的黄色的起重机车辆

槐树下的小鸡凝望着
斜胡同在震动
嬉笑的男孩和女孩的心里
和旧的院落的窗口一起掀起了一阵热烈的注意

1986.5.2

〔据作者手稿抄印。"(1458)20×20＝400"稿纸,顶边右侧有"第　页共　页"栏,左边下部有"北京市京昌印刷厂出品　八五·八"字样。3页,按格书写〕

中午的噩梦

中午的噩梦
劳动大队里开饭
奇特的死闭的房屋建筑
心脏窒息
找不到通路与甬道

铲着铲不完的土
黄昏的太阳照着装土的沉重的车辆
阒寂的荒野
在山那边翱翔着失去的自由
在顶空上翱翔着思念人间之心

中午的噩梦梦里梦见
农场场部的善意的干部告诉说
栽种的梨树长大起来了
每年开嫩的梨花
结着果实
李[梨]子在绿叶中显得神异

惊悸中醒来想着结实的梨子
和果实之前的梨花
它们在荒凉的旷野里
在风里摇曳

愉快于事情不是相反的
梦见是自由的人
而醒来时在黑色的泥土
繁殖着杂草
有着很凶的土坡和干枯的沟的劳动大队里

在遥远的山那边颤动着过去的被囚的痛苦
也有那时栽种的梨子
成长为大树

1986.5.2

〔据作者手稿抄印。"(1220)20×20＝400"稿纸，顶边右侧有"第　页共　页"栏，左边下部有"北京市电车公司印刷厂出品　八四·八"字样。2页，按格书写〕

残余的夜

豆腐房的黎明前
有骑平台车的女工
残余的夜还很朦胧
豆腐和豆制品被运走了

平台车在豆腐坊的激烈的器械撞击声中驰走了
豆腐房的器械声还有一阵高吭
平台车经过斜的胡同上坡
经过还亮着的白色的街灯
发出欢喜的颤栗声
驾驶平台三轮车的是强壮的女工

残余的夜里从各家的窗户有幻想飞翔
有新长出的嫩树叶迅速地又长大
有街头公园里的早开的紫丁香花
挺竖着枝干从根须里升起着激情
紫丁香花似乎是站着睡着的
运豆腐的女工的车辆是这时候过去的
紫丁香花已散播出的香气到几丈远

残余的夜行进着,运豆腐的女工是这时候过去的
残余的夜人们看见男孩和女孩
像树叶子和刚开的花一样

舒适地抽搐着也突然长大
残余的夜
人们预感着是一日将有奇迹产生

残余的夜里行驶着女工的平台车辆
温暖之情在她经过之后留在街道上
残余的夜和黎明相啃咬
而黎明也抽搐一下突然地壮实
是一日的黎明留着昨日的车辙和产生今日的行驶的欲望

平台车驶过安静的街道
大的都城和它的巨影在渐渐醒来
是一日的黎明储存的有人们昨日的贤良
是一日的黎明产生着今日的想象和美满

平台车驶入阵阵轰响传来的大街
豆腐和豆制品在车上似乎也变得神奇和压重
有一种飓风在震动
有一些翅膀在搧扑
从都城的巨影的核心
飞翔出来热力
它的呼吸来到了驾车的女工的周围
平台三轮车敏捷地行驶而消失了

1986.5.2

（原载《诗刊》1987年第 4 期，收入《路翎晚年作品集》）

红果树(外二首)

红果树

干枯的红果树在昼与夜静默着
别的树都长了树叶了
羞惭的红果树
用它的魂魄在挣扎着
风吹过
用关切的声音喊着：杭唷
泥土屏息着
也在喊着号子：
杭唷

杨树和枣树
长了很茂盛的树叶了
那些树叶似乎是被春风带来
落在树干上的
仿佛是魔法似地
从膨胀的风和膨胀的泥土
膨胀的树浆……
这些树也觉得一种羞惭
红果树沉默着

太阳照耀很欢快
发出金色的箭镞

夜晚有有力的风
红果树听见自己枝干内
有顽强的声音又中断了
它发出痛楚的叹息
周围的树木替它
喊着鼓舞的号子：
杭唷
房屋内睡着的儿童
也似乎在替它喊着号子
而诚实的泥土用很大的
元气充沛的声音喊着
而在夜间发芽的小草也喊着
而在夜间月光下开放的花也喊着
而在夜间幸运地孕育着果实的桃树也喊着
而在夜间未睡着的蜜蜂也喊着
而远处的江流也喊着
而在城市边缘鼓动着的
旋转着的车轮也喊着

红果树被一些亲爱之情围绕
泥土在它的根须下嗞嗞发响
它的树干内又起了颤动了
它用它的魂魄奋斗着
它的树叶的脉络在树浆里形成了
它的树叶的绿色
又得到泥土的补充了
它的新的树浆灌满树干了
它的花的形态在激动里形成
而果实还连着果核的形态
连着对下一代的预想

含着爱情痉挛着形成
泥土高喊着：杭唷
红果树在一夜之间长出树叶
树木群中
林荫路上
楼房旁侧
不缺红果树

1986.4.13

听一曲歌唱起来

听一曲歌唱起来
高吭的声音升起
升到最高的音阶了
最好听的段落进行着了
前面还有更好的段落
渴望的耳朵已经预先听见
听一曲歌唱起来
歌唱心灵中的希冀
花在花圃里开着
天空里季节风运行着
激动的白昼
歌声歌颂人民、人类的永生

听一曲歌唱起来
歌声里有旧时代的伤痛
十年劫难的悲哀
　　和深沉的思念
歌声歌颂坚贞的人们
　　和不息的勤劳

歌声歌颂想象到的美丽的境界
荒僻的山村的建设声和泉水
高崇的山石
和建筑起来的都市的大街
和奋斗者的冲激之情的悬崖

前进的年华里有什么秘密
少年男女的开端了的爱情
将会形成他们的怎样的壮大的行程
新生的婴儿将来会是
　　怎样的人物
这小的树苗将会长成
　　怎样的大树
萌芽的建设者的意念
将会形成怎样的搏击的风云

风吹过屋脊时想到

风吹过屋脊时想到
还有一棵树没有发芽
便吹着它
风吹过屋脊时想到
还有一个胡同花没有开
便转弯到胡同里去
风吹过屋脊时想到
还有一个婴儿在啼哭
便迅速地又转弯去抚慰他
风在屋脊上停留，轻轻啸吼
想着还有什么

它是年轻的风

想着还有很多
这都城有许多烟囱
比去年多
这都城比去年增多楼房
而且公园更美丽些
它是年轻的风
它吹动湖水时有匆忙
它吹动提琴的琴键带着留恋
它吹过疾走的人群
吹着庄严地进站的列车
它贪婪地想着还有很多

都城热烈
笔直的大街
两边绿色的树站着岗哨
而大街震动均衡
车辆仿佛从地底出来
有深沉的稳重
而风吹着
大路上行驶着
堆积着很高的货物
捆绑得臃肿的货物的车辆
风在吹过屋脊时想到
还有园林里的花
还有谦虚的病房
还有女工的护发帽
还有展销会的旌旗
还有在挖掘着的煤气工程
和发出欢喜的轰声躲藏在
深胡同里的工厂

风在屋脊上沉思着
作着严峻的探求
有哪些诱惑它的
有哪些使它的心灵燃烧
哪些炉灶沸腾
哪些机械运转有力
哪些儿童长胖和哪些
　　青年的脚步快些
哪些对工作的恋情
哪些情爱在滋长
哪些心中的潮水涌起来

风在吹过屋脊时想到
有什么在诱惑着它
又有一个冲击的时代到来
风的热烈的心鼓动着
这风是从建设者的热望里生成

　　　　　　　　　1986.5.3

（原载重庆《红岩》1986年第6期，收入《路翎晚年作品集》）

葡萄园

葡萄田里敲钟休息
葡萄叶颤抖着
钟声在辽阔与深沉中震动
休息的钟声人们休息了
下午的葡萄园里
送开水的人到来了

今日好和各日都好
往事像葡萄一般殷实
未来像葡萄一般亲切
有些人工作很不错
有些青年在葡萄园里长大
中国国家在现代化的途程上
葡萄的市场也旺盛

紫色和绿色葡萄在叶子间垂着
风是从高山上下来的
溪水从平野的深处来
静谧中劳作者安祥
葡萄串轻轻地摇摆

紫色和绿色的葡萄在叶子间垂着
爱情是从心底里来的
从心中的高山

从心中的平野
年青的姑娘和少年男子坐在一起
年长的人们坐到另一端去了
甜蜜的语言燃烧着
爱情的心,年青的血液的跳动声
飞翔到葡萄、溪流、松软的泥土上
种葡萄的青年将建立自己的家庭
在风里摇晃着的葡萄叶子这般沉思着
这时代的乡野间
种葡萄的姑娘美丽
而少年英俊

葡萄园里十分的寂静
风声强豪
葡萄园发出声响
人们的心中的热望再起来
有螳螂爬过田坎
葡萄在架子上绿叶间而水流在小溪里流淌
而蜗牛在葡萄藤上
而蚂蚁列队在松软的泥土上
而野蜂在葡萄顶端的叶子以上的天空里
而白云在山峰上
而雏鸭的叫声和马的嘶鸣在土坡上
而儿童在农场的场部喊叫
而豪放之情在种葡萄的人们的胸膛中

1986.5.3

〔据作者手稿抄印。"(1220)20×20＝400"稿纸,顶边右侧有"第　页共　页"栏,左边下部有"北京市电车公司印刷厂出品　八四·八"字样。2页,按格书写〕

奋斗的时代

啊,
春风轻微吹拂、荡漾、
也有啸吼,
树木摇摆着呀,
不可觉察的时间长了绿叶。
啊,
裸枝,
墙边沉默着,
一昼夜间绿叶覆盖;
黄色红色的墙内外有喧嚣声,
闪耀着上午的阳光,
进行着这样的时代。

北方的春风剩余着冬季的啸吼,
工厂的楼房和波浪般
排列着的灰色的平房屋脊,
像蹲踞着的野兽;
人声沸腾又屏息着,工作进行着啊,
春天又很快过去——
到来了夏天深沉的烦嚣和幽静。
展开着这样的时代。

像从弥满的弓弦出来的箭,

夏天闯入了春天，
颜色的果实闯入了绿叶间。
白色透明的云，
像从弥满的弓弦出来的箭。
好的年代和奋斗的年代，
奋斗的汗水闯入了平静的停滞着的沉思，
和
昨日的惊悸。

没有注意春天便过去了，
没有去企望枯的大树却结满着果实了，
没有来得及去想象果实便生长了，
没有等待车辆便出发了，
没有去焦心的等待船舶便驰向湖与海了。

鼎盛的青春的精力和头脑的灵敏，
没有生息，
白色的、玫瑰色的、虹彩的远方啊；
没有声息人们便出发了。
没有喊叫和很多的喧闹和宣传，
便打好了房基，
吊车便吊起了重物，
钢筋和水泥板在空中舞蹈了。

在乡野间儿童也成长了；
家庭里和旷野中，
家畜和野兽都成长了；
田野收割了。

好的年代来临，

但事实也有并不这样的,
仍然有些步履是行走在,
坏的时代的遗留里,
在有一些的荆棘上。
呐喊又呐喊,
地基没有打起来,
吊车也没有吊起钢筋和水泥块,
发了很久的信号,
车辆也没有开出;
正如同负创的葡萄和苹果,
喊了很久很久,在风的和暖流里,
果实却迟迟地才结出来。

然而也还是有着,
没有紧张的痛苦的盼望和促人深思的失望,
车辆到达了;
和少年与老年的正义的举动,
扶起街头和平原里的负伤者……

在平凡的树木,
和田野的野草莓间;
在矢车菊和
其他野花之间;
在烦嚣的大街上,
行走着这一时代的
继续追求理想的少年。

〔据作者手稿抄印。"(1220)20×20=400"稿纸,顶边右侧有"第　页共　页"栏,左边下部有"北京市电车公司印刷厂出品　八四·四"字样。5页,按格书写,未署日期,按原稿排列顺序姑系于此〕

汽车站（外一首）

汽车站

候车棚前站着背着行囊的木匠和挎着布提包的洗衣妇，
候车棚里停下了乡村来到城市的旅行车，
提着他们的新添置的有轱辘的大皮包，
候车棚前站着文雅的背皮包的城市姑娘，
还站着踯躅着思索事情的干部，
还有脖子上挂着月票的小孩。
车辆开出载运严肃的乘客，
　　　　载运有些快乐的乘客，
　　　　载运有些忧郁的乘客，
　　　　载运深思的，以至于
　　　　落入自身梦境的乘客。
车辆开出迅速地进入它们的轨道，
在都市中央大街十字路口和车站，
行走着饱含热望辛勤劳动的人们，
每个星球，每个星座进入各自轨道。
大街和车站，都市的磁力的中心，
吸引着无数的星球和星座……
热烈的运转，都市与乡村活跃着。
不熄的生命，不熄的火焰。
不熄的愉快与忧患，不熄的理想和行程。
这一辆汽车开了，又一辆汽车开了。
这一个人来了，又一个人去了……

引擎发动,最初上去了盘算着功课的小学生,
年轻的背着皮包的男子,年老的干部,
又上去了新穿着西装的乡下青年新郎,
他的新媳妇还梳着乡村里的发式,
穿着红色的西式裙子;
他们上车了。星座投入了它的轨道。
他们后面,
奔跑着一个抓着厚厚的书的女青年,
她甩动着胛肘奔跑着,
她的头发和衣服飞舞着。
车开了她便举起手来表示失望,
她又举起双手来表示希望,
另一辆车开来了。
人们,
星球与星座
进入他们的轨道。

秋

白色的云像离港的轮船似地飘得很快,
风凶狠地抓落树上的枯黄的叶而且
使它们变得枯黄,
虫和蚯蚓回到树洞和土里去了,
收获的谷物堆满谷仓了,
秋天发出凛冽的、尖锐的呼啸。
假如是有春夏的耕耘的,
便有了收获和丰富的展望,
假如是有膂力的、茁壮的种植者、善良的农妇和男子,
假如是热爱着他的生产资料——土地的,
假如人们是互相爱着和仇恨错误和犯罪的,
便有欢喜堆满他的心脏,

啊,严肃的、富足的秋天。

虫和蚯蚓回到土里和树洞里去了,
凛冽的风深锲到地底了,
收获是深锲到地底的人们的热烈的心和双臂获得的,
高龄的常绿树矗立着,
凛冽的风栖息于高山和海洋的波浪的尖端上了,
粮食入仓,啊,秋天到来了。

稻麦棉花和瓜果成长于肥沃的土地上和种植者的心里,
种植者春和夏心中悬念,焦渴于他的想象和实际的经验,
种植者驾车将谷物送进谷仓,
回忆到从水渠牵引来到的水春天在田地边清脆地流着。
种植者的汗流于亲爱的土地上,
这时候他便拿取土地和他的汗水给他的欢喜的酬劳,
他的心欢乐,而他的市镇在平原里隆重地升起它的楼台。

啊,丰收的秋天,
中国的肥沃的土地,
将有茁壮的年代的更有效率地行进,
虫和蚯蚓观察完毕种植者的收获便回到土里和树洞里去了。
种植者茁壮,
种植者有顽强的意志,
种植者善良,
种植者于新时代谷满仓摆脱了贫穷。
种植者往明日作新的快乐的瞭望,
凛冽的秋风深锲到地底,
而人们的热烈的心和双臂也深锲到地底。

(原载贵州人民出版社《新时代人》文学季刊1986年第3期,收入《路翎晚年作品集》)

白杨树在屋子后面露出一半

白杨树在屋子后面露出一半
大街在院子后显出一段
那一半白杨树也是浓绿的树叶
其他的各条大路也是行驶着有彩色的车辆
春风到今年的窗前
春风吹在广漠的土地上各城镇的窗户上

白杨树的树叶悄悄地繁华起来
一公里外白色的楼房建立起来呈显着它的纯洁
红色房子的托儿所又增一年的历史显出深沉
烟囱冒很浓的烟的冬季过去了
老的榆树也长满绿叶屹立于烟囱边

白杨树的浓密的绿叶摇晃出愉快
院子看见各色和大小的车辆静止着又前行
机动车像是活的生灵,遵守秩序和列队往前
大城市在大街上显出它的活跃的胴体
春天在白杨树、柳树
和又是一年吹到往昔和广漠的土地上的风也显出它的胴体

1987.4.25

〔据作者手稿抄印。"CZ(1580)20×20＝400"稿纸,顶边右侧有"第　页共　页"栏,1页,不按格行紧密书写。〕

看一座房屋盖起来(外一首)

看一座房屋盖起来

看一座房屋盖起来
很多双勤劳的手工作着
瓦砾堆移走了
运砖瓦的车骄傲地来了
挖掘墙基了
蹦跳的压土机在工作了……

胸中的血加速地跳跃了
想象着走进新盖的房屋里了
走到晾台上了
在这里开始工作了
夜晚星斗灿烂
天空没有雾障和浑浊的黑色
而白昼宁静；
看一座房屋盖起来
想象力在它的前面飞翔
想象几十年后生育的婴儿
想象几十年后展览会的都市的旌旗

想象这座房屋是很优美的
它加入人类的神奇的都市
春风中它巍峨地矗立着

夜间向黑暗射出光芒
而在冬天覆盖着雪

人类的都城耸立着
历代生息的坚韧的基地
和
热烈的呼吸和
一直到天空和地底
显出崇高的理想的巨大的影子
白昼震响
和
深夜里都市的胴体向黑暗射出灯光而呼吸着

看一座房屋盖起来
胸中的潮水加速地澎湃了。

1987.5

高层楼房

城市里旧式的房屋
在诉说着既往的时代的民族的聪明
城市里崛起新的高层楼房
它们是当代的
对未来的探求；
旧世纪陈腐的梦幻过去
剩下混入的和变异的阴影
于这中间时代的向往伴着童音的歌唱拔地而起
儿童坐在父母驾驶着的
宝塔车里
儿童的鲜艳的衣服

飘在民族遗留下来的旧式的房屋门前
飘在高层楼房的晒台上

高层楼房升入空中
巨大的影子投在林荫道上
这些高层楼房是这时代留给子孙的产业
它像山一般
高层楼房讲述着它来自整世纪的痛苦的窒息的烟中的人们
　的奋斗；
都市房屋下的大地在农民耕种的大地旁侧
街边公园的蔷薇花和几色花在芬芳的空气中
高层楼房在蓝色的天空下
童年的投影在大街上
而装束整齐、风流的青年的头脑的热烈
升到高层楼房以上

1987.5

（原载《诗刊》1987年第9期，收入《路翎晚年作品集》）

王小兰

女售货员王小兰包今天第一个包是好几斤蛋糕,
敏捷而且整齐,递出去很有礼貌。
小学生脖子上挂着小鼓,
还轻轻地用鼓捶击了一下,
表现出了他有快乐的渴望;
王小兰猜想学生们是去旅游,
还想到高小时她学会敲鼓;
小学生因为击了一下鼓而害羞,
快乐地接过了蛋糕包。

王小兰包的第二个包是糖果,
扬州来到北京的时髦的阿姨赞美纸包包得快,
像传说里的镇江扬州一样,
自然北京都城也是很快,
而且是"开创新局面"的新时代。

王小兰极快地包第三个包,
王小兰听说熟悉的女顾客最近结婚了,
便增加了关心的热情,
想到新组织的劳动的家庭,
是社会坚实的细胞。
她评论说新娘很朴素,
她知道新娘是中学毕业,肯奋斗的;

一定新结婚很幸福,
和自己旧时一样。

王小兰包第四个包是巧克力糖,
精灵的小姑娘抓着钱举手到头上,到柜台玻璃盖旁;
手和钱摇晃着说,
她是快乐的小娃,
她的父亲探勘矿藏远行归来啦。
王小兰便热情地祝贺小娃,
说:"顶好。"

王小兰包第五个包同样敏捷和准确,
顾客是武装警察,彬彬有礼;
王小兰也彬彬有礼地接过钱将包送到军人手上。
她觉得她是妇女,
需要英勇的男子保卫,
包这个包时她有这样的思想。

王小兰包第六、七、八……个包是多种糕饼和糖,
顾客是来自乡间的农民。
农民老头说,
卖掉了新挖出来的藕,
买点这样和那样回去给小孩;
前一次卖掉了女儿编结的草帽,
也是收入很不少。
顾客中有人说:
"碰见你这老头好几次了,
看见你手里钞票不少,
但是你还是有点小气,有一次买的奶油糖太少。"
老头笑了,王小兰也笑了。

王小兰包包很快捷,
看着排得很长的队,
有戴眼镜的老实的女学生和提着很大的网兜的小孩;
有穿着工作服的建筑工人,
有温和地等待着的干部,
有白发的老年妇女,忠厚的面孔;
也有一个"油鼻子",但他不是顶坏,而是时常有挑剔吵闹……

王小兰急速地包着包,文雅而且有礼貌,
她和顾客们感觉着社会前进着的律动,
——王小兰快乐地包着包。

(原载江苏《乐园》1987年第3期,收入《路翎晚年作品集》)

月亮停留在屋脊上

月亮在屋脊上照耀
年轻的人们拖着皮包走着
有小轮子的皮包嘶叫着
精神激动的旅客来到北京
夜的北京幽暗而深沉
来到的是英俊的少年的人们
谦逊地问路
和向首都致敬
心中怀着庄严的感情
这就是北京
高层楼房上闪耀着的灯光
是什么意义
笔直的
被灯光妆饰的大街是什么意义
巨大的机动车和车后的红黄灯
街头的灿烂的橱窗,是什么意义
月亮停留在房脊上
这一切有它的意义

年轻的人们从外地分发就业前来北京
幽暗的蓝色的天在月亮后面
空中闪耀着星斗
矗立的高层楼房

和躺卧着的平房
北京的大街和胡同安详
车辆都到有意义的地方去
行人都走向重要的目标
都去到和走向世纪的深处
北京市的夜晚
深沉的颤动声表露着深刻的意义

年轻人拖着他们的皮包走着
他们走过卫生宣传的橱窗
走过报纸的
有遮檐的窗户廊
走过画展的窗户
天空的夜中有展销会的旌旗
水电
暖气
银行和贸易公司
和竖着的烟囱
北京市有夜晚的强大的呼吸
黄色和白色的街灯光
落在街道公园的树枝上
新塑的健壮的男女石像
站立在暗影中
而安静的深邃的胡同
在大街边显露出来
偶或在述说着旧时青年男女的命运
幽暗的天在月亮后面
北京市的巨大的胴体
在坚固深厚的大地上

年轻人拖着他们的旅行皮包走着
这一切有着什么意义
这一切有着深刻
神奇
平凡的
各时代的年轻人长途生活的意义
月亮停留在屋脊上
似乎也是前人的建业
办公的灯光在高层楼房的窗户里
林荫树的摇闪在亮和暗里
年轻人和他们的理想
在道途上
他们的心灵在前面楼房的群集的深处
他们的盼顾落在
道路两边的画廊和林荫树的
春天的花上
幽暗还在讲述着古老的北京
而都市的明亮讲述着
往现代化前去的理想的庄严和灿烂
这理想现在好像有翅膀
它飞翔在一直到老旧的胡同里的一盏一盏的街灯
和天空的星斗一样的高层楼房的灯光上
年轻人拖着他们的有轮子的皮包
消失在
北京的深处，楼房的群众里了，
他们的热烈的心在胸腔里
北京市的发亮的胴体上有月亮照耀
月亮停留在屋脊上
这一切是什么意义

（原载《北京文学》1987年第10期，收入《路翎晚年作品集》）

秋天

秋天的节奏严谨
秋天的节奏忧愁
秋天的节奏严谨
消逝了忧愁

鹰的翅膀于秋天的云中严谨
落叶的树木立于广大的地面上
而严厉
而沉静

秋天的田野
藏着春天以来的温和热
曾经也有渗透土地与□□的豪迈的夏季的雷雨

秋天的节奏透明
秋天的节奏有成熟的展望
秋天的严谨
秋天的忧愁

1987.10.20

（据手稿抄印）

榆树

大手掌一样的榆树落叶了
正如同春天的时候
大手掌一样的榆树长叶子了
生机蓬勃而健旺;
生机强硬与期待
于秋天

这样榆树的分叉的枝干从主干张开平均
张开得大的手掌一样
这样榆树稳定于低空中
保护着百年的房屋
这样榆树的主干粗壮
它的根生到地表的里层去了

有很满足的麻雀停歇于榆树上
有很满足的阳光从榆树的树叶落在地上
有很满足的雨落在榆树上
有有着温饱的家庭主妇在榆树杆下
张望高楼后面的他的田庄的小学

（据作者手稿复印件抄印。原稿纸细节不详,似以普通400格稿纸横倒后书于背面,与《蚌壳》对开书写,《蚌壳》居右,合为1页,页末署创作日期,据此断为同时。另有徐朗抄件,21行红色虚线信笺,底边右侧有预印的"　年　月　日"栏,不按行紧密书写。半页,与《蚌壳》《鸽子》二作合组为2页）

蚌壳

蚌壳沉到水里去了
蚌壳在水底靠着珊瑚而栖息
蚌壳浮到水面上了
蚌壳靠着岸上的花纹石而休息
波浪汹涌,有森严的环境
夏季暑燥,有激昂的逻辑
巨轮航行,有愉快的理想
人间的故事□行,有辽阔的认识

因为蚌壳是享受思索的
因为蚌壳是要产生珍珠的
因为蚌壳是欢喜着生命的
因为蚌壳是心脏顽强的

1987.10.23

(据作者手稿复印件抄印。原稿纸细节不详,似以普通400格稿纸横倒后书于背面,与《榆树》对开书写于同1页,页末署创作日期。另有徐朗抄件,21行红色虚线信笺,底边右侧有预印的" 年 月 日"栏,不按行紧密书写。半页,与以下《榆树》《鸽子》二作合组为2页)

田野（组诗）

① 稻田

稻田里的水是温暖的
照见种植者的粗糙的脸
也照见绿色的秧苗挺拔着
和
种植者的可以兑现的盼望

稻田里的泥土是黑色的
种植者在泥土里跋涉
种植人的脚步是均衡的
他的盼望是巨大的收获
——田野间出现丰收之年稻麦的巨人的足迹

深切的盼望
是黑色的肥沃的泥土的盼望
是农民的热烈的血管里的血的盼望
——他要成为这时代的重要的人物

种植者在水田里前行
黑色的泥土和种植者都显出一种贪婪
让秧苗生长起来高过田茬
高过自己的相像
但那上面还有自己的相像

秧苗的快乐的渴望飞到田茬以上的天空
种植者农民觉得他的村庄殷实
他的有力地手和他的挺直的腰温暖着
他的快乐的渴望被兰[蓝]色的天空拥抱
巨大的丰收和稻麦的巨人
他的心飞翔到天顶上

1987.10

② 高粱

田地边进行着流汗的劳动
高粱种植者将成熟的高粱收获

春天的时候,拖拉机扒松土壤
短锄掘出窟窿播下种子
长出来的嫩苗在风里欢喜地颤抖

高粱初生的温柔的穗子在飘动
在长条的绿叶上
高粱在风里发响在雨里快乐地嘶叫

在雨里颤抖
雨中种植者在田地里再扒松土壤
高粱在秋收时入脱粒机有紫红色颗粒的风暴
扒松土壤的种植者于期待与勤劳中这时心中有爱国的风暴

像儿童成长起来
人们回顾他们幼小时
收获的季节种植者回顾田地里水沟中夏季暴雨的暴水
回顾夏季高粱的挺立

它的杆子的钢铁一般的强悍

多双手工作和收割机滚动
接近盼望的日子了
在脱粒机里高粱的紫红色颗粒的风暴

儿童们和老年的妇女提着水壶和水瓶来到秋天的田野里
他们数着数目和帮着抱上骡马车和拖拉机车
儿童们抱着几根杆子厥〔撅〕着臀部走着

沟渠里流水清晰
秋日的田野明朗
拖大车的骡马和拖拉机都厥〔撅〕着臀部前行着

1987.10

③ 玉蜀黍

玉蜀黍在田地里欢乐的生长，
几昼夜挺立起不小的苗。

春雨的田地里老年和壮年和①奔走，
进行间苗的劳作也再扒松土壤。

儿童坐在田地边上，
年轻的姑娘在数着发绿的苗再撒下肥料。

玉蜀黍在田地里欢喜地生长，
天空高远，人们觉得人生长下来便是有理想。

---

① 原稿"和"字后圈去了"少年"二字，"和"字因而多余。

发白的——①玉蜀黍渐渐地发黄,
夏日的太阳照耀和蝉停歇在长条的身段窈窕的绿叶上鸣叫。
人们觉得,玉蜀黍在说着强悍的田野的多代人怀着的理想

玉蜀黍垂下长条的发亮的须,
玉蜀黍每杆上不止六颗
温暖时田野灿烂透明
玉蜀黍是自古以来的食物
在说着旧时代的豪杰的理想

收割机不断转动而夏季的暴雨后田地边水流急急奔流
玉蜀黍挺立而雨水从这层叶子落到那层叶子
强悍的田野在说着人们的快乐的盼望

玉蜀黍收获进入收割车和脱粒机在田地边上震响
玉蜀黍收获
田野间小路上挤着的骡马车和拖曳机车不断地奔驰
强悍的田野在说着人们的快乐的希望

1987.10

(据手稿抄印)

---

① 原稿破折号前圈去了"棒子"二字,破折号因而多余。

车工和修鞋工

机器轰响重击声之后有皮带的运转声,
次等的重击声之后有链条弹簧的声音,
清脆的敲击声之后有齿轮挫响,
尖锐的声音如同歌唱,
强烈的、复合的、几层音阶的声音伴随着清脆的敲击声,
红灯亮和熄,
青年的车工深深地屏息和呼吸着。

白发的老修鞋工伏在桌上,
红色绿色的鞋,
修边再修鞋底,
或先修镂空花的各式格子,
聚光的电灯照耀着。
鞋厂的机器运转和工作日运转,
胸膛内事激动的血液,
这血液伴随着热烈的车工和冷静的、机器旁坐着的,屏息工作的修鞋工。

车工和修鞋工仔细的动作着,
车工搬动开关闸,按着颜色纽扣,
而修鞋工放下宽的刀子拿起窄的和尖角的。
红色和绿色的塑料鞋,
男鞋和女鞋,

大人的和儿童的，
黑色的和各色的，
人们穿着行走在中国的大街上，
行走在夏季、芒种之后的雨季的农田边；
敏捷的脚，
行走在桥梁上，
有些踏上火车，
有些在市集，
密集的人群里，
有些踏着自行车、踩着机器……
车工和老修鞋工
面前掠过各色的影像。

立式和卧式的机器，
和搅拌机回炉机震响，
旧的时候修鞋工、车工的命运凄凉，
父亲死去了的车工曾经在门前挨打，
而老修鞋工曾经被罚接连好多次蹲着而举着石块……
革命后四人帮罪犯的帮口也抢走塑料鞋，
还将鞋底打在车工和修鞋工的脸上。

这时候儿童的歌声洋溢于厂房外面的草地上，
机器的轰声似呼[乎]暂停，
机器也听着外面的小的精灵们的歌声，
工厂托儿所的男女孩拉着布带行走，
红色绿色的鞋踩过沙土路。
随着机器的笛子一般地跟着儿童的歌声又吹响，
车工和老修鞋工笑了而且同时叹了一口气。

中国的男子和女子已经逐年气壮，

安静的老修鞋工和雄心壮志的车工心中有蜜的水,
伴着机器的轰声,
鞋厂的胸膛内热血沸腾。

1987.10

（据手稿抄印）

母亲和幼小的姑娘

暴雨使院落涨水了,
母亲把幼小的姑娘放在水里;
她鼓掌、激昂地呐喊又再鼓掌,
号召和涨起来的水奋斗,
号召女儿将来的奋斗,
记忆这枣树,
记忆这屋瓦和房屋,
记忆门前的街道,
爱她的国土和家园。

幼小的姑娘在水里提着裤管,
在没膝的水中走着,
听着母亲的话和呐喊,
从惊慌、哭喊,
到稳定。
她全身潮湿,但是笑着了,
移动着腿,
然后跺着脚,
用力地跺着水,
又再笑着,
朦胧地预想着母亲启示的她的奋斗的英雄的未来,
"长大了做事情。"

小姑娘继续在水里走着。
听着母亲的叫喊,
勇敢地走到枣树旁边了,
走到第二间屋子的窗户了,
看着门前的街道;
她环顾着看清母亲所说的家园了,
看见远处的高层楼房、大街上的街车和整齐的树
看见母亲所说的祖国了。
她走到又一棵枣树边了,
她走过又一间屋子的窗户和冒着烟的煤灶的烟囱了;
走到牵牛花的旁边了,
走到丝瓜架旁边了,
勇敢地走到玉蜀黍旁边了,
又走到一棵枣树了。
雨继续降落着,
母亲继续鼓掌而姑娘前进着。

青蛙在小姑娘旁边游过去,
小姑娘提着裤管在水里站下来环顾而且又笑起来,
她似乎想到了,
将来长大行走于她的道途,
她会想着、记忆着、比喻着
这时候在深水里走到牵牛花旁边了,
这时候走到又一棵枣树旁边了。

1987.10

(据手稿抄印)

小鸽子

小鸽子们在老鸽子的带领下排列很齐地飞翔,
翅膀紧挨着翅膀;
小鸽子在老鸽子的带领下在阴沉的天气里飞,
在雾中也飞翔。

幼稚们挤得很紧地紧飞,
飞过树梢和班烂[斑斓]颜色的屋顶,
绕着烟囱飞翔,
绕着想象的云飞翔,
绕着窝飞翔,
绕着想象的巨大的风雨飞翔,
怀着渐增长的渴望。

老鸽子带领着,
幼稚的鸽子们想象着栖息在烟囱上,
栖息在屋顶上,
栖息在窗台上,
却并不栖息,拍得很密地继续飞翔,
因为它们又想象着栖息在看见过的闪电上,
听见过的飓风里,
注意过的雷霆上,
人们的挺进的旗帜的旗杆顶上,
雄壮和多情的人们的歌声里。
渐增的它们的狂飙时代,

它们的心脏搏动着。……

幼稚们在老鸽子的带领下,黎明绕着十个屋顶飞翔,
扩大为十五六个了,
再又收缩回来。
那屋顶下有初小学生男女孩前往动物园去,
准备出发,
那屋顶下有老人读英文,念出嘹亮的声音,
那屋顶下有年青的工程师再修饰昨日画好的图表,预备出门,
那屋顶下有商店的经理算好了今日要调动的货物,
那屋顶下有整理着行装,
预备告别家园到远方去奋斗的青年,
那屋顶下有远方回来会父母的儿子,
那屋顶下有家长接到儿童学习钢琴成绩良好的通知,
那屋顶下有汽车发动着出发,
驶出了小街上今日的最初的
灰尘上的车轮的痕迹。

在老鸽子的带领和教导下
小的雏鸽们挤得很密地飞翔,
惊诧地想象着栖息于严峻的水的波涛,
栖息于危急的兴奋的火焰上,
栖息于狂飙。……
小鸽子们在老鸽子的带领下栖息于屋顶上了,
欢喜着屋顶下进展的,
中国的生活,
而进行着它们的生活。

1987.10

(据手稿抄印)

太阳照耀在屋脊上

太阳照耀在屋脊上
时间在人民的工作中迅速消逝又
似乎增长又仿佛静止
有许多事情在发生
年青的人们就业
有的离别北京
他们经过少年时代
甜美的路程
要走上社会的岗位
北京在白昼显得深刻
它的大街因年轻人而庄严
机动车辆沿着建设的逻辑行驶
高层楼房巍峨升入低空
北京的胴体巍峨而立
繁荣的生活灿烂
而许多旧时代的遗留也整齐
花木在都市里生长
这一切有着愉快的生态
这一切有着它的意义
这一切是什么意义
太阳停留在屋脊上
有许多事情在发生
有什么事情在发生

发生的事情令少年成年
岁月流逝
年青的人们心脏强大
太阳停留在屋脊上
太阳在屋脊上照耀
年青的人们跨出家门
理想在课桌椅上生长起来
理想在都市的巨大的胴体里成熟
理想在前辈的胜利与失败中煎熬
逻辑在集体的欢喜和思索里形成
认识在最初的几种恋情里成熟
第一种恋情是对于事业的
北京的街道中央的公园的喷泉在喷水
北京在默想它的功能和对下一世纪的希望
成长的男青年有着嫩的胡须
女青年有长的柔软的头发
形成对自身的功能的希望
太阳停留在屋脊上
年青人提着提包和背着背包街头行走
北京的白昼有着沸腾的工作的欢乐
进行着世纪的生活
太阳照耀在屋脊上
这一切有什么意义
有什么事情在发生

年青的人们形成了最初的柔情与深情
最初的理性与激昂
试一试前人的各种
虔敬的心温暖
但初生的逻辑激昂

有前辈人一样的勤劳
也不安于祖先的恒产
北京的胴体在白昼中健旺地矗立而发出震颤的声音
在大街和小巷口
都有熟悉的影象［像］
旧时代的遗留讲旧时代的纯洁
好多代总把新的后代盼望
宏大的
高层楼房立岗哨的大街
报告世纪办拳击的胜利①
和报告着通往各方向的工作
车辆在这里启动
淡烟和音响已经在地平线上
年青的男子有柔软的胡须
和女子有妩媚的长发
他们就业进入楼房和平房
也登上启动着的车辆
他们致敬着
对一些事情赞美
对一些事情依恋
对一些事情讲逻辑
结构建设的他们的罗网
对一些事情谦虚
对一些事情有着新生的傲岸
感激前时代
有着前时代告诉的冲击性
太阳停留在屋脊上
太阳照耀在屋脊上

---

① 本句原文如此。

这一切有什么意义
有什么事情在发生

有继承父兄与母与姐的新的性格发生
太阳停留在屋脊上
时间似乎在静止
青年人有顽强的心灵
他们有新的美感
敏捷的动作
增多的决断与主张
阳光灿烂
北京的胴体也发亮
当新一代青年
柔软的男青年的胡须
妩媚的女青年的长发发亮
年青人行进
这一切有什么意义
有什么事情在发生
太阳在屋脊上沉思着
有新的建设者的性格在中国的贤良的大街上生成
青年人的道途和他们的前辈一样勤劳
太阳停留和照耀在屋脊上

1987.11.7

（据手稿抄印）

鸽子

著名的胡同——小巷
鸽子升空
带着历史的震动
翅膀震动
幻想震动于翅膀之前
飞往闪着白光的远空
著名的北京城
著名的鸽子飞于各街巷的上空
它的有力的平凡的翅膀染着煤烟
和浸着有灰尘的雨
它的有力的平凡的翅脖子升着
转动着它的聪明的眼睛
飞过勤劳的、勤苦的、带着理想的人们的生活
历史上有正义的出兵与进军与呐喊
历史上有深情的离别与苦痛之后的感动
历史上有英雄创业与懦夫的哭泣
鸽子幻想着人间的理想都达到
今日的市井各条街各家的正直的勤劳者的目的
可以成的都达成

1987.11.9

（据作者手稿复印件抄印。原稿纸细节不详，似以普通400格稿纸横倒后书于背面，对开两栏，占半页。另有徐朗抄件，21行红色虚线信笺，底边右侧有预印的"　年　月　日"栏，不按行紧密书写。大半页，与《蚌壳》《榆树》二作合组为2页）

饱满的阳光下

在饱满的秋季的阳光下
城市的边缘有着新的生意
秋季的木槿树叶坚持着不落下
风吹着清洁的河水
很多的敲击声起来
风吹着纯洁的敲击声
很多的木架竖起来
风吹着坚强的屋架
城市的边缘区
建立着方形的白色的
菱形方形的绿色的
水泥块的
和木板的木条的房屋
还有堆积木一般的
和圆形弧形屋顶和大门的
在纯洁的敲击声以外
有一种强力的敲击声
人们的心脏
愉快着通到田野的新铺的路
和从各个角度看过去
都不错的房屋
女的紫色上衣的事务、人事、总务人员奔忙着
出现在方向的白色木屋后

又出现在绿色的木条屋子前
她又爬上圆形大门的台阶
和人们的心脏的纯洁的鼓动声同时
又从长形广场往田野方向凝望
远处的村庄也有白色的房舍
田野里的作物成熟的声音可以听见
新建区域的满意的呼吸声也可以听见
饱满的阳光下
有一条垂直的路通过去

1987.11.16

（据作者手稿复印件抄印。原稿纸细节不详，似以普通400格稿纸横倒后书于背面，对开两栏，1页。另有徐朗抄件，21行红色虚线信笺，底边右侧有预印的"　年　月　日"栏，不按行紧密书写。2页）

地面上的云(外二首)

城市边缘

城市扩张到河岸
木屋和颜色油漆的铅锌板房屋建立在河岸边
新开设的旅馆有田野来的顾客
新的小街开始出售包扎的食品
新的木架的投影在土地上
渐渐形成了路
新的路从田野通过
新的声响是游动汽车穿梭和招呼顾客喊叫的声音
新的街道的土地散发着野花顽强的热烈的香气
过去河岸田野的宁静已仿佛梦境
花草和树木仿佛是魔法似地
飞到这新的街上
新的街市有油漆鲜艳的招牌与广告
多角度的增加繁华。
笼罩着街市有热烈的什么
热烈的建设国家的现实与往前的想象
热烈的生活和温饱
欢乐和有着的期待;
笼罩着市街有热烈的什么
前时候人们的流血牺牲
这里曾经是解放战争的战场。
乡村和田野现时有稻麦的巨大的影子

都市和城市边缘有机器和电力的巨大的影子
它们还要巨大起来。
笼罩着街市
有着建设者的巨大的影子。

从湖边望过去

白色的洁净的小路通往湖边
湖的对岸是新建的区域
鲤鱼载着这边的问好和探索过去了
风吹着水波过去了；
高耸的建筑机器静静的
工程承包牌面前种了树木
人间增加着生聚
人们增加着生活的热烈之情
掘土机激昂地工作。
从秋天的黄色的木槿树叶下望过去
有各色的大小车辆行驶于新建区；
想象着和探索着新建的区域是甜蜜的
是经过艰苦的工作之后的甜蜜的
想象着新建的区域是美貌的
红色的、玻璃灿烂的、精致的房屋
想象着新建区域是有力量的
将有刚强的建筑在中央；
是这年代的新的热力的凝聚
人们的头脑和手是有力量的。
从秋天的严谨的黄色的木槿树叶下凝望过去
从湖的这一岸望过去
有绿色衣服的女记者在新建成的路上奔走
她的影子在红色墙下
她的影子在旧时是荒坡的树下

焕发的精神和披着的短发
有力量的奔走和殷实的背包
充满着新的生聚的快乐的希望
她还发出呼喊声；
有食物车在新的木屋中穿梭
出售新炸出的油炸和多份快餐
有新的希望之光从这建筑区升起了
有人们的心脏的新的撞击声升起了
有与田野湖泊相联的土地的感情从地表下震动了
从湖边望过去
鲤鱼带着这边的探索过去了。

地面上的云

旧时候屋顶长着瓦松和草
中国在那时候显得陈旧而古老
现时候嫩的杨树枝从地面骄傲地升起
摇曳在新盖的楼房的墙边
旧时候花在窒息的烟中早谢
现时候花在地面的云上强劲
人们的理想是地面上的云
行驶高洁
凝聚而为华美的春雨
人们的理想是地面上的盐
各样都显得美味
人们的理想是地面上的山
人们和他们的理想是地面上的和太阳一起的太阳
现时候中国从锁链里出来好多年了
屋顶上的瓦松的时代过去
屋顶上的纯洁的闪光
和摇曳于墙边的各色的茂盛的树的时代来临

小的和大的各色花在雨中,雾中,阳光中开放
　　心脏的撞击声和脚步声都响着
　　少年男女迅速行走而目标鲜明
　　是地面上的云

1987.11.18

　　(原载重庆《银河系》诗刊1990年第4期,收入《路翎晚年作品集》)

沿着熟悉的路

一

沿着熟悉的路走到空旷地
空旷地里有条条路通向田野
空旷地昨日有热闹的市集
隔一日的市集男青年在这里相会他的卖豆芽的姑娘
这种相会使人想到辽阔的田野
有的挑子、车子和摊子是通过河流而来
市集有特别的生态
宏大的气势冲向低空
青年们熟悉亲切的邻人和前辈的勤劳
女青年也在这里相会她的卖汽水的男子
市集的诚实与勤劳养育着后辈
市集的货物这年代还有着娇媚
旧时代的市集流氓巡逻
而穷困的农人事破烂的摊子
现时代安康和亲切的声音
还连着理想与盼望的
看不见的闪光
沿着熟悉的路走到空旷地
因昨日的市集而旷地有着气慨[概]
在旷地的边缘
建设起铅板的发光的颜色的棚子了
从空旷地上的昨日剩余的温暖中看过去

还开始建设精巧的小的砖砌的管理室了

二

沿着熟悉的路走到杨树下
风起来了
秋天的风也严谨
饱含着力量
风中行走的是几十年来相熟的邻人
和亲切的朋友
经过空旷地走到他们的工作地
和举办个人的事情
生活的强韧的纽带始终刚强
沿着沉默的路走到杨树下
各人都成就着事业
包括儿童
在空旷地的沙滩上游戏
成就着物理对比的游戏的生态的事业
沙的柔韧的力量和手的掘进的力量对比
若干年前栽种的树木成长了
房屋盖起来了
汽车行驶了
很多工作间和铺子成立了
沿着熟悉的路走到小的订书机工厂
沿着熟悉的路走到布鞋厂
沿着熟悉的路走到车辆停留与驰出的
酸奶的工厂
沿着路走到一种热情中
风吹着
平凡的城市边缘有一种闪光
生态巨大的土地

城市连着田野显示着辉煌的镇静

1987.11.20

（据手稿抄录。本诗原稿二首连写，相同标题下各标一、二，抄录时做了合并处理）

往旷野里遥望

行走在严肃和寂静的大街上往丛林去
丛林里有池塘和开着的黄色花
有刺的灌木旁有恋爱着的男女栖息
丛林的一边又有建设着的大街
沿着大街往新建工程去
高大的立交桥有着深邃
新建的楼房静静地屹立着耸入空中
沿着大街有着花圃
花圃的旁侧是大的示意图
大街便通向忘魂的旷野
示意图表示土地的宽阔
忘魂在于旧有战争的历史
和现有通向远方的雄大的公路
巍峨的森林
地平线上有着现代建筑高耸的友邻城市的踪影
有着有浓密友情的人们的工作
有着有庄严情操的怀念者的怀念
春天的花过去了有夏季的浓荫树木
然后是威严的秋天和冬季的雪
现时代的理想使人们忘魂；
示意图屹立着
遥望着城市的边缘的白色闪光
与旷野

夜晚也有灯光照耀与守望
城市边缘的崛起的有魄力的生活强硬地植根到地底

1987.11.21

（据手稿抄印）

冬季白菜

阳光下冬季白菜
街角冬季的白菜
建筑架下冬季白菜
街道上奔驰着轰响着冬季白菜
街边上堆积着跳跃着和滚动着
季节的白菜
冬季隆重地到来
人们心里隆重着阅历世事的冬季白菜
旧时代苦寒
大白菜酸苦
小姑娘抱着白菜倚门哭泣
旧时代苦寒
人们受着践踏
收获和购买到的白菜是酸苦的
新时期建立
温饱在这社会上建立
白菜在街上跳跃着和冬季的煤一起行进着
在屋檐下
晒台上
窗台上
台阶上躺卧和凝望着

又一年的建设中华的生活

1987.11.21

（据手稿抄印）

不认识的路

经过小的桥原来是水泵厂
经过小的桥是楼房了
经过大树边的街角原来是旧的房屋
经过大树边现在是新油漆的店铺了
还有树荫中的新的大路
和高耸的有霓虹灯招牌
城市的边缘不再有旧有的苍白
和困苦的叹息
而是有着康庄和华美的衣服了
不认识的路；
经过小的乡村的店铺原来是修大车的
经过小的店铺现在是百货楼了
而有着电动机器的修车行巨大
就在建立了的拖拉机站旁边
城市和乡村的边缘有强的律动
不再是寂静中蚱蜢跳过田坎
经过小的酒店是荒芜的土坡
经过搭着售货棚的土坡现在是繁荣的旅馆了
经过土坡还有汽车站的有盼望的站牌
许多弯屈[曲]的路变成了毕[笔]直的
旧的孤立屋变成了旅游服务所了
田野里有新修饰的塔、庙宇闪着光
中等路转过去是高大的电线杆

与华美的大街
不再是砂砾地
不认识的路

经过内心的激动的想象
开始工作建立勤劳的街
和修饰祖先留下的遗物
经过热烈的梦想是有些不很完美的
有些令人羞涩的
但是美丽的
再看看还是不错的建设的实实[①]
认识的和不认识的路

1987.11.29

（据手稿抄印）

[①] "实实"，原文如此。

渡口(外一首)

渡口

经过田野来到了
经过两边生着杂草的小路
经过村镇和村镇的铃响
经过磨房响着的沼气池旁
经过小河来到了——
又经过风车和小的水力电站转动的河畔
来到乡农的车辆
副食品的车子　载运鸡鸭的汽车
拖拉机　和邮件的车辆
上了江流的轮渡
稳重的老人　强豪的青年
和美貌的新就业的女邮务员

经过矿厂的火车站的站台来到了
经过热烈的奔跑
经过深切的盼望来到了
经过盼望的麦田田垅和大片的鸡舍
经过梦想新年代的乡村的果品工厂和纺厂
它们的轰响着的车间的
空气调节器里的疾速的旋转的风扇
车间外的栽满花的走道
经过又有盖起来的大的猪舍

和刚刚搭成架子和砌成空筒的建筑
经过朦胧的眺望来到了
对明年的收益的眺望
经过扩大了的市镇的长满绿树的边缘
经过快乐的思想来到了
旧时的工匠老人
新时的行业能手
已经戴上眼镜的乡下少年
回城里去的大学生
亲热的恋爱的男女
几年间长得英俊的青年
多起来的书本
多起来的感情的因缘……
轮渡颤栗着欢快地停在岸边

经过昨日的工作日和今日正在进行的
经过忧愁的思绪来到了
经过失败的工作
经过苦恼的煎熬
经过事业的追逐
今日在心中震颤着的希冀
在建筑地上、田野上
正在欢跃着落下的胜利
来到了
经过坎坷和幸福的思想来到了
经过村镇新建的林荫小街
和心中的喧嚣
人们来到了
在鸡鸣、猪叫、牛马嘶吼
机器转动、水电厂叫啸

田野里拖拉机奔驰的乡野里
人们渡过江流……

苹果树

风沿着屋顶吹
村庄里苹果树挺立着
它是前几辈人栽种的
生活的激情来自村庄牛马的嘶鸣
来自耕地里的花衬衣的斑斓的颜色
来自不大的布鞋厂的机器声很尖锐
来自村镇的人们宝贵的
新建的皮件厂的窗玻璃很亮
来自挺立于村庄人家院子里
和街道的转角的
丰满的苹果树

苹果树在灿烂的太阳里发亮
绿叶中密密的果实
牛马和鸡的鸣叫
人们屋子内的编织的声音
和颤动的机器声
都使苹果树挺立得更结实
似乎果实因此更大
似乎树浆因此更丰满
似乎吹过苹果树的风也因此更丰满

美丽的树守望着村庄
时代前进
许多屋顶下有富裕和幸福了
许多院子里有快乐的笑声

许多屋檐下有各样工作的能手显示才能
许多热烈的心跳跃
各色车辆行驶于田野公路上
小学生的书包在风中摆动
新娘子新买的花绸飘荡在竹竿上

上一辈人怎样度过
以及这一辈子人应该怎样
他们已经奋斗得还像样
稻田和麦田几千年都生长
这年代有什么不一样
苹果树挺立的姿势不一样
盈野的活跃的农民
盈野的美满的绿色
盈野的牛马和羊
盈野的各色和谐的声音和阳光下的沉静
盈野的动心的火车的轰击声
盈野的
村口的大的苹果树的飘香

(原载重庆《红岩》1987年第6期,收入《路翎晚年作品集》)

旅行者(长诗)

一

秋天的严肃的杨树,
绿色,呈显着庄严;
红色的砖的房屋的墙壁呈显着温暖,
浸透着心灵。
太阳照耀着,
安静的土坡;
土坡异常安静。
旅行者出发了,
离开他工作的水泵厂和城市
走进阳光泛滥的——秋天的阳光水晶似地泛滥的旷野。
旷野里有一个市镇。

有一些房屋高耸而奇特,
白木的和绿铁皮的都高耸。
样式轻盈而有一种崇高,
竖立着的电视机的高架①高耸,
要获取极多的声音和世界的色彩
突然地突破旧时代的灰暗。
于是市镇腹部桥下的水沉静;
黑暗色而深澈。

---

① 当指电视天线。

深澈黑暗色而沉思,
它在往纯洁里下沉或上升;
获取这样的感觉,
是在旅行者将它匆忙忘却了,
或觉得难忘而又回头注视之后。
市镇的整齐的货物市场,
有白昼发亮的荧光灯;
它自己是这样的灯照耀在旷野
旷野上的明珠。
孤立的贤良的和磁体的快乐的货物摊。

有一些房屋的屋檐有旧时代的忧郁,
有一些房屋有各时期的坚固。
各时代都不撤退,
几世同堂。
那一些房屋的保守的院落和屋脊和升起的烟囱,
表示着勤劳、辛苦、与支持门户的情操。
心脏的跳跃,
人间的信赖,
邮局和银行、车站呈显着人间的温暖。
有一些旧的房屋引起旧时的伤感与恐惧;
新的房屋升高与楼房灿烂,
邓小平的世纪的人们的格斗。
那些新的房屋的漏水管是红绿黄的颜色,
那些房屋有奇特发亮的玻璃,
也容易使人记忆;
情绪旺盛的人们是街市上的穿着衣和裤的火焰。
有一些房屋结实,墙壁上有着藤萝,
属于旧时代——有一种颤动和闪光在转辙,也属于新时代。
高耸的楼房晶莹地奇特地巍峨,

而旧的,藏有旧时代的粗鲁者的街异常傲慢,
而新的,暴露着新时代的精锐者的大街也异常傲慢。
有一些新和旧的房屋呈显出大的窗台和高耸的台阶,
有一些新和旧的木质门槛简单;
有一些房屋门前有显耀的花圃,
有一些房屋的甜美的情绪依靠街边的大树;
有一些房屋门前有世纪的开发的新颖名称的机关牌,
有一些商店也有□□①的名牌,
但是,向前前进的、质朴的精神在市镇高耸。
有一些房屋里有机器的轰声,
使旅行者想到他离开的他工作的水泵厂;
看清楚了但仍然走近去看,
因为在他的感觉里,这里是他生活的水泵厂
他的心里存在着他的轰隆巨响的、粗糙的、歌唱的水泵厂。
旅行的人从他的红色的砖墙的房屋
走过通往市镇的土路,
走进从事远方开发的市镇,
走进有楼房和电讯塔的市镇,
走过繁华的、于生涯有意义的街,
旅行者前行了。
这一切的意义,
旅行者欢欣于生活的极深的意义。

他曾冒着生命危险扑灭着火的工厂材料间的火焰,
他曾赠送物资给街巷的老人和儿童,
他曾当职员因为人事的坎坷而为工人,
他勤苦地做工而双手粗糙,
他曾努力读书和与人们交谊;

---

① 手稿此处二字难以辨认,疑为"动瞻"。

他曾建立功劳，
他曾与错误的事顽强抗衡，
他曾叹息自身只有那些能力；
人们喜爱与他相习。
他往远方去了，
他善良而有时有许多琐碎与狭隘，
他追求他的向往，
他越过土坡前行。
秋天是严肃的，
故居的红色砖墙的后面是繁荣的各种树木，
其中有野生的枣树不常进入人的心灵，
平原坦露于泛滥的阳光里。
清澈的水的河流过村镇——
街市中间是坚固的桥，
它们比旅行者故居的枣树深入人们的心灵。
市镇自身是旷野的白昼的荧光灯，
市镇是灿烂的明珠，
小贩摊有亲切的闪光。
旅行者首途
他走过繁华的又一条街，
心中有着繁华的另一条街和几条街的想象，
看见竹笼中的鸡与独立自由的屋檐下的鸡
心中有另外的、异常快乐地踱步的鸡的想象，
有灿烂的晕光，有和平与患难与英雄、勇敢的精神。
店铺里丝绸于是也显得是奇特；
灿烂的这年代的日用货物，
与陶醉在货架上的水果一同，
似乎反映了旅行者前程里的美满的事物，
又走向电讯塔标志的旷野。

二

他在这片土地上留下生活的痕迹,
留下他欢乐时的工作;
他爱好他的同志和友人们,
做着他的在忧愁时也进行着的工作,
和有着他的缺点;
他记忆早年的人生的最初的欢乐,
冷水淋着那时儿童的身体洗澡,
坚毅地在风雨中去上学,
书包在风里飘泊;
在黑暗的时代有十分艰难的贫困,
也有着灿烂的真理的火光;
黑暗时代有着血腥的丑恶,
少年时代有着喊得喉咙发痛的反抗的嘶叫:
抗击不正义而带着眼泪,
灵魂里燃烧着烈焰,
照亮着周围的几丈土地。
这些激动常相记忆,
旅行者前行了,
他曾经生活的土地上有了新的一代;
他在这一片土地上生活有什么意义,
有深刻的意义;
正义在更多的认识之前,
认识的经验和逻辑形成了丰富的感性与理性,
他是奋斗猛力的职员,
他也是书籍的读者与智识者,
他的有力的手工作着,
同时他的头脑思辨着,
辨识真实与赝品,辨识人生;

在风中发出喊声像少年时负重物一般。
他离去而前行,
经过有娇媚和庄严树木的土坡、旷野和村镇中的容易进入
　　记忆的
下雨有黑的深澈的水;
经过对辨识过的事物的再概括和经过对有些日子的猛力负
　　重物的再回忆,
往旷野去了,
大路通向引诱着的远方;
既决定前行便引诱着的远方。
各时候有引诱着的远方。

当太阳降落的时候忆及生息过的一片土地;
经过旷野又进入朴素的新的村庄。
看见向往的,
驾驶着没有见过的重力车和
鲜艳颜色的车辆的穿着华美的青年男女;
这里有着像明亮的眼睛一样的水泉,
有着异样的富裕的光芒;
这里有深的善良的心和勤劳,
则是如同旅行者离去的土地、城市一样,
但是坚韧似乎多些;
有那边土地上的凝望也有往那边的向往——
因为别离过去的生活所以他这样感想。
有建设起来的电塔高耸入云,
有生活的新的意义他觉得是别离了旧的拘谨的原则了。
每个人形成拘谨的原则,
有新的潮流从内心突破了,
这样形成激动时代直到老年的性格。
旅行者徘徊,

这一切新的意义,
这一切是前进的方位和离去的方位相联;
离去的水泵厂和前面的水泵厂相联,
邓小平时代从事的开发他觉得新异的——心脏在胸膛里上升。
特别强暴的机器的轰声使山峦也震动,
特别满足渴望的吊塔吊起重物,
特别诱惑欢喜的心愿的爆破山石之声,
高高地竖着欲望的嘴的掘土机;
使年轻人永远快乐的风向标,
深的矿井、油井和心灵的知识的井,一直到地狱那样深、天
　宇那样深,
诱惑着爱激战的头脑,
有凶险的水流里航行运来货物,
有狂暴的旷野的啸吼里行进的机动车,
国家和人间生活
诱惑着有永远恋情的心灵。
但是旅行者开始怀恋故旧,
在他从事新的开发之前,
怀念他房间的晚上的灯光,
他的水泵工厂的淡的烟和捶击声响,
他的街道的熟悉的故人;
他的旧的工作之地的同样崇高的旗帜;
艰难的水泵厂的举重物,
和水泵厂的灯光旁心灵举起知识的重物,整夜的阅读,
和心灵的满足了的饥渴;
他又觉得旧的生活并不拘谨,
他有许多年眷恋和他的亲人。
这种恋旧是什么意义,
这里有着生命总不逝去;
这里有什么事情发生,

这里便有着建设和新的工作发生,
经过回顾和反省,
灵魂中深[升]起新的潮流,
旅行者在自己生活的烟与雾里前行,
心中再想着他离开的他的水泵厂的冒着烟的轰声,
想着运原料和半制品的车深夜来到,
想着年轻的时代的知识的欲求,
和在沉睡的都会黑夜间的厮守;
他想着水泵厂若干年间是他的心灵的全部;
他看着他的粗糙的两只手和也聪明的心,
觉得头脑里电和风和胁下的力量和面前的新的事物也能
　　相配;
他便觉得他是骑在时代的巨风的一片翅膀上而飞翔,
心灵中有大声叫喊:
国土,祖国,中国啊
你经过荒寒的时代,暴徒的血腥的手和欺诈,
但几年间你苏醒了起来奔向新的时代,
你有北国的坚韧的严峻的大城,
那里有着探索者和建设者;
你在海之滨有着美丽的大城,
和首都北京一样有大楼像美女一样耸入空中。
国土,祖国,中国啊,
人们用灵魂燃起的火焰搭桥,
这桥梁也耸入空中。
旅行者心的渴望高涨,
想着多少代人的生息,
想着他的许多年在他身边时刻显得年轻又时刻显得年老的
　　水泵厂,
他又再呼唤祖国,
呼唤自己的灵魂呼唤旧时人和亲朋,

他想象自己去到这些年建设的最巅峰之处,
乘着高架的电缆车通过江流。
他的快乐的心灵如同旧时思辨真理,
和热水冷水淋着的儿时的沐浴;
苦难的时代确实已经过去,
欢笑吧祖国,
你的灵魂已经从晕厥之中恢复和比以前有更多的健旺;
你的语言有更多的光彩;
你的容颜在苦痛的苍白之后现在再又灿烂,
你的心从伤痛与悬念之中感觉到温暖,
你的城市和土地有新的兴奋盈满着。
旅行者再又伫立,
再想着他曾是猛烈的追求者,
曾负重物,
并且曾守卫事业到天明,
他的心中也有新的兴奋的律动;
旅行者再注意严谨的秋天呀,
他的心还有这些年水泵机旁读书追求知识的狂喜的律动;
想着这一切的意义,
因为经过患难,
他又有着秋天似的严谨的心。

旅行者想着他的乡土,他幼时离开的(每个人都有的)甜蜜
　　的故乡,
旧时美丽的姐姐们挑水的小河;
历年来又有着生活与心灵的咬嚼
——知道家乡河已建了辉煌的桥,
旷野里也竖着电塔。
有一只鹰和几只鹰在高飞。
这一切的意义是还再举新的重力,

切不可以再有幼稚。
他坐下来再思索他的生活
它的有深的灿烂的内核的火焰似的意义。
他出发于红色砖墙的他的房屋,
杨树矗立,
通往祖土祖茔建设的旷野,
想到家乡旧时姐姐们挑水的小河,
便研究土地的神奇的笑容,
我的心灵严谨中再又有深沉的力量。
祖国啊,在欢乐中凝望新生,
我的心灵中的泉渴望无尽的知识,离开旧时的炼狱,我欲
　　升空,
人们的生活历程,
许多的路和桥是如何地感情深刻——
旅行者这样说。
人们的生活行进,
经过患难再有臂力是如何地使背包和旅行提包华美;
人们的生活
由于好——对一切勤劳正直说好,
由于深情——对于生活过来的道路和神奇地突然建设起来
　　的国土的深情,
由于骄傲——人们心中潜伏着的能量的巨大,
由于坚信——往前出发;
由于知识和心灵的渴望——前行再又前行,心灵是穿着血
　　液编织衣,穿着多层火焰衣服的火焰,
旅行者的背包与行囊朴素,
他是一个善良者,
也注意着剩余的苦难;
他曾经在集体里猛力工作和得到共同事业的人们的帮助,
旅行者出发,他的背包和行囊也华美。

三

高耸着的是心灵的渴望
心脏是血液盈满穿着多层火焰衣服的火焰，
我探索和意识和敏感和看见和触摸到历史，
于水泵厂的机器震动声的夜，
我的幻想使我进入过去时代和新时代综合的炼狱。
旧时代黑暗的骷髅喷着肮脏的雾，
多种啸叫声无人性，
恶虎睡眠在人皮上而拿着刀刃，
恶的雾障中哭泣声肿胀，
我的心于是肿胀；
我欠恶虎们强迫写的字据的债，我要永不"偿还"，
我因穷困而欠的债则一时无法偿还使我痛苦，
我没有多少食物与衣着，
我抵抗恶徒而只剩最后的精力，
我不结婚和找不到友人，
行走在痛苦呻吟的空间。
我的时代也有可怖的啸声若干年哭泣声在低层空间肿胀，
旅行者这样说。
我因欠时间的债而心跳恐怖，
我因劳动力被迫丧失
或无人来雇佣而痛苦战栗，
我行走在黑色死亡的空间，
旅行者他又这样说。

我再想象，
人们严谨地再聚拢，
用自己心脏的顽强的力量
而到来了焕发的时代——

事实也果然是这样,但是要想象一遍,事实便更辉煌。
焕发的时代是血液编织而穿着多层火焰的衣服的,
焕发的时代是从血泊中煎熬出来,
我便于剩余的苦难中
守卫着我的水泵厂。
旅行者这样说。
剩余的苦难剩余的黑暗的沟,
行凶的腐败的骷髅有时还火焰滋长;
我有时总难以越过沟去,
我有时又心境凄凉,
觉得我的水泵厂平淡,
我夜间与黎明观察天宇上的星群
想着我要欢迎新升起来的星宿
还要进行搏战。
(旅行者曾因为正直的言论,被一个官僚在街边购买的肉里
　放了毒药,几乎死亡,他这时便极愤怒。)
我从内心极深处愤怒,
向叫作官僚,叫作迂腐,叫作投机恶毒户的呐喊,
尽我胸膛的力量。
旅行者如此说。
我愤怒而且蹦跳,
敲击着我的鼓,
和吹响我的喇叭;
痛苦的时代不要再回来,
面前的黑暗的沟里的黑色脏水不容许再上升,
黑暗的深沟旁似乎有嘹亮而有着沉冤的绝望的凄怆的美丽
　的窦娥的辞世的歌唱,要把地狱的门永远关上。
我的殷实的水泵厂的门户要灿烂,
夜晚的灯火要灿烂;
伴随着大城高楼的方块的,凝望的,和喜悦于世纪的思想的

灯光。
我愤怒而蹦跳,
咒骂黑暗的沟,
咒骂黑暗的雾会使善良与正直陷入遗忘,
我强因我的视觉和记忆,
旅行者这样说。
旅行者再又快乐地高举双臂,
不让幽暗遮挡更多,
世纪仍然灿烂,
我举起双臂,
我觉得创造物正在搏斗滋生另一种身体,
我觉得世纪的桥正在衍生另一个;
夜和黎明
都有新的星宿升起。
旅行者这样说。

我于是从心脏里极深地和黑暗的地狱结成仇恨,
仇恨——刀子是总在我的身边
而有对于黑暗的知识。
我的心紧张、惊诧,带着刀子,
仇恨和理想结成欢喜的台高耸,
我便想象从有火焰的巨大的房屋建筑起,
我便想象开凿河流
开劈道路,和从事开矿,做我的构图;
夜萤的火炬和灿烂的桥有着辉煌,
我和人们一样将我的水泵厂连上,
永古的、
譬如有巢氏的水泵厂
我知道这个民族的倔强,
与卑污的人们的卑污,

我是带着刀子的,
我举重物,和读书寻求知识,也是带着复杂的心。

我的想象我的市集。
市集是有着甲胄的,
大城和市集是国土与旷野上的钟声;
巨大的响声震荡,
其中有歌唱、叫啸、颂诗,和呐喊。
人们奇迹似地焕发,
地狱的灾难便过去了。
创痛还在身上,
但是理想的向往是更宏亮的钟声,
创痛也仿佛发出亮光;
旅行者这样说。

市集里不仅是挂着肉类与各种货物斑斓,
市集有底层或内核的结构,
旅行者认为这个摊子与另一个之间有甜水的桥,
深层地底有蜜水的湖,民族的盼望。
他想象并且看见。
花飞在空中开放,
有的花是火焰和水和蜜和糖。
市集里有深层地底的内核的音响结构,
钟声里有协奏曲与渴望的歌。
旅行者想到哭泣的肿胀,
旅行者有着狂想,
从苦难的回忆中,
他获取力量。
旅行者,人生的追求者使他在水泵厂夜间读书。
并且,为了追求这样的市集,

里面陈列原子能出品
空中飞着各种色彩的飞器,
与荡漾的欢笑的人造星球。
新的年华,
而从事开发。

我的存在决定我的意识
我的意识是奇特的渴望
我有旌旗与带着刀刃
我的意识是我的心脏越过炼狱时的凶狠的冷静的火焰,
我便前行,
我思维,想象,有辨析的逻辑——我们是巨大的存在。
旅行者这样说。

我到集市上去,
房屋盖起来了,
高耸的楼台。
我的心震动。
勤劳的、半裸的男子
与沉思的、奔放的、俊美的、半裸着身体的、遥望着她的欲望
　的妇女,
有生活的喧嚣。
我看见人们迅速地、像闪电似地拯救疾病,
我看见人们凝静不动地在大玻璃窗边低头工作,
我看见人们提着需要的物品愉快而行,
我看见新婚的男女勇敢地穿鲜艳的衣服。
我便觉得苏醒和再苏醒,
想念天上的太阳、人造的红色星球,与繁星,
旅行者这样说。

旷野里生物啸吼，
房屋、街道和市集上人们啸吼，
你要带刀刃和工具前行。
从飞来的夜萤的火焰连上心中的火焰，
你便开始钉上你的增加建家园的铁钉，
你的心要珍惜生活
你要宝贵技能
和恶毒的黑暗的毒蛇、虎们剩余格斗。
你要时常有战斗的姿势，
这是现在的时代，
旅行者如是说。
时代展开，
建设突然灿烂，
我歌颂复仇的心，向黑暗物复仇；
我歌颂有内核甜美的热辣的、飞于空中的火，
升起高耸的楼与台，
我的心脏是，
穿着多层火焰衣服的，内核是极强的火焰的、血液盈满的
　心脏。
旅行者这样说。
这样的心有其实体，
实体是人类历史和祖土历史的动力，
晶莹的深草丛中的泉水
沉睡几千年也会醒来的地核里的渴望力，
实体是在各种水泵的捶击中
血液的水泵的捶击中
你的灵感的火焰，民族的凝聚，正义的智力。
实体是对困挫的黑暗的地狱剩余的坚实的警惕，
实体是在你的心脏里有大城、市镇、田野和人造星球，
实体是现代的辩证逻辑，

实体是,从地核到低空,
有一个带电的、有创造力的正直的空间。

旅行者如是说便寻求开发,
旅行者这般说,
带着新的理想,
擦干回忆中的血迹
我的心中的仇恨
和对未来的渴望一样强,
旅行者如是说并且检阅他的火焰。

四

走过阳光下的旷野
在阳光下思想也有彷徨,
因为世界异常地灿烂;
走过月光下的明朗的城市,
走过星光下努力替自身工作的村庄;
心中有着生活是有过贡献的欢欣,
心中有着到新的地域去实现同样的这时代的真理的热情。
旅行者前行——他心中有他负重力的灯光下的读书和守门
　的水泵厂。

北极星照耀,
回忆白昼有灿烂的云照耀;
城市和旷野的胴体呀,
有着同一纯洁的欲念。
属于顽强的生机
不灭的生机;
永远的炊烟,
纯洁的生机是从泥土和人们建设的房屋群呈显,

呈显出广漠的亲切和居住者温暖；
旅行者前行，
心中有着他过去知识的负重物和器物的重物的经历[①]，
一切事物呈显着华美的意义
和欢快的生机；
他也难忘有着剩余的苦难，
它们呀，有时还膨胀，
要把新的建设困挫和瘫倒；
于是旅行者和他见到的神奇的事物，
都呈显着现代的辩证逻辑的深刻意义。
城市的机动车声和旷野的炊烟是旅行者的灵感的泉源；
灿烂的阳光和宁静的夜，
中国和世界的工作成绩，
是整体的认识。

旅行者前行，
他说道路很好，
自古有行人；
他说道路上的车辆和空中的云都奔驰，
当代人的幻想也奔驰，
　都城里的住宅和田野里的稻麦好，
自古有种植者，
人类从自然规律完成英雄事业；
他说儿童好，
良好的时代；
他说春天到秋天人间的向往和勤劳好，
高耸的奇异形的楼房和工程塔好，
时间经过了，现实和想象和肯定的库存增加了；

---

① 原文如此。

他说奇特的松树好，
骄傲地屹立；
他说生命力有幻境的各种树木好，工厂好，
树影密集，屋影雄伟，新的公路到天边，
耸入空中的树林和烟都严峻，
欢快而冲锋的火车显现英雄色彩，
飞机像鸟一样在空中行驰，
人们有内心的深沉感情；
他说过去的成就与忧愁都好，
他的水泵厂也好；
旅行者继续出发，
中国在开发，
往电子和原子能，和宇宙航行去，
中国现在在纯洁的土地上。
回忆旧事有到街上去买一斤豆芽和两种报曾挨"红卫兵"打；
而买几本书籍一块肉时已经到新时期，
虽然深邃的地狱之后仍然有地狱的幻影，
有车辆开到水泵厂前的啸吼，
有车辆负荷重力，而都市有精神清醒的声音；
有冬季白菜开始发卖凝望白色工作帽的服务员整齐，
有运来的冬季的煤。……
旅行者前行，
遥望明日在新开发的城池他停留工作和新的抱负，
欢快的内心的声音和耳朵听到的
愉快的声音，
交织在一起。
有中国人亘古时的忧郁和
亘古时的欢乐，
而脚步坚强有力。

五

旅行者当经过朴素的小镇的时候，
敲着白色的清洁的墙壁，
说声珍重而前行；
他用这同时代替
他离开的土地上忘记说的或一声珍重，
他曾在下楼的时候对老人说珍重和保重，
勤恳地经营生活：
生着的炉火
和切做的菜蔬，
和到工厂去工作，
和在善良的事情与
国家建设事业面前动情地凝望；
想到过去的苦难有过的地狱的深度，
出门和进门十分珍惜时间，
紧张到有时拘谨；
生命的火焰焕发了呀。

旅行者前行，
经历的和建设的生活有深刻的意义，
与同道者相与，
共同的工作，
快乐的时日；
与违反道理者幽暗者争论，
面对着书本，真理，劳动的呐喊，
还对幼小者说珍重——他将读完成千册书籍；
对室内的有弹力的钢琴声说珍重，想象飞翔；
对旅途，工作岗位，室内室外的妇女说珍重，
旷野里和都城上空有大风的声音，妇女和男子同行；

对建设起来的街,
说感情的、衷心的话,
往前去建设新的疆土,
他将觉得他的心境明朗。

旅行者经过红色的砖墙后面的树木经过旷野而去,
想着他工作的水泵厂
人人有他工作的或种水泵厂,
思索着人生大路的真理,
思索着灿烂时代的起落;
洁净的大地怎样似乎从空中降落,
掩埋了多年暴乱的地狱;
灿烂的桥在心中起落,
理想的火焰升高;
国家建设的门楣雄大。
心中的灿烂的桥是甜蜜的,
心中的灿烂的桥是英雄的,
心中的灿烂的桥是华美的,
心中的灿烂的大路是镇静的。
旅行者前行,
心中思索着雄大的幻想,
再思索工作的原理,
还有豆制品是多少钱一斤,
物价波动,
木柴和引火煤的重量;
书本的轻盈和笨重的飞舞,
工厂的重力的捶击声,
制作水泵的重击声。
相爱者并肩而行
亲密的语言,

这些是不要忘记的事。
盗着灰也燃烧的时代
坚定的理想——
正有雨天的雨衣,
雨天和晴天的往前程起飞的,
两腿和肩膀轻盈的愿望,
旅行者前行。
因为过去居住过的土地值得留恋,
知识的追求和水泵厂和抗重力的劳动在心中强大,
因为旧时的燃烧的心灵的火焰也充满蜜浆;
因为中国现时在再发生新的战栗的渴望的土地上,
因为对未来时间怀着兴奋的,也带着激昂的期待,
因为国土、人间,一路而来的搏击,
生命的、人群的意志不熄和不倦;
想着行囊的简单和殷实,
向着过去的回顾和再凝望。
和对
正在经过的大路欢呼和说亲密的人生——
对未来的一直到后代的灿烂的时代。

编者附记:

路翎此诗曾经反复修改,初稿所署写作日期为 1987 年 11 月 24 日,长仅 300 行左右,这里据以抄印的修改稿篇幅已扩至一倍以上,稿末未署写作日期。据所用纸张及笔迹判断,此修改稿的主体部分约成于 1988 年初,但稿面仍多所改动,其中一些改动笔迹近于后载写于 1992 年 11 月底的《忆朝鲜战地》原稿,据此推断,则路翎在其晚年写作的最后阶段仍心系此诗,且可能直至临终都不认为自己已将它改定了。鉴于此诗未见其他修改稿,这里仍将写作日期系定于 1988 年初。

(原载《路翎晚年作品集》)

白昼·夜

白昼

白昼尚未移行出来的时间
有甜蜜的酒浆
白昼灿烂
有透明的绿色的树叶
有灿烂的光密集的地方的
勤恳的工作和思索
有幽暗的棚子里的
音乐和细密的说话声
通过高耸的孤立的古树
看见幼儿园的儿童拉着布带集体前行
通过新栽种的小的梨树
看见小的精巧的汽车在街头疾驰
从修摩托车的技工的肩膀
望过去
小路通向田野；
白昼尚未移行出来的时间
集体行走的儿童开始歌唱
新的楼房的沉静更深
和菜棚子里的音乐更响
和田野里的野花与禾谷生长
和新种植的花开放
和新做成的衣服

被工作的男女穿上
和汽油车芹菜车煤车也运转
白昼的尚未移动出来的时间
有心脏的欢喜的跳跃超过
这一时间
也有困难和忧郁
但有更多密集的工作和成功
往下的时间有更多的花开放
有人们不知道的花开放
白昼的现行的时间镇静
它逝去和结出果实产生认识
城市的道路通向田野
从榆树下笔直往前看见自行车的阵势
从木樨花下往前看见并肩而行的行人
白昼的尚未进行的时间是这一切的继续
和这一切的增加着光芒

夜

夜的尚未移行出来的时间
有沉醉的梦想
夜深沉而黑暗
白昼热闹的店铺垂着帘子
路上行走着白昼的勤勉者的回忆
他勤劳地工作而欢快的奔走
走过一个街角又一个街角
追求着他的目的而热烈前行
这回忆行走着使他在深沉的梦里骄傲
路上又行走着白昼的勤勉者的希望
明日他将再走过街道
去干热衷的工作,建设城市

勤劳的建设者从他的梦境里望出去
他的期望行走着
夜的街头,他的回忆、思索和期望行走着
在寂静和深沉里街灯更亮
天上的星繁荣地照耀
乡土建设起来了
从梦境里赞赏着
笔直的大街上——灯光照耀的大街上行驶着他的理想
他现在熟睡了明日要工作
夜的尚未移行出来的时间
有更多的繁星的星光
梦境更沉醉　而现实更深厚
深沉的移行的夜有白昼工作的结算
大街转角有密集灯光
玻璃窗里亮着孤独的增加幻想的萤光灯　汽车站牌静立
而楼群增加幻想耸入空中
而幻想进入纯洁的小街
尚未移行出来的夜的时间
转动着巨大的深刻的哲理
回顾和盼望和热烈
睡眠和市民心灵徘徊
尚未移行出来的夜的时间
妩媚的灯光和星光
屋檐和矜持的树木
都达到沉静的逻辑
人间生活的　理性的认识

(原载重庆《红岩》1988年第3期,收入《路翎晚年作品集》)

新建区域

菜棚是绿色顶的
前面躺着空旷的新建的路
菜棚里的姑娘
开始售卖热烈的、廉价的切面了
在建筑架畔临时棚子有
未来的百货商店在十分鼓舞地被油漆着
而附近新的建筑物在阳光下欢乐而灿烂

正在竖立有雄心的、欢乐的示意图
正在运来根部包着泥土的也是欢乐的树苗
正在敲击着安装着欢乐的心看着是十分精巧的窗户
路牌是似乎有着亘古以来的雄心地
凝望着中国的大路

过去是荒凉的土坡
过去长满深的乱草
过去的乱草里有旧时代的深的阴暗
过去往市区去从小的土屋旁走孤寂的小路
过去忧郁着，人们找寻着什么

建立了新时期的有雄心的和切实的示意图
新盖的房屋是适于居住的适于幻想的和绿色的
新开辟的路是适于奔波和适于幻想的水泥的

新建的花园是适于各种花生长是安上有幻想的珊瑚石的
楼房下的土地是新鲜而温暖的
而巨大的松树被保留下来
它示意旧时的痴呆的凝望

正在升起来工作的、生活的
温暖的气息
正在发出往未来去的书信——希望
正在发出欢乐的、震荡空气的
震荡着开始了新的经历的脚下的泥土
和人们的努力的心的
男子和女子的说话声
有雄心和事业心的示意图正在凝望大路通向的
灿烂的地平线

1988.8

（据作者手稿抄印。"J62878　20×20＝400"稿纸，顶边右侧有"第　页共　页"栏。3页，按格书写）

新的木屋

沿路而去阳光灿烂
新建的木屋是绿色的,上面已经竖着电视杆
路的转角有阳光下灿烂的花
杨树耸入空中发光而有着摇曳
乡间来的建筑队的农民背着工具和铺盖而前行

沿路而去阳光灿烂
楼房的集群里树木欢乐于热烈的生息
热情的生活的飓风呈现着静悄悄
建筑公司和乡下来的建筑队留下新盖的大的木屋而走了
沿着新开辟的汽车线
戴头盔的农民的背包在阳光中发光而且摇曳

沿路而去有欢乐
人们往他们愉快的目的走去
新的店铺焕发着光彩
开设在新建的木屋里
灿烂的阳光下风在空中温暖地摇曳
像热情地生活地飓风摇曳
从变得严肃的杨树下观看木屋十分美丽
巨大的
灿烂的好像绿色宝石的

视觉和心脏欢喜的木屋

1988.8

（据手稿抄印）

盼望

早晨起来盼望到晚间,
子夜时为看星斗而靠着窗户;

从春季花开到夏日收获,
温暖的心飞翔在田野与都城。
从春天温柔的风到严寒之冬,
凛冽的雪压在平原上;
远处的河流到近处的都城,
朦胧的烟压在平原上;

从轻轻响着的水流到啸吼的大江,
波浪的啜吸声连着波涛的碰击声;
低垂的云压到江流上,
波浪和激动的波涛压在心上;

从丘陵斜坡到极目凝望的远方,
呼啸的风和严峻的原始森林,
野性的欢乐飞翔在旷野上;
繁华的大城和边陲的小镇,
殷切盼望压在心上。

盼望着各样的正直事业取胜,
盼望着新来者和归来者叩门和出行者启程,

盼望着升起新时代的信号,
盼望着找到旧时代的钥匙,
盼望着读完市场的重要书籍和预先知道明日人类的著作。
口渴的时候盼望水,
忧愁和快乐的时候盼望酒和永远的青春。

盼望与亲爱的朋友,
与闯开新的道路者,
开劈新的路。
坚持和持恒奋斗者,
瞥见新的闪电和知觉到新的风雨
在新的丛山峻岭、平原同行
盼望于中国平原的最深处。

(原载1989年1月3日《人民日报》"大地"副刊,收入《路翎晚年作品集》)

新建区域(同题)

菜棚是高的绿色的顶,
女售货员开始卖热烈的切面了,
她的朋友,她的歌;
油漆工开始漆新建房屋的门窗了,
他的朋友,他的向往,他的歌;
将要完成使命的设计师在快乐徘徊,
他的朋友,他的向往,他的歌;
还有电焊的声音很强烈啊,
电焊的亮光很震动少年的魂魄啊,
电焊工的眼睛在铁的面罩里面啊,
电焊工的心脏在炽烈的胸腔里面啊。

示意图矗立着,像上面画着雄鸡,
根部包着泥土躺着待种的树苗,
都市的朋友,都市的向往和歌;
有一棵大杨树矗立伸往空中,
因为时间恒久,
它的魂魄伸往高空;
它的树叶的战栗还习惯于
原来在旷野里的姿态。
最后建筑的房屋的钢架升起,
阳光在里面浸透;
新建的铅锌皮平板房屋是商店和餐馆,

是绿色的,
上面已经竖着电视的定向线杆,
在红色的、黄色的、灰色的、绿色的
楼房的巨大群体中间,
建筑工人和农民建筑队,
背着工具和铺盖撤离工地。
他们工作成功,
有新的宇宙观,
新的心灵的区域;
都市产生新的透视,
新的灵魂里的宽阔的歌。

已经开始宁静的生命的楼房十分安静啊,
人们的心灵背着他们的工具和铺盖,
有历史的苦涩的负担,也有恋情。
搬家的车辆很震动少年的心啊,
新的住户的兴旺很震动都市的魂魄啊,
很震动挺立的杨树的魂魄啊;
从杨树下观看高耸的楼房,
宝石似的绿色铅锌皮的商业房屋,
有着心灵的宁静啊,
开始和继续生活,
进口处的示意图上的雄鸡喔喔啼鸣。

经过小河的小桥,
是开发公司的楼房了,
经过有疤的大榆树,
赤裸的田野是新的汽车公司了;
几幢特别高的、孤立的、魔鬼和神祇似的楼房,
它倾向太空的胴体和魂魄,

亲密着空间；
白色的电视机在绿色的如宝石的铅锌皮屋子的大窗户里
　　开放，
男声女声会唱着风流的歌。
小学校的旗杆，
竖立在田地上，
凝望着它自己一半乡村一半城市的灵魂；
田野里寂静的生机颤抖，
都市里繁华的生命兴奋，
小学校里的钟声和学生们一起，
用他们热烈的心脏作民族的歌唱。

有一个塔在远远的旷野里，
对这边曾是荒凉的地上的大榆树、杨树和巨大的楼房集群
　　凝望。
这些年，许多故事震动人们的心灵啊，
人们的眼睛曾痛苦地
在他们的骷髅里遥望与盼望；
人们的心脏如何收缩着又在跳跃，
他们继续是祖土之子，
建立了雄伟而美丽的新建区域，
人们的生聚的新建的区域，
人们的心灵的新建的城池。

1989.3.12

（原载《诗刊》1989 年第 7 期，收入《路翎晚年作品集》）

在阳台上（组诗）

一、女排球手

在阳台上——
高的楼房的阳台，
看着降雨；
想象着自己是遥远的下面的，
在雨中战栗着，似乎跳跃着的柏树——
如同在球场的飓风中飘扬柔软的头发跳跃的自己，
——想象着自己是看着在欢喜的大雨中的柏树的会跳跃入
　空间的——这样的自我感觉——的自己。

想象着雨中的归来的欢欣的路，
和沿路的柏树，
和青春的快乐，
和窗户如瞳孔般的楼房里的琴声，
和雨中的鸟雀像心中的箭，
和空中与地下此时已深深锲入的
　中国此世纪的理想，
和空中和地下有人们心中
射出去的箭。

阳台上是球场获胜的女排球手回到家里了。

1990.3.1

二、女歌唱家

在阳台上，
彩色的衣服的妇女，
在风与阳光中有衣裙的
飘荡。
心脏跳跃，
不久前是重要的时间；
空间里自己的声音被喉咙里的暖风与飓风吹向前，
自己的心脏的甜蜜的
高亢和灿烂的声音。
唱着海洋和大地的巨大引起的愈多的梦幻，
和祖国感情引起的热切，
和有坚强的帆和翅膀的儿女私情，
歌声凯旋——
世纪的精神。

想象着，
瞬间回来走过的欢欣的路，
和路的洁净，
和人间种植的松柏。
和自己仿佛飞着降落在路上，
和高的绿色的楼房建筑胴体里的，
亢奋的敲击声，
和觉得时代有巨大，
和路边花园里的蔷薇花；
和天空里被注意便入永恒的历史风云，
——自我的感觉——
自然的永恒的历史进入人类的历史。

阳台上是女歌唱家胜利地回到了家里了。

1990.3.1

三、京剧女演员

在高楼的阳台上，
觉得自己的头发有风中的飘荡和
阳光中的灿烂；
和阳光一样灿烂。
有一种渗透力
美丽的头发的甜蜜渗透到心脏。
想着瞬间前乘车回来下车跑着的路，
——像快乐的其他妇女这年代摇晃胛肘而奔跑着；
注意到奔跑过的街道边的玫瑰花开了，
和小的松树的绑捆在昨天的风里没有散，
出去时候看清了，
回来的这时也一样。
花开有崇高，
楼房接触到云层有崇高。
美丽的头发的甜蜜渗透到心脏。

想着心脏激动地——感情的头发的甜蜜渗透到心脏——
表演古代的凄凉痛苦与英雄的妇女，
与秦臣赵高和秦皇搏击的赵艳容；
并觉得她在
空中的明朗的风中谛听，
或者是风和云也在谛听，
身躯、胛肘、手臂、手腕、手指的
激动、冲击是表示心脏的痛苦与激怒
和

温柔的动作、舞蹈，
体现深思，
和自己的恋情的甜蜜；
和跳跃的、转动的、颤动的、
飘翔的舞蹈表现震动的正直的心灵；
在历史、家族中的自己的命运，
和纯洁的往宇宙去的英雄恋情。
美丽的头发的甜蜜渗透到心脏。

舞台的境界呀，历史和现代在谛听，
灿烂的灯光呀，有深沉的飓风，
古代的妇女与国家、社稷。
心中的现代的引进的向往呀，
像花中的苞与蕾发生爆炸；
阳台上的中午的，
灿烂有力的太阳照在，
她的甜蜜渗透到心脏中轴的青春的头发上呀。

在阳台上是上午场演出成功的京剧女演员回到家里了。

1990.3.1

四、中学老教师

在阳台上，
学校的新建校舍的三层楼阳台上，
想着来到的深巷口，
有巨大的百年的柳树，
和柳树杆上的顽强的节疤；
和想着当自己年轻的时候
虔敬地进入中学。

心脏有一定的颤抖,
想着学校里文具与图书、器械齐全,
粉笔就要给新班学生将自己的名字写在黑板上;
而音乐教员在邻室踏着风琴踏板而歌唱;
书本翻开有青年的纯洁的香气,
即书本——国家的知识——与青年的生命焕发着
青色的青春的光芒,
而篮球投入球篮里,
而排球飞过网,
而再有化学课程的实验,
窗户里光芒闪亮,
而自己就要开始这一年度的,
高亢、心脏震动,
低声,亲切,心脏甜美,
也想到柳树上的节疤与青年时的讲课。
心中觉得知识的高尚与有为,
天宇高而思想高蹈,如青年,
天宇高而又低垂而深契地底而思想深刻,
如同寻求者,而亲切。
校舍与操场,红色与灰色的砖墙,
天宇与国家,与教员与青年,
就要开始这一年的行程。

在阳台上的是心脏有着战栗的年老的教员登上楼房了。

1990.3.1

五、图书馆女馆员

在阳台上,
视觉看得清楚,远处的一些楼房窗户在放射着探求的光;

来到的中级与次级的路也显得深奥，
下面树木与它们的伸直的与低垂的树枝杆和行走的人影也
　　显得深奥。
天空的光明显得深沉，
远处的都市外的山显示着河山的深刻。
自己的柔软的长发更长也显得深刻
花帽子也显得美丽。
一定的时间前购买来的图书有欧洲的百科全书，
有苏联的大辞典，
有古典的世界文学；
有马克思、恩格斯、列宁、斯大林的著作。
这些里面是知识，人类的头脑，人间与社会的深刻，
有历史的行进的规则，
自然运转的规律。
这里面有自然的巨大与人间的对宇宙、社会的奋斗的思维
　　的巨大与
如同多一层亲切的空间一样的灿烂；
这一层的亲切的空间里，
人间的正直的战斗的社会显出他的，
魔影与美丽的身影。
这一切深奥，而感染了这种深奥的
女图书馆员便掬［挽］着头发而沉思，
并且狠恶地咬着嘴唇。

购买了新的书籍的女图书馆员来到阳台上了。

1990.3.1

六、成功的医生

在阳台上——

高楼的阳台,
　看着城市外的山,
　　和可能那里是河流便更满意;
　　和可能那里是清洁的、阳光充足的医院便快乐。
心中的快乐汹涌,
颤栗。
一瞬间前垂危的病人被拯救了,
过多的流血也抑止了;
心脏出血、出血。警号、警号。
因为几小时的手术经过着极苦痛,
经过着似乎失败——
曾经用头在墙上撞了一下,
病人被救,他是更亲切的
同志了。
人们的亲切的称呼都是同志。
想着兴奋中跑回来的路,
似乎极多的、千万个车轮在道路上闪光,
也有儿童车的红色小车轮。
(瞬间前的被拯救的同志,
他的坚忍的妻子在一旁抱着一个有着好看鼻子的儿童)
不开花的柏树和松树都似乎开花了,
在快乐中有这种幻觉。
一面走一面看每一株柏树与松树,
和似乎带着花朵降落的阳光,
和从宇宙降落的甜空气,
和降落着的人间的幸运。

完成第一级的他的极困难的重大的外科手术的医生回到家
　里来到阳台上了。

1990.3.2

七、青年工程师

在阳台上——
高的美丽的阳台；
头发飘荡而被风吹得有的刚强有的柔软，
有一种强韧的力，
和风从天空来的韧力与
心脏的从灵魂的火焰和人类的奋斗的历史来的韧力一样。
下面展开着一瞬间前归来的，
乘车疾驰的路；
和弯曲的，
平坦的，
有一段有着儿童的车的障碍物的路，
快乐地奔跑着的路。
工程图被采用了啊，工程图成功了啊。
于是似乎是路在奔跑而两侧的树似乎是喷泉，
是火焰。
但是心中有灿烂的快乐也有一瞬间的阴暗，
因为路上的障碍物也有一个蹒跚的恶徒
不肯将捡到的钱还给一个虽然是会说理的姑娘，
而和她冲突。
他参加说理，喊叫，
他觉得阴暗啊，创疤啊，创伤；
但他仍旧心中继续激荡着和不屈服，
激荡着社会主义的理想，
与他这时捕获的增加奋斗的往前的理想的光芒。

从大学进入社会而设计院收取了他的增多窗户的创新的工厂
　建筑工程图的成功的青年工程师回到家里，来到阳台上了。

1990.3.2

八、陆军军官

在阳台上，
阳台，家中的楼房的阳台。
瞬间前穿过柳树与杨树的树荫，
树叶有灿烂也有阴暗；
都表示时间的
于建设者讲是甜美的流逝；
心中有英雄是怎样生活的思想火焰，
觉得杨树似乎是伸高到云间，
与柳树的枝条深深伸入地底，
时常忘记了树杆上的伤痕与伤疤，
如同自己忘记了自己身上的。
沿着道路空气有欢欣的歌与强韧的沉默，
祖国的大地，
和人们，自己的成长。
战车与炮车行进在肥沃的，
美满姻缘的，
土地上。
美满姻缘是山川这时代有
建设者邓小平、陈云、杨尚昆、王震、聂荣臻与彭真、李先念
　　领导集团；
草野和田亩和山川丰满，
放射着人们眷恋的光芒，
祖土祖茔的篝火在地底与空中明亮，
演习的战车、炮车、运输车与兵士，
如同前时代的流血的战阵一般
雄壮地喊叫。
愿一切良好——欢欣的山川的美满的姻缘。

进行军队的假设作战和磁力的运转的陆军军官回到家里，
来到使胸膛壮大的阳台上了。

1990.3.2

九、空军军官

阳台突出在空中，
在阳台上看天气晴朗，
回顾回来的路上有新的建筑，
工程顶上竖着大的圆形的彩色遮阳伞。
晴朗的路，心脏沉醉，
几处高的建筑接触着这年代的，
火箭上升的生动的空间；
回顾不久前驾着飞机飞翔。
树木挺立在低空这三级路的路边上，
太阳光似乎花朵在放射，
显示
太阳的心灵崇高。
高度的感觉在心脏中，
空中灿烂，白色与蓝色，辽阔、陌生，
很快乐地转为亲切，
构成与人们同一体的亲密。

这同一体还增大结构，
国土的山川与泥土的深层有联结的火焰，
联结到更高层的空间，
一直到太阳与星辰。
这年代人们有探寻的思索，
有着同一体的良辰的欢喜，
因为经过过去的殊死的战斗和有

伟大的战士；
祖国的篝火这时明亮，
人造星球上升，
太空辽阔无限；
自己的飞机机翼闪光，
祖国的太空有灿烂的中国楼、中国思维、中国门竖立。
思想连系着高度物
行走归来的安静的路上有各色花与空间亲密，而开放。

空中列行飞行的空军军官回到家里
来到自己的阳台上了。

1990.3.2

十、海军军官

在阳台上，
阴沉的气候与明朗的气候，
都有来到阳台上。
想着穿过似乎增多与似乎减少的花中间的路，
——因为快乐或困惑都产生花的数目的感觉的错差，
因为海洋的辽阔与危急产生花的数目的错差；
有一种是紧缩着的快乐，
预防着事情或有不良，
像海洋上预防有不良的风浪。
穿过陆地的美丽的路，
来到家中的阳台上，
这时代祖国繁荣，
但还有空心的、霉烂的花，
如同海洋上飘浮着几片肮脏。
海洋壮大如同整块的岩石

雄壮有如一个不时不意地升起山峰的奇怪地平坦的有山
　　　的重量的平原；①
　　水平静，像巨大的渺茫的幻想——因巨大而平静———和
　　　灿烂的镜子；
无风，如同巨大的精灵屏住呼吸，
有天宇的重量；
啸吼，如同宇宙有愤怒；
微微的波浪，如同宇宙有怯懦；
它在阳光下还如同正直的水兵一样善良。
有雄壮、巨大、和探求，
和海洋是存在物，
人们自己是存在物的共同沉思与探求；
有着解放祖国的命运，
和困惑与紧缩的对象物的奋斗，
往前的良辰的思想；
远航的船舰有快速
是因为有良辰的思想在推动。
想着和感觉着
面前展开两个海洋，
一个是航行的水的海洋
一个是人类奋斗的有火焰的海洋。

远洋中航行归来的海军军官回到他的家中，
来到他自己的阳台上了。
航海，和人生奋斗，
是他的阳台。

1990.3.2

---

① 原文如此。

十一、女记者

走上阳台,
在阳台上。
归来的路经过小的石桥,
有许多路记不清了,
但经过几座桥,
大街上有花朵与喷泉!
小的美丽的路上开着有奇异的香气的花朵
和
这香气连着天上的云放射的灿烂的香。
骑车沿大小路而行,
匆忙地想着在时代与社会的激动与沉静中
经过的路与桥;
和心脏今日的欢欣、和年轻,
和有理想与志愿的深刻。
今日采访到季节的工业建设的数字,
也有菜花与茄子的成长;
今日采访到的,
若干火车的进入大地上的行驰的消息,
与汽车产生以及自行车。
有人造星球升空,
对空火箭的放射,
从一个老工程师采访到;
因为觉得中国和祖土将进入
强豪的轨道运转,
心跳着有特别的柔情,
便觉得青春饱满,
已从儿童成长。
便觉得如同火箭进入太空嗅到宇宙的灿烂的香。

回到附近的亲密的路，
衣裙与头发飘荡，
近视眼镜迎着热烈的风。
阳台上想着与凝望有纵深的国土祖茔，
和太空与未来，
想象着楼房下的花园里花的欢喜的震动，
大朵的红色的花爆炸，射出自身胴体中的
火箭与香。

采访到激动的新闻的女记者回到家中沉思，
走到阳台上了。

1990.3.2

十二、经过了患难

在阳台上，
回忆，
多年的被阴谋的监牢十分痛苦；
夜间的睡眠里有心脏的那时的痛苦的战栗形成的恶梦，
醒来，
灿烂的没有沉淀的晦暗的正式的晴天里，
还有着对这晴朗与适时的雨、雪、
与工作、与想象的想象。
沿着楼下弯曲的平坦的路有许多音响，
于是有着似乎回来的青春在心脏中震动，
突破缠绵的痛苦；
有着大朵的与小朵的花从花萼的桎梏里爆裂而开花的音响，
有着童车疾驰，
和云在空中疾驰，
都市镇静地在大地与宇宙与历史里前行，

而欢喜,发出与腾起的音响。
有着人们的苦难在建设时代转化成欢乐的
爆且裂性的闪光,
沿着楼下平坦的路发生许多思索的美丽的暗影。
过去苦难庞大,
都城建设庞大,
宇宙伟大而沉静,
旧事转化为有纵深的思索与
有着勇敢的精神。
每日和恶梦搏斗,
行进于适时的雨、雪、晴朗与工作与想象中,
过去的年代死难了,
过去的年代鬼魂时时显影,
徘徊在现时的雨、雪、晴朗与工作与想象
与对这想象的想象中,
出现着恶魔的战斗精神;
时代也有这种纵深,
阳台上凝望着国家的疆土,
面前的都市有远处的巨大山河的,
重叠的影,
与过去流血的纵深,
——高大的幻象里有善良的建设者自己的成就与
死难了的年代恶魔的形影。

年老的从患难中复苏的建设者男子与妇女,
由于心脏跳动
来到阳台上了。

1990.3.3

十三、工厂的统计师

在阳台上。
阳台前的空中空旷,
地面的树木的枝杈,
伸到有动力强大的响声的楼层的窗户上,
还有麻雀在激动地飞翔。

喧嚣的轰响声,
一直到地下的几层巨大的厅。
各间厅与室里机器震动,
空气激动、安静与明亮;
因为动力在震动,
所以心脏跳跃有欢乐,
这人间是现在的时间灿烂,
数目字与意识辉煌,
产生着未来的时间。

动力在各厅与室里工作;
到阳台上,
想着动力和心脏的动力、情感敏感而有零乱;
想着心中的意识是生产力存在的反映,
因而快乐;
想着奔驰着的机动车沿大街来到和从也有着风和太阳的动
　力的平坦的小路,
统计着这些的因果;
想着树木的枝干和花的动力,
心中的意识与欢乐的一部分是这些的综合的
燃烧的反映,
这一切的价值。

天宇下有着建设,
和青春和敏捷的快步的行走,
和心脏有着快乐的火焰。
沿着冲动的,
两侧有排列整齐的杨树与槐树的路,
进入冲动的空气中;
听着动力的声音,
进入动力的震动中,
来到转动着的工厂;
现在是愉快的生产的瞬间,
未来将是甜美,
统计要包括繁华的树与风,与这一切。
统计着——
冲动的和不冲动的宇宙有着动力,
和动力运转着的有光芒的祖国。

工厂的心中有着动力和敏感、多繁衍思维的统计师走上楼房,
来到阳台上了。①

十四、农业技师

在阳台上。
乡村的田野繁复地变形地美丽,
和繁复地光明,
因为是建设的时代;
山峰在远处和河水奔腾在中间,
和田原②与田野和稻、麦、蔬菜,
繁复地出现灿烂与变动美丽的阴影。

---

① 原稿此篇后未署创作日期。
② 原文如此。

有蚱蜢带着灿烂跳过田坎，
有山鸡与鹌鹑看见变动的阴影停歇于小溪边；
高大的树与田野由于精力与广大形成的
有俪影的胴体——几乎是双重的胴体的
繁复的美丽带有阴影的光明。
在新建的乡村楼房的阳台上，
注视着而沉思并且快乐，
民族的古老的历史深沉，
民族从黑暗的重轭下苦痛地奋斗出来也年代深沉。
山坡上尚有枯燥的黄土与苦的墓茔
表明着旧的遗留，
但田野里行走着，
被宇宙知识启蒙的男女，
夜间星辰明亮地闪耀；
白昼阳光以特别的精力连着祖土祖茔的地层光同时照耀，
乡村里建设有电炬的事业企业的楼房了。

耕种土地到老，土地上有着他的多样的身影的，有技能的农
　业师，
来到新的阳台上了。

1990.3.3

十五、通俗女歌唱家

在楼房的阳台上，
凝望着连绵的屋脊，
想着是否是
歌唱出了人们的生活；
归来的路幸运地行走，
所唱的歌声在空中又一次震荡。

有祖国的搏动。
有深厚的乡土,
有升起来的月芽与不朦胧的星;
有耕种者与操作者的粗糙的手,
有人们的
似乎放射着的光芒透出胸腔的
顽强的、热烈的、情爱的心;
有不断洗衣的洗衣妇的研究衣服与深刻研究生活的脸与眼睛
有厨房里的温情的火被许多眼睛看见;
有带短刀的骑马者与伐木者在路上,
有驾车而行驶的男子与妇女在路上。
有因为祖国的山与水美丽所以少年男子与姑娘活泼,
有因为风中的鸟雀奋斗着出巢所以树木摇曳,
有因为鱼在水中再搏击波浪所以池水鲜艳,
有因力土地生育着所以山上的岩石严峻。

所唱的歌里有岩石的心脏也在跳动,
祖国穿着绸衣也穿着清洁的粗糙的布衣裳,
觉得大地有幸运。
归来的路上行走着和意识着自己衣裙的和平的震动。
在阳台上,
凝望着呼吸着与生活着的屋脊,
祖国穿着绸衣也穿着清洁的粗糙的布衣裳。

通俗的女歌唱家因感情深沉而更文雅与端庄,
也有活泼跳跃的一步。
回到家中来到阳台上了。

1990.3.3

十六、电视台的时代——电视工作人员

在阳台上——
楼房下有烟升起的屋脊,
和撑着巨大方形的伞的建筑工程,
和街头疾行、整齐的、含着欲望的、
像生物一样的机动车辆;
城市中央有闪光而天宇更辽阔,
黄色的、灰色的、白色的天——
这些都是彩色的节目的象征,
中国的精力呈显于电视台。

出站的列车仿佛这时代的英俊少年,
这时代的姿态有着它的确定,
这种姿态还在搏击庸俗与怠惰的侵染中显现;
英俊少年的色彩平静与深刻,
光芒有时特别战栗地闪耀,
这是建设事业前进的邓小平时代;
思索着而觉得辽阔了,
英俊的姿态来到心中,
似乎有暴风雨一样的英俊,
似乎有行驶的车的汽笛一样英俊,
似乎有时代的主潮的领先的波浪一样英俊。
彩色的节目表征着这些,
电视台的工作者想着而严峻着,
因为觉得中国的航行,
而大地静静地颤动。

电视台的工作人员来到阳台上了。

1990.3.4

十七、年轻的女干部

在阳台上，
注视等待的事物从
大街与小街显现；
国度的良好的事物
和这事物的内核从楼房丛
与空间与远处的大地显现；
从斑斓与彩色与灰尘中。
内心燃烧着对于祖国的感情，
摇篮里时候的，
幼小时跨步走路的，
和现在的青春时候震动着的
和想着妇女的和平生活的利益的时候的。
时刻感觉到，
和对于灿烂的事物内心每一次感觉到发一次电光。
这事物的内核有两种，
一种是它被遮于普通的外表，
一种是它有着更巨大的结构。

在院子里行走，
在楼梯上头发飘开地奔跑，
穿上红色绸衣裙奔跑；
因为在楼梯上总有急切的心理——
和各个转角的地方。
在大街上行走去工作，
在小街上停留。
每日有工作成效的快乐，
每日还有家事的操劳。
每日有建设时代的快乐——又继续注视着，

数着各日看到的良好的情况,
和注意它们的内核;
精神有它的紧张,
灿烂的这时代的影像,
从流血的战斗后的
举着火炬的奔跑诞生,
这时代有英雄的集团,
包括妇女们。
注视着,看着,再凝望与看着,
看着空气中和想着,
新的行进的步伐是否再诞生,
和在自己的头脑里来临。
几次地登上阳台。

有着密切地因国度的行进而心脏震动的年轻的女干部来到
　　阳台上了。

1990.3.4

十八、女诗人

在阳台上。
生活急走着,
国度急走着,
心脏急走着,
匆忙地经过着岁月,
饱满着建设时代的印象和其中的患难。
因为充满着对于生活的感情与见解,
因为有温情要叙述给社会,
因为有激战的愿望要使时代与自然都在喇叭与鼓声与歌声
　　中前进,

因为要说妇女的感情，
因为要团结人们，
要讲述赞美，
要呐喊打倒与打击，
因为有各种思念——最深的是对于国家的行进，
与自己的女性的感情与爱情的安全的思念，
需要生活更良好些，
所以写诗；
有对于诗的——其中的社会的色彩与自然的色彩的思念。

在大街上有一次为作诗乘车急走，
"我的国度，我的祖国。"
到乡野去有一次为写诗而走很多田坎间的难走的路，
"我的旷野，我的心中的草与树木。"
急急地在雨中、雾中、阳光灿烂中行走，
急急地，
心中因有着浓厚的各色彩的混合而沉重地
忧郁地，也快乐地不时出走不时回到家里了，
来到阳台上。

来到阳台上的是背着她的装满着诗稿的皮包的
心脏在这时代壮大的女诗人。

1990.3.4

十九、（原缺）

二十、① 丧失者

在阳台上，

---

① 本首原稿页码另起，为1～3页。

看着下面瞬间前走回来的路，
苦痛地走来又走回去找寻什么的路。
想到自己是生活着的有事业心者，
这一段路上却对周围的建筑工程的进展也没有注意，
还有路边人们新种的树，
便苦恼地弥补地看了一定的时间。
走回来了，
在幻觉中呆站，又走回去找寻。
终于走回来了；
告别了，
丧失了，
一切路上再没有了，
大地在冬季总是要回到春季，
而丧失了的死者不能再归来——连一瞬间前在幻觉里寻觅
　　也没有找到；
可能有一次大地从冬季回到春季，
而这亲密的人归来——
有时候有这种幻境的，
从夜生活的盼望来的，
有力的幻想。
这不是从生活的法则来的，
这是从幻想的法则来的，
什么时候一切丧失的正直者都归来。
还有一个法则是热力的，
生命的法则：
人们的血液与心脏坚强地工作，
大地回到春季的繁荣，
和心脏的新的繁荣，
弥补这一丧失。

共同走过生活和工作的路,
在升起于大地直到宇宙的人间的炊烟里,
有心脏诚恳联结的共同的炊烟;
共同的欢乐,
与共同的悲伤,
尚在空气里战栗。

心脏痛苦了,
孤单了,
走过的不是街道,
而是赤裸的大地似的;
在赤裸的宇宙里,
到来阳台上,
痛苦,战栗,想着生命的法则,

丧失者痴呆着,
有着他的实感与幻觉,找寻着法则来到阳台上了。

1990.3.10

编者附记:

本组诗原稿每首均有编号,第十九首原缺,第二十首《丧失者》中所表达的情感状态与前18首有所不同,而近于下载《诗七首》中的《盗窃者》和《失败者》两首。

(原载《路翎晚年作品集》)

诗二首

背负

在荒野里背负着河流行走,
背负着高山,
背负着村镇,
气魄雄壮,英雄的奋斗。

在荒野里恶狼要啃咬心脏,放火焚烧祖国,
抛开背负从事战争。
河流呀,流走,
山峦呀,飞开,
村镇呀,离开心脏而去,
然而它们离去了却显出沉重,
沉重的负担却是有着飞翔。
河流呀,流回来,
山峦呀,飞来,
村镇呀,炊烟贴紧心脏。
沉重的负担是有着飞翔。

1990.3.4

发牛奶的姑娘与牛奶用户

雨中列队的牛奶的用户安详,
和升起的雨伞与

张开的雨衣里有心脏的快乐；
红强的新的仓库房在街边建起来了，
高的，伸到雨滴尚是柔嫩的空中的建筑的，
有强力的灯炬白昼照耀在雨中；
较高空的雨是柔嫩的雨。
都市呈显着威严，
而雨中的小街浅。
发牛奶的姑娘眼睛明亮，
和动作迅速，
和心脏细密，
和想到一些熟识的牛奶用户的职业与经历，
他们有的在前时代持枪作战。

发牛奶的姑娘，
在雨中的木板房屋里端庄，
牛奶瓶碰击的声音清脆而响亮。
想到较高空中是嫩的雨，
和浅的小街雨声快乐；
发牛奶的姑娘是美貌与心脏美丽的姑娘。
想到列队的牛奶用户里，
有着声音很昂奋的中学教员，
有着会激烈辩论的刊物的女编辑，
有着得到邓小平时代的供养的善良的老人，
有着建筑师，
有着家庭里喊叫的正直的洗衣与做菜、哺育儿童的主妇，
有着谦虚与怯懦地拿着牛奶瓶的小女孩；
童车挤在人们中间，
年青的母亲呈显着快乐。
有着闲人与一定的恶徒，
但新的红色仓库建成了，

而伸到雨滴尚是有着新鲜与柔嫩的空中的高建筑上电炬照耀，
列队的牛奶用户中有的在前时代持枪作战。
想着这些——计算清楚面前的人们，
发牛奶的姑娘
手中的牛奶瓶的碰击轻微而只有几声的响亮。

1990.3.5

（据手稿抄印。手稿原件3页，由贵州省政协袁伯康先生于2002年9月6日寄赠张业松。手稿原件已遵袁先生嘱转赠上海图书馆中国文化名人手稿馆。）

诗七首

落雪

雪从极低空降落,
严寒的大地迷茫,
平原——旧时代的痛苦,
被再一次的雪覆盖。
四岁的儿童因村庄火焚,
呼喊在远坡坎(砍)柴的人们,
高举战斗的手臂,
而落在,
　　深雪坑里死去,
——他曾幼稚地、蹒跚地勇敢而行。
在落雪中,
又有苦痛的少年,
保护邻人老妇,
与有毒蛇的液汁的眼睛的劫夺者搏斗而亡,
人们给建立了碑石。

雪从极高空降落,
严寒的大地清醒,
平原——新时代有着欢欣。
少年在雪中蹒跚,
眼睛如同内核有火焰的珍珠一般明亮,
因为众多的快乐的愿望而彷徨,

他在雪中蹒跚；
激昂之后取得心中的碑石，
雪从空中飘落声音如同往新时期来到的喇叭一样响；
四岁的儿童现时有狂喜地在雪上扑击。

当年的战争的呐喊，
炮声，和枪击声，和人声，马蹄
奔跑的影像，
浓烟中急促、沉重、死亡、胜利、勇敢、激昂的
动作，
在各年的雪里沉默地蓄存；
它将长蓄存，
声音与影像——
当年曾击溃旧时代的黑暗的奴役者。

雪中的平原的道路上，
行驰着新的、灿烂的色彩丰富的
机动车辆，
车辆停顿，
穿皮衣的娘（姑）娘跳下来眺望。
在积雪的平原的深处，
穿粗糙的羊皮衣的姑娘的身影挺立，
和这姑娘年龄一样，
相貌也仿佛一样；
她是在旧的时候持枪向侵略者射击者，
后来在严寒之极的空气中挺立不动，
而死亡。

落下来的雪是思念的烟与火变化的，
人们心中有很多的，

思念的烟与火；
落下来的雪是内心的揉搓的云，
人们心中揉搓着感情的云。

1990.3.5

雨中的街市

街市闪光，
雨构成街市上空的繁华的街市，
这繁华的街市的大街有鼓声，
这繁华的街市的大街与小街有人们的灵魂的飞出来的影像
　　与盼望，
人们的心有建筑在空中的城池。
雨中的街市，
泥土地面有击鼓的声音；
雨中的街市，
这击鼓的声音表示，
泥土眷恋空中的风、云和雨，
泥土眷恋着地层深处；
泥土又眷恋往昔的建设者；
——往新时代去。

1990.3.6

雨中的青蛙

春雨中的青蛙，
因为春雨的渴望，
觉得自己强壮，
和绿色的身体深绿，
和鼓动的声音磁实，

和血液温暖；
池塘、岩石比以往更可亲，
撞击在岩石上而鸣叫。
它撞击是因为欢欣，
然后便轻轻跳跃上去了。
回忆深水里的感情，
回忆身体与水面平齐的快乐，
回忆推动的波浪，
回忆对春雨的盼望，
（其中，还回忆幼小时似乎曾在水中的黑暗的街，）
这盼望很久。
冬天的时候在泥土与树的洞窟中。

1990.3.6

马

马在战场奔驰，
马的心脏知觉着经过的空间——危急的空间，
和时间，紧张的时间；
马的心脏有红色的火焰与白色的闪光外溢，
它自己看见。
它和它的骑者在这战争的时间与空间中有多重的影像出现。

拉车而行的马想着前辈的多重的身影，
它知觉着经过的良缘空间，良辰时间。
城市与乡村边缘的美好的空间，
都市宏伟，乡村美貌，
和幸运的种植者与建设者的勤劳的时间，
蚱蜢跳过田坎与街角。
马奔驰，

历史和巨大的建设激动它和它的驾驶者有多重的影像。

1990.3.6

蜻蜓

蜻蜓停留在树叶前,
它觉得空间这时候美满;
树叶有树叶的空间,
树叶今年有它的快乐的滋长。
蜻蜓。

蜻蜓停留池水上,
它觉得空间这时候幸运。
池水泛溢,
山坡与空间的关系良好;
空间很高而池水鲜美,
空间很高而山坡强劲。
而蜻蜓在它领有的小的空间与大的空间里,
颤动着翅膀。
蜻蜓。

蜻蜓向太阳飞去,
平飞与仰飞,
也学人类的飞机翱翔;
灿烂的光明和空间雄伟,
蜻蜓的心脏是有豪杰的火焰的蜻蜓的,
蜻蜓。

1990.3.7

盗窃者

在阳台上。
摇晃着归来，
心脏也摇晃着里面的蜜，
计算着昨日的欺凌人们与
盗窃的利益，
与今日的盗窃公款；
人应该卑鄙丑恶，
所以获得利益了。

但这世界上有正义的法则与
丑恶的法则的冲突，
快乐的心便因假设这利益是从自己的正直，
勤勉工作，
与聪明的才能得来的，
与人们欺凌他——欺人的感情很快变到人们的心中，
他于是极谦逊，
于是他觉得行走着的他这个人善良，
只穿着自己缝制的简朴的衣服。

这世界上有正义的法则与
卑鄙的法则的冲突，
便因此假设而觉得自己高尚，
觉得行走着的这个人，
——从旁边观察与一直探索这个人的内心——
是忠实与正直；
是勤劳者与花与树木的最好的朋友。
行走着的这个人，
是多么正直与向往崇高，

穿着自己制作的简朴的鞋。

但这种假设违反着他的心，
便因此觉得忧郁，
怀疑这假设是正义的法则的阴谋；
便站下了，
嗅着身旁的儿童车里的哭泣的
幼小男孩发出的皮肤的香气，
而想去盗窃——欲望在心中跳动；
但他还又激动地回顾假设，
而再快乐于自己的假设的正直，
假设的根据是他因人们将要从他偷盗而愤慨。
特别是这个将要长大的小男孩。
正直啊，
身边的少女推着的童车里哭泣的幼小男孩的皮肤的香气更
　充溢。

他站了很久，
有着沉滞的表情，
和对假设走不同的人生的路的这一假设愤慨；
他便愤怒前行，
咒骂着人们，
而打击了一个奔跑着撞了他的男孩；
他的愤怒异常大而跳起来——
因为心中有恶毒。
于是他便从他的心脏里发出颤动扩张到全身，
焚烧似地认为盗窃是合理的。

春天来了的时候，
人们快乐多采一些花朵；

社会主义建设的繁荣里
他偷盗一些,
——偷盗的同伙不少,——
他认为那些大量的勤恳正直者是愚笨。
中华祖上遗产有巨大的江山,
而人们的努力现在收获丰满,
所以他,盗窃者还要多得一些;
他的心便从正义的社会的压力下解脱了,
而决定下一次的盗窃。
他的心中有他的蜜而兴奋,
他嗅着街边的树木与花的香气,
计算着这是他的盗窃社会的赢利;
在路上食蜜而徘徊,
他终于傲慢地出现在阳台上,
眼睛有恶毒的光
瞭望着他从事盗窃的都市与大地。

盗窃者有着凶恶的兴奋,来到阳台上了。

1990.3.9

失败者

在阳台上。
沉重的心和血液都如同干燥的铅块,
火焰熄灭着的心脏痛苦。
心中还剩有多少火焰,
心中还有多少搏击的力量,
还剩有多少理想与能力的,
以至宗庙的鼓舞;
心中的苦涩的战栗不停,

失望的深渊有黑暗，
铅块下沉。

沿着栽种着树与花的路归来，
不知树木与花是否今日还存在；
譬如战争的失败有柱痛苦，
工程师的工程倒塌，
歌唱家喉咙与心脏锁闭，
运动手败阵，而原来信心盈满，
医生未挽救成可救的病患者，
自信的著作家被退稿，
航行迷失了方向。
星球——人生的形成的星球朦胧，
和航船与车不能归来。
失败者失败于他的事业，——这失败者从事着他心爱的事业，
两边的路似乎是人间的其他的路了，
从这其他的路走去，
走进心中的陌生的街，
然而失败仍旧是痛苦，
但将来的路似乎显现。
仍旧要追逐自身的星球。
阳台上苦痛地凝望，
知道自己的星球似乎尚未被消灭，
仍旧存在。

事业失败，生活挫败者沿着朦胧、似乎变异的路归来，
来到阳台上凝望命运了。

1990.3.10

编者附记：

这七首诗手稿原藏路翎1955年同案难友、复旦大学中文系教授贾植芳先生处，是编者最早接触到的路翎晚年诗作，一读之下，不免大奇，遂将它们抄出，荐与《作品》杂志。该刊迅速作出反应，已在1996年第8期上以《遗诗七首》为题一次性刊出，诗前并附有贾植芳先生所撰的简短说明，全文如次：

应该写在前面的几句话

大约是90年代初期，一个青年朋友为一家报纸的副刊组稿，希望我为他们做中介，向由于历史的原因多年来已在文坛近乎失踪的路翎约稿，我为朋友的盛情所感，马上给路翎写了信，说明原委，不久就收到他新写的这七首诗。但不知为了什么，或者说，由于众所周知的为了什么，该报很快就将原稿退还给我了。现在说来，路翎带着难以愈合的历史创伤离开我们这个复杂的世界已经二年多了，他生前未及见到印在报刊上的这七首诗，今天只能以遗作的形式与读者见面了。我在深深地感到无尽的怅惘与遗憾的同时，又感到慰藉与欢欣的是，由于时移世转，现在承蒙《作品》编者的盛情美意，愿意刊用他的这七首遗诗，使我对长眠在地下的故人与难友总算有了一个交代。为此，我深深地感谢《作品》的编辑朋友们。

贾植芳
1996年5月25日，在上海寓所。

七首诗的原稿现已由贾先生移赠上海图书馆"中国文化名人手稿馆"珍藏。此据抄件付排，字句与《作品》所载有出入者，以此为准。这七首诗直接引发了本书的编集意念，是尤其应该添记一笔的。

另外，下载从《筑巢》到《泥土》12首单篇诗作的写作时间与《在阳台上》各篇及这七首诗亦多有交错，将它们按时间先后排列在一起顺序阅读,会是一件很有意思的事情。路翎为什么会中断组诗的创作,转而写下包括这七首在内的一批单篇诗作之后再来续补组诗呢?是否因为贾先生的约稿信极大地激发了他内心的诗情?倘是,则可见路翎晚年多么需要外界的鼓励,其内心的紧张程度又高到了何等地步。1990年3月1日至12日无疑是路翎晚年的最后一个诗歌创作高峰期,其间产出了《雨中的青蛙》《蜻蜓》《蜜蜂》《丧失者》《失败者》等无可否认的优秀作品,但也有明显的诗情衰歇迹象,《宇宙》《泥土》即是适例;这里最值得注意的,是路翎在内心的最大紧张中达到了才华的最大发挥,此一创造力激活模式,在路翎一生的文学活动中可谓数见不鲜。

(原载《路翎晚年作品集》)

筑巢

乌鸦筑巢在大树上，
老乌鸦用嘴给小乌鸦理发，
还用翅膀搧风；
允许过的，巢筑成功了，
理发。
这时人类的高的楼房也建成了。

燕子旧时筑巢在屋檐下，
以后移到树上去了，
因为人类的炊烟紊乱，
黑暗时代有许多崛起与彷徨。
又有多年的战争过去了，
燕子移到了郊野。……
胜利的解放者开始建设的时代，
老燕子给小燕子在郊野理发，
并且带着小燕子绕着城市飞一圈，
说，将来还搬回城市去。
鹌鹑筑巢在深草里，
人类在中国到了新的形态
鹌鹑筑巢到浅草与野花间；
鹌鹑心醉于繁华，
人类的高的楼房在建筑了——
鹌鹑蛋到了都市里；

老鹞鹑便思想年轻的时代,
鹂鸲总与它互相理发,
而现在动物界的动乱也过去,
他异常渴望,盼望,渴望,
鹂鸲又来到了,展开特别欢乐的翅膀飞翔。

云雀筑巢在云中,
旧时代鸣叫有愤怒,
想忘却地上毁了的巢,
风也不太替它理发。
这时候的鸣叫声快乐,
因为恋着地上的巢与也恋着天上的巢;
新的时候更有一种内核力大的风
在替它理发。

1990.3.6

(原载《路翎晚年作品集》)

都市的精灵

夜往黎明去
有多股蒸汽升起于落雪前的都市的街;
各个屋顶都朦胧而沉静,
蒸汽上升带着人间的渴望如精灵,
蒸煮着这一日的食物。

都市的精灵随蒸汽上升,
一直到寂静的空中。
都市的精灵有恋爱着男女去到职到工的热情的精灵,
都市的精灵有欢呼着劳动与工作欢欣与勤劳的强韧的精灵,
都市的精灵有喜悦着青年与少年求知求学的热烈的精灵,
都市的精灵有赞美着克服、发明与发现自然的机要的人们
　的战斗的精灵。
都市的精灵守卫着时代的旅程,
而这是邓小平、陈云、杨尚昆、聂荣臻、王震、彭真的建设的
　时代;
都市的精灵出发于人们的心中,
都市的精灵升起于冬季到春季的落雪前。

1990.3.7

(原载《路翎晚年作品集》)

麻雀

麻雀在雨中，
云下——看见云很低，
告诉年老的将军，
过去他，将军，曾在这里作战。
这里那时是荒草，
炮声——重炮放射时声音响。
年老的将军那时年轻，
几十门炮轰响而他负伤——
重炮曾使那时的麻雀哀沉而有喜悦，
因为在轰击侵略者。
麻雀跳跃而假装啄食，
将这告诉年老的将军，
它知道将军繁忙已将这事忘记；
现在是楼房巍峨，
还开辟了都市的大街。

麻雀说的是从前时代的它的
曾绕着轰击敌人的炮飞翔的前辈
传留下来的往事。
麻雀说，
人类变易到良好的时代，
裸体的麻雀它也有着欢悦；
因为是裸体的生命，

所以还更有着想及往事；
而且想——假如可能的话，
穿上衣服了。

1990.3.7

（原载《路翎晚年作品集》）

蜜蜂

蜜蜂飞到树枝前,
树枝赤裸,有着开始的膨胀。
蜜蜂觉得这期待的时间是焦燥的时间,
这期待的时间,
时间未逝和新的瞬间未来临——
不让枝条发芽的是停滞的、怠惰的时间。
蜜蜂停留在枝条前,
它做战栗的停空的飞翔。
盼待蜜汁的时间的是树木与它的枝条,
和心脏有着春的火焰的蜜蜂。

1990.3.7

(原载《路翎晚年作品集》)

高的楼房

高的楼房使空中发生异化。
因绿色的高楼沉静而巨大,
空间便因为它而威严,
空间便欢欣似乎发生电触,
空间的许多灿烂的光闪耀而下降,
又飞翔上升,
发生翅膀;
增加着多一重叠沉静的力量,
是欢欣的力量——
空间已于它的亘久的年代岁月,
渴望与地面亲密而欢欣。

1990.3.8

(原载《路翎晚年作品集》)

狐狸

狐狸对着大的石块说：
你以前会发生火，
在酷热里发出烟，
在变幻的天空与宇宙里有特别的色彩；
你现在是平淡的石块了，
以为是我狐狸使你不幸。

狐狸又对老的橡树说：
你现在没有橡胶而橡实不如以前了，
你和其他的树木已没有什么可竞争的；
你沉默着，
一定是以为我狐狸使你不幸。

狐狸对单身的迷茫于路途的旅客说：
你彷徨了，不知从哪条路，
经过哪一条河，
哪一个泉，
哪几个有树的山坡，
到达你心中渴念的地方；
但希望你不要说狐狸使一切不幸。

狐狸是做过一些不祥的事情，
但他也异常委屈，

这次他想变异他的名誉,
帮助旅客找到仙女的泉,
和女娲补天站立过的山坡,
和盘古的大路,
和帮助使石块有火焰,
帮助老橡树有液汁,
帮助杂乱的草与高尚的草,
与天上的云都愉快;
天上的云是人们的理想的衣服。

狐狸激动着便想转化为纯真的善良,
它歌唱并且激昂,
善良便冲上头顶,
但是想了一想,
仍然告诉旅行者以错误的,
说荒草边的路是通往泉水的路。
但是想了一想,
觉得还是转化为善良好,
便又作正确的指示说,
木樨树边是通往泉水的路。
它又因为被善良征服有苦恼——但又觉得也有良好,
然而它
又再认为这不很适宜——它时常是如此——
而发出意义模糊的叫声。

1990.3.8

(原载《路翎晚年作品集》)

刺猬

刺猬于旷野里对自己说：
　　"我很孤独，
　　　我时常张开刺而使人们避开，
　　　尖削的草也似乎转过方向；
　　　我很孤独，
　　　太阳照耀我也不发透明的光，
　　　风绕过我而吹，
　　　而春天不告诉我它来了。"

刺猬在野花面前收起了它的刺，
它迎着阳光而有着闪烁的颜色，
充满幸运想要野花开放和唱歌；
刺猬在菜瓜地里张开它的刺又收起，
它迎着温暖的风再震动身体，
变出闪烁的颜色，
充满着幸运它要使菜瓜长大；
它在湖水面前停留而再亢奋它刺于一定的时间又收缩，
想使湖水更灿烂；
它在风里徘徊，
因自己有许多刺而觉得自己孤独。

刺猬觉得它刺激过许多物，
它的柔情得不到注意，

但是这一次他遇见恶的狼，
和它展开搏斗，
它极正义地、凶恶地，
狂热地，要各物承认它的柔情地，
跳起十次与张开刺。
恶狼跳起九次而张开牙齿，
而走开了。
刺猬便安适地躺在野花、菜瓜
与湖水前，
于春风中。

1990.3.8

（原载《路翎晚年作品集》）

葵花

开得特别大的葵花，
是因为儿童的愿望，
是因为太阳的愿望，
是因为它自身的愿望，
是因为它自身的结构，
是因为种植者和泥土的力量。
葵花开得如同盆一样大，
是因为这地点有城市与乡村间的律动，
这里都市联着旷野。
因为城市和乡村永结良好的关系，
因为酸的葵花、痛苦的悔恨的时代过去，
因为苦的葵花、城市与乡村疏淡的时代过去，
因为小的葵花、儿童鄙弃的葵花时代过去，
因为现时代有健旺的老人与有
新的觉醒的青年。

1990.3.9

（原载《路翎晚年作品集》）

炊烟

炊烟晴天升很高,
祖国的炊烟升很高,
到空中的中国祖土的巨大的巢。
从远古的时代,
有巢氏,
以及人们的正义战争、恋情、生活、欲望、苦恼与胜利与心脏
　的火焰升高,
以迄所来的时代,
结成的巢。

升高的炊烟是有着意志的勤劳与勇敢的人家的,
旧时候有地霸加芥末的烟升高,
人们的加感情的芥末的,
苦痛的、勤劳的、心地灿烂的炊烟也胜过它。

升高的炊烟是苦难减少的年代的,
带着新生的恋情,
中华民族的炊烟,
在太空里联结着祖土初民的恋情,
迂回和垂直冲向,
（和增加□□①）

---

① 原稿此二字难以辨认,疑为"建业"。

空中的祖土的巢。

低垂缭绕的炊烟，
表示成功的事业的恋情，
和私生活的恋情；
风带着眷恋，
烟恋恋地飞舞而离开。

1990.3.9

（原载《路翎晚年作品集》）

雾中车队

街灯在浓雾中朦胧,
沉重的机动车队在浓雾中。
车队朦胧;
沉重的重量是雾的亲密的重量。

轰击的声音因浓雾而显示亢奋的重量,
车灯也显示着沉重,
亲密的沉重,
使心脏快乐地穿透浓雾的沉重;
都市这时因沉重的雾而有着轻盈的夜,
在幻境里与人类豪强的现实里,
它的心脏因雾而亲切地鼓动,
再鼓动。

街灯车灯显示人间的建设与欢乐,
与心脏的愿望;
雾——揭示着强旺的心脏,
人们早年的痛楚的希望长成建设者群,
雾中出现的有自己的少年时的期望。
心脏受着雾的吸引呀,
沉重的雾,
轻盈的飞翔的雾,
轻盈的夜,

夜和都市的精灵飘翔；
雾中出现的还有自己的将来的
老年也往前的希望。
车队的领导人与司机们在看地图。

车队载重出发，
载着薄荷、化学原料、机器件、空气调节器和酱油、饼干与饮料；
人们的展望的心升高，
使都市空中仿佛从雾中出现巨大的灯炬，
照穿亲切的浓雾——
都市的夜晚增加视力地凝望着旷野。

1990.3.9

（原载《路翎晚年作品集》）

宇宙

宇宙无限。
宇宙,
饱含
着
热能,
和
电力
在颤栗着;
自己欢喜着
它的
生命。

颤栗着的,
存在的机能,
有高蹈的,
有翅膀和心灵、魂魄似的,
电能,
各机能互相亲爱;
宇宙光,
森严、深沉,
而
灿烂。

宇宙，
充满着，
古老无限的
光明；
永恒
包含着运动的热力，
和和谐，
和它的内核升与降的魂魄。
它高蹈同时欲望与地面相亲切，
它的热力变位，
发生和谐与颉颃的运动。
宇宙不老，
和
永恒。

在宇宙里，
——它的复叶是飞翔的空间，
它的复叶又是和它感情亲密的天体；
运转着星球、星宿、星辰——
宇宙
它的心脏有巨大的鼓动，
喜爱星球、星宿、星辰。

宇宙，
饱含着机能，
在它里面，
远古的时候，
太阳
燃烧，
无机物平衡，

有机物产生……
人类，
生活于地球上，
有着，
和宇宙的
从无机物，
转化为有机物时的，
联系，
和转化为有机物精神物，
存在着的思维之物时的
更多的联结，
与交往。

地球的，
各条大街上，
有着对宇宙的追求。
高蹈的理想，
纯洁的，
追求，
是对于
社会和心灵的，
和对于宇宙的追求。
人类认为，
心灵
联系着巨大的宇宙。
它从那里产生，同时从社会产生。

曾有过，
沉重的剥削制度，
流血，

和伤痛,
极苦的死亡;
空间与宇宙
也受到污染。

死亡者追逐生命,
人们说他们化为
水与火,
飞向宇宙;
亲密,
极古时的,
无畏的,
无限物的,
电与热。
一九一七年,
俄罗斯,
十月,
改变人类的历史,
到歼灭法西斯
战争于攻克柏林、东京结束,
中国的大街与平原,
如同地球各处的大街,
与
平原,
在空中呼啸,
在宇宙电中呼啸,
宇宙也给予回答;
出现正义者,
战争胜利的,
旌旗,

和
新的渴望。

中国的人类，
建立新的国家，
便开始
人间的电和心脏的热，
向着正直的宇宙。

地球的渴望，
从灾难中新生的人类的
渴望，
对亲切的与陌生的，
严峻的有同一体的
宇宙的渴望；
火箭与宇宙飞机，
和人造星球，
和宇宙与空间天体的亲切的同一体。
人们的心脏同时对
无畏的未来遥望。
人们与宇宙的姻缘发生自
远古，
——它欢乐地接待人造星球。

中国的大街，
灿烂地战栗，
建设自身的，
空间系统，
到达宇宙；
升起

中国的火箭，
和地球卫星，
星球，
星辰。

空间与宇宙不老，
时间由星辰标志，
在宇宙里，
形成，
时间与空间的永远联结；
和
在人造星辰里，
有着人类的，
吉日良辰
与
辛苦的凄苦时间。
与
战争的
激烈争夺高飞的时间，
和
再说到，
是
欢乐，
与心脏的火焰怀念，
远古的宇宙，
与盼望
未来的宇宙的时间，
即
星球与宇宙运转和谐，
包括

人类的心脏之一星球,
运转和谐
的时间。

空中浮沉的人造星斗里,
有着宇宙的,
密度大的电力的区域,
与人类的密度大的
英雄的心脏的
热力的
愿望
的
区域。

1990.3.11

(原载《路翎晚年作品集》)

泥土

大地,
灿烂的,
人类生息的,
有生力
的,
也有晦暗的
大地。

有
簇拥与营养
作物的,
泥土。
甜蜜的
泥土,
感情的土地;
有树木繁荣的,
快乐的,
泥土,
有礼仪的
土地。
有结构为山峦——
强劲的泥土。
有欢喜于人们与动力的

牲畜与
动力的车辆。
奔驰的,
有弹力的有深情的
泥土。
有广漠的,
灿烂的,
泥土,
与
小的自己的沟渠
的
泥土。
有伟大沉默的大地,
也有情深的与
晦暗的,
埋葬死者的,
泥土。
有苦痛于肮脏的污泥的
泥土。

春季的泥土,
耕种
过了,
大地
欢欣,
而
在灿烂中,
蚯蚓与正直的昆虫,
在泥土里翻动;
种子,

在泥土里颤动,
放光。
因为觉得,
耕耘者,
种植者,
和工具制造师
和设计师,
与意识形态的思索者
的踪影,
与
他们的心中的思想。

夏季的泥土,
繁荣。
有萌芽和它们的
影子
生长;
雷雨经过,
生物快乐。
巨大的雷雨,
不停地从欢喜的
云中,
落下的
嘹亮的雨,
天体与泥土亲密
草木、稻麦、与花
丰满,快乐,
而农民与
毒蛇
格斗于田间。

秋天。
严谨的
土地,
喜悦着;
果实与收获,
和爱情的——渐减少无爱情的——
婚姻。
泥土有神圣的感觉。

冬季,
纯洁的泥土,
迎着纯洁的雪
而栖息
泥土栖息于
与人类的联合了,
开始做
经过时间的,
年老再年轻的梦。
因为,
古老的地球极多年了,
古老的人类极多年了,
古老的泥土的感情极多年了,
古老的一年四个季节对泥土的凝望极多年了,
古老的与泥土的恋情极多年了。
耕耘者,
种植者,
工具制作者,
设计师,
与意识形态的
思索者,

因为有古老的雄伟的历史而
心情热烈。

人类在宇宙中，
有内心的欢喜与燃烧，
中国的大街
与田野上的，
人类的心脏
的热力焕发——
由于，
1917年俄罗斯，
推翻
剥削者，
一直到
结束法西斯野兽的生命，
一直到
中国的攻克旧堡垒，
推翻了奴役者，
与
剥削者，
人们继承着，
勤苦于泥土上的祖先，
的
衣和钵所产生的力量。
一直到
蚯蚓与昆虫的
思索着与歌颂着，
中国在
大地与
泥土上

的位置,
和它
开劈通往新世纪的愿望,
和继续建立,
有来自宇宙的中轴
的电
和热
的新的大街的企求
的产生的
力量。

泥土和大地,
觉得,
在中国的残酷的
旧的年代,
地球
浮沉,
中国隔离了,
和宇宙的热力,
与电力和魂魄,
的联结。
人们的
心脏的鼓动
陷于幽暗
与荒寒;
泥土和宇宙,
被黑暗的毒物
分开,
互相疏远着,
泥土也陷于

枯脊。

泥土,
在枯脊中。
沉默的
时代
过去;
泥土和人们的
赤热的心,
和空间、宇宙、天体
隔离的时代
过去;
晦暗的泥土,
僵木的泥土,
更亲近了它的耕耘者,
和整个祖土,
到空间的
意识形态的
思索者的
心
而
快乐。

泥土有不同的
人类的脚步经过了,
许多代人经过了;
茎中的液汁
有新的力量的
草生长了,
在树干中也有新的

——树木在喝着
泥土中的新的液汁了。
这是由于
地球整个的
泥土,
由于人类的
斗争,
而形成
比以前强韧的
魂魄,
和
由于
中国的耕耘者,
胜利和击败了,
企图复辟
旧秩序的
卑劣者;
由于
甜蜜的土地,
感情的土地,
有礼仪的土地,
快乐与苦恼
的土地,
从春的
灿烂,
一直到
冬的
纯洁,
增加了
它的巨大的

魂魄的力量,
与每一些
颗粒里的
精灵的光芒。

1990.3.12

(原载《路翎晚年作品集》)

图书在版编目(CIP)数据

路翎全集.第十卷,诗歌：1938—1990/路翎著；张业松主编.--上海：复旦大学出版社,2025.2.
ISBN 978-7-309-17732-9
Ⅰ.I217.2
中国国家版本馆 CIP 数据核字第 2024G7B948 号

路翎全集.第十卷,诗歌:1938—1990
路　翎　著
张业松　主编
责任编辑/方尚芹

复旦大学出版社有限公司出版发行
上海市国权路 579 号　邮编：200433
网址：fupnet@fudanpress.com　http://www.fudanpress.com
门市零售：86-21-65102580　团体订购：86-21-65104505
出版部电话：86-21-65642845
上海盛通时代印刷有限公司

开本 890 毫米×1240 毫米　1/32　印张 17　字数 441 千字
2025 年 2 月第 1 版
2025 年 2 月第 1 版第 1 次印刷

ISBN 978-7-309-17732-9/I・1433
定价：95.00 元

如有印装质量问题,请向复旦大学出版社有限公司出版部调换。
版权所有　　侵权必究